文学场的"内"与"外"
——新世纪以来文学价值的多维建构

刘月悦 著

中南大学出版社
www.csupress.com.cn
·长沙·

图书在版编目（CIP）数据

文学场的"内"与"外"：新世纪以来文学价值的多维建构／刘月悦著．—长沙：中南大学出版社，2023.1
ISBN 978-7-5487-5031-4

Ⅰ．①文… Ⅱ．①刘… Ⅲ．①中国文学－当代文学－文学研究 Ⅳ．①I206.7

中国版本图书馆 CIP 数据核字（2022）第 144423 号

文学场的"内"与"外"
——新世纪以来文学价值的多维建构
WENXUE CHANG DE "NEI" YU "WAI"
——XINSHIJI YILAI WENXUE JIAZHI DE DUOWEI JIANGOU

刘月悦 著

□出 版 人	吴湘华		
□责任编辑	浦　石		
□责任印制	唐　曦		
□出版发行	中南大学出版社		
	社址：长沙市麓山南路	邮编：410083	
	发行科电话：0731-88876770	传真：0731-88710482	
□印　　装	湖南省众鑫印务有限公司		
□开　　本	710 mm×1000 mm 1/16	□印张 11.25	□字数 201 千字
□版　　次	2023 年 1 月第 1 版	□印次 2023 年 1 月第 1 次印刷	
□书　　号	ISBN 978-7-5487-5031-4		
□定　　价	68.00 元		

图书出现印装问题，请与经销商调换

目录

引　言　新世纪社会元场对文学场的影响　　1

第一章　边缘写作与文坛之变——20世纪90年代到新世纪的文学场变迁　　17

　　第一节　王朔：市场的介入与文学生产机制的分裂　　19

　　第二节　王小波："文化英雄"与"场外"写作的丰富性　　33

第二章　"异托邦"与审美话语的多元——文学场内部的价值裂变　　47

　　第一节　严歌苓："温和支配"与编剧作家的价值困惑　　49

　　第二节　麦家："通俗文学"与"纯文学"的多维共生　　68

第三章　"区分"与文学等级的松动——"场外"作家的文学价值抵达　　91

　　第一节　张悦然：流动的文学场与畅销书作家的"入场"之路　　93

　　第二节　安妮宝贝："小资"阶层的"纯文学"写作与消费　　109

第四章　"丛林法则"与文学场的极限：超越"价值"的文学写作　123

　　第一节　郭敬明："粉丝"写作与文学商业化的极限　125

　　第二节　冯唐：写作的"强度"与文学场的"解构"　145

结语　163

参考文献　167

后记　175

引言

新世纪社会元场对文学场的影响

20世纪90年代末到21世纪初,中国社会在平静中经历着重大的变迁。以千年为单位的时间跨越,带给人们的绝不仅仅是辞旧迎新的喜悦。虽然按照唯物主义的历史观和时间观念,2000年也只是一个普通的时间单位,似乎没有理由将之视为一个截止的时间断点而将其之前和之后的时间另立为册,然而有趣的是,至少在中国社会这个"元场"中,围绕着新世纪这一时间点,各个"子场"的原则和逻辑都在发生着深刻的变革。政治场域内,后冷战时代,意识形态的冲突和影响转而以更为隐蔽的方式进行,国家利益替代意识形态成为左右国际政治合纵连横的关键,中国在国际政治中扮演着"社会主义老大哥"和"有影响力的大国""新兴发展中国家"等多重角色;而就国内政治而言，社会结构发生了重要的变化，以都市白领为主体的城市"中产阶级"日益壮大，他们的诉求推动着社会改革、政治改革的进行，更推动着消费社会的形成。经济场的变革最为翻天覆地，中国进入全球资本的大经济体系。中国以令人惊诧的速度融入世界市场，成为世界第二大经济体，人民币也成为重要的国际货币之一，随之而来的则是后现代消费社会的全面形成和不断升级。与此同时，在全球范围内，媒介场以互联网势如破竹的发展为代表，在越来越有力地影响乃至反制其他场域，2016年特朗普在美国总统大选中出乎意料地胜出便是一例。在中国，互联网迅速普及①，微博、微信、短视频、直播……新兴的媒体形式层出不穷，以历史上从未有过的势头占领着人们的生活空间、话语空间和审美空间……

而所有的这一切，在当下的中国都以一种"正在进行时"的方式极具生命力地发生着，每一个变化的发展理路都清晰可辨，但又在相互的影响中呈现出复杂的可能性，于是新世纪的中国社会元场呈现出"过渡期"的特点。开后现代主义风气之先的丹尼尔·贝尔曾经表示，"后(post)这一缀语，一方面是对过去已逝，一方面是对尚未到来的未来先进工业社会感到迷惘的'生活与间隙时期的感受'"②。前现代、现代、后现代，各种特点混合交叠，在过去被认为是水火不容的元素都可以和平共处。因此，过去我们所习惯的那些清晰明确、二元对立的描述方式和研究方法变得多少不再适用了，社会主义与资本主义、"官方"与"非官方"、市场经济与政府干预、精英与大众、"通俗文学"与"纯文学"……这些我们早已习惯的描述方式和观察角度，变得面目模糊。正如张旭东在《全球化与文化政治》中所提到的那样，"每个人或许都会同意，这个时代对中国来说是一个过渡时期……旧有的假设和理论框架在处理问题的时候，已经显得不够充分了"。

政治和经济场域的变化深刻地作用于文化场域，影响和促发了文化场域的变革。与经济场同国际社会的接轨同时或者稍晚，文化场也尝试着与全球资本的社会、文化规范接轨和融合，主要的表现形式就是后现代主义的勃兴

---

① 中国互联网络信息中心(CNNIC)发布的第38次《中国互联网络发展状况统计报告》显示，截至2016年6月，中国网民规模达7.10亿，互联网普及率达到51.7%，超过全球平均水平3.1个百分点，手机网民规模达6.56亿，网民中使用手机上网的人群占比为92.5%。

② 丹尼尔·贝尔.后工业社会的来临[M].高铦，等，译.北京：新华出版社，1997：53.

和大众文化对所有艺术门类的广泛渗透。处于文化场中的文学场，也不可避免地产生了相应的变化。

首先是大众文化的高速发展及其对文学的渗透。在资本主义早期，"大众"通常被理解为以工人阶级为主的中下层民众，如雷蒙·威廉斯在《文化与社会》中提到的"由工人阶级派生出大众行动"①，可以看出，彼时的"大众"具有很强的阶级色彩。而到了后资本主义阶段，随着城市化程度的提高，文化水平、教育水平的普遍提高和大众传媒的高度发达，"大众"作为阶级、政治话语的色彩被稀释，而被看作是都市人面目模糊的平均状态或者缺乏个性的、高度类型化的集群。在中国，后现代意义上的"大众"的出现是与20世纪八九十年代市场经济的发展、中国大踏步地迈向现代化同步的，特别是进入21世纪以后，跨入全球生产体系和世界规模的市场的中国社会逐渐具备了大众社会的特点：大规模生产和人口的频繁流动带来的中型、大型、特大型城市；经济高速发展带来的收入增长、多样化的财富分配形成的相对平均的社会财富；朝九晚五的"白领"工作形成的固定充足的闲暇时间；电视、网络等大众媒介的全面普及。"大众"的出现，改变了中国社会的格局，也带来了文化场的重大变革。

前工业社会，民众同样拥有自己的文化，即民间文化。民间文化与文人文化相区别，是普通劳动者休闲娱乐的方式，坊间的说书、唱词、戏曲等都是其中的典型代表。但是，民间文化与大众文化有着显著的区别。民间文化产生于古典时期，自发形成于民众当中，是当时通俗文化的主要形式，作为精英文化的文人文化基本上按照社会阶层来划分，相互之间"井水不犯河水"，既鲜有沟通，也少有交流。而大众文化产生于工业社会，不但是工业社会所产生的大众群体的伴生文化，本身也是工业社会的文化产品。大众文化与精英文化不再带有阶级和阶层的属性，二者之间存在沟通的可能，也有争夺话语权的矛盾，因此构成激烈的冲突，冲突的焦点则主要是文化态度的差异。另一方面，从传播媒介来看，民间文化主要依靠口头传播，与主要依赖电子媒介传播的大众文化在传播的速度和广度上不可同日而语。

对于大众文化的特点，早在其形成初期，西方学者就多有概括，丹尼尔·贝尔将大众文化的特征概括为"普及的、短暂的、易忘的、低廉的、大量生产

---

① 雷蒙德·威廉斯.文化与社会[M].吴松江,张文定,译.北京：北京大学出版社,1991：376.

的、为年轻人的、浮华的、性感的、欺骗性的、有魅力的、大企业式的"①。法兰克福学派的洛文塔尔则持着激烈批判的态度，将大众文化形容为"全无任何真正的艺术特征……标准化、俗套、保守、虚伪，是一种媚悦消费者的商品"②。

当代中国精英文化与大众文化的关系经历了几个发展阶段。改革开放初期，以金庸、琼瑶的小说，邓丽君的歌曲等为代表的大众文化从港台登陆内地/大陆，此时大众文化并未对精英文化构成有规模的威胁，精英文化高居庙堂，在文化领域内占据绝对的优势，持"启蒙"态度的精英文化以高高在上的姿态批判、抨击持"世俗化"文化态度的大众文化。20世纪90年代开始，伴随着市场经济的高速发展，大众文化发展迅猛，迅速挤占了精英文化的生存空间，二者之间的矛盾在争夺受众的层面爆发了。乌托邦光环褪去，精英的启蒙文化在世俗的大众文化面前无力招架而迅速边缘化，要么将自己锁入小圈子，"躲进小楼成一统"，要么干脆选择妥协乃至俯首称臣。1993年，一个标志性的事件是众多作家聚集在深圳，参加中国第一次公开的文稿竞卖活动。阿多诺口中自恋的、拒绝进入交换关系、不为大众接受的精英文化，抛弃了羞羞答答的面纱，不再像本雅明所描述的那样"他们像游手好闲之徒一样逛进市场，四处瞧瞧，实际上却是想找一个买主"③，而是直接走上街头成为叫卖的商户。这一事件被看作是长时间的对垒之后，精英文化在市场和大众文化面前瞬间溃败的"斯大林格勒战役"。

21世纪，精英文化和大众文化的关系进入了第三个阶段。随着电视、网络等电子媒体的普及，大众文化的影响如日中天，逐渐丢失了文化领导权的文化精英们不得不承认大众文化的势力和地位，开始寻找与大众文化达成和解的方式。如杰姆逊所说，"到了后现代主义阶段，文化已经完全大众化了，高雅文化与通俗文化、纯文学与通俗文学之间的矛盾正在消失，商品化进入文化意味着艺术作品正在成为商品……商业化的逻辑已经影响到人们的思维，总之，后现代主义的文化已经从过去那种特定的'文化圈层'中扩张出

---

① 丹尼尔·贝尔.资本主义文化矛盾[M].赵一凡，等，译.北京：三联书店，1989：120.
② 利奥·洛文塔尔.文学、通俗文化和社会[M].甘锋，译.北京：中国人民大学出版社，2012：47.
③ 本雅明.发达资本主义时代的抒情诗人[M].张旭东，魏文生，译.北京：读书·生活·新知三联书店，2012：51.

来，进入人们的日常生活，成为消费品"①。事实上，这样的转变在电影领域早已发生，以陈凯歌、张艺谋为代表的第五代导演从艺术电影向商业电影的转型正基于此。而在标志着精英文化更高层次的文学领域，这一转变则以1999年前后期刊社和出版社的市场化转型为标志。而大众文化同样也有着与精英文化和解的诉求，从直接的层面来说，大众文化需要借鉴精英文化的资源，特别是对文学的再生产，成为大众文化最重要的生产手段之一。从更深层次来讲，大众文化也需要借助精英文化在经济资本之外获得更多的文化象征资本。

不仅在中国，在全世界范围内，精英文化与大众文化的和解都是不可逆转的大势所趋。2016年，美国摇滚歌手鲍勃·迪伦获得代表文学界最高成就的诺贝尔文学奖便是明证。流行文化的、"最大众"的流行歌手，获得了"最精英"的诺贝尔文学奖，这对整个文学界乃至文化界都是极大的震动。笔者认为，这是一个具有历史意义的时刻，它几乎是用宣告的方式告诉我们，大众文化对文学的渗透已经不再是某种可能性，而是一种必须去接受、认可、关注、研究的既成事实。当我们进入当代文学的场域，去关注当代的文学作品、文学现象之时，大众文化对文学的介入是始终在场的。

就中国当代文学而言，大众文化对文学的渗透是全方位的：它介入文学的生产机制，20世纪80年代形成的并在当时产生轰动效应的"文学期刊和专业—业余作家体制和国家控制"的单一出版机制在大众文化的冲击下走上步履维艰的市场化改革之路，它影响文学的传播方式，许多作家已经将影视改编视作扩大影响、为作品争取更多读者的不二手段，它适用于文学场内象征资本的分配方式，在大众文学那里获得巨大经济资本的作者，可以"挟市场叩击文坛"，进而影响了作家身份的认同与转变，它还作用于文学批评和文学研究，希利斯·米勒的那篇著名的《全球化时代文学研究还会继续存在吗》正观照着当下中国当代文学研究的现实……大众文化对当代文学更深刻的影响在于，在后工业社会，包括文学在内的一切艺术，"美感的生产已经完全被吸纳在商品生产的总体过程之中……美感的创造、实验与翻新也必然受到诸多限制，在社会整体的生产关系中，美的生产也愈来愈受到经济结构的

---

① 弗雷德里克·杰姆逊.后现代主义与文化理论[M].唐小兵，译.北京：北京大学出版社，2005：147-148.

种种规范而必须改变其基本的社会文化角色与功能"①。也就是说,在经济场、政治场、文学场的相互影响和作用之下,大众文化其实已经成为一种无意识,乃至一种新的、离散的意识形态,它无孔不入地融入作家写作和读者阅读过程当中。而尤为重要的是,大众文化带来的文化的极大丰富,使得当下的文化场域必须遵从一种高度"民主化"的原则,文化的控制权不再掌握在制造者手中,而是掌握在接受者手中,形成了一种"接受自由",任何文化想要实现对大众文化的干预或者介入,哪怕是批判,也必须同大众文化接轨,文学也不例外。因此,大众文化与文学之间的关系,实际上已经从20世纪80年代的打压、20世纪90年代的被动抵抗和被影响,转化为主动的接近和靠拢。

第二,作家"文化精英"身份的稀释。在20世纪90年代以前,中国作家始终隶属于精英知识分子阵营,他们以精神家园的捍卫者自诩。在20世纪80年代,不论是现代派的徐迟提出的"我们将实现社会主义的四个现代化,并且到时候将出现我们现代派思想感情的文学艺术"②,还是寻根派的韩少功所宣告的"不是出于一种廉价的恋旧情绪和地方观念,不是对歇后语之类浅薄的爱好,而是一种对民族的重新认识,一种审美意识中潜在历史因素的苏醒,一种追求把握人世无限感和永恒感的对象化表现"③,都饱含着对民族、国家的无限热情,潜藏着对未来的美好期待和浪漫憧憬。这种雄心勃勃、热情洋溢的笔调,反映了20世纪80年代的作家作为文化精英享有文化领导权的强烈责任感和自信,也带有着高居文化领导地位的文化精英们对民众启蒙的想象和文化未来的规划。然而,这样高亢、慷慨的情绪并没能持续多久,就迅疾成了"百年中国最后的启蒙之音","在世纪之交尚未莅临的时候,启蒙主义和一代精英在历史的舞台上还未来得及谢幕便提前退场"④。

取而代之的是作家们将市场经济和改革渗透进作品。20世纪90年代,"以经济建设为中心"不再是一种意识形态话语,而是落实为全国上下的实践

---

① 詹明信.晚期资本主义的文化逻辑[M].张旭东,编.陈清侨,严锋,译.北京:读书·生活·新知三联书店,2013:351.
② 徐迟.现代化与现代派[J].外国文学研究,1982(1):117-119.
③ 韩少功.文学的"根"[J].作家,1985(6):62.
④ 孟繁华.众神狂欢——世纪之交的中国文化现象[M].北京:中国人民大学出版社,2009:2.

行为、生活内容乃至生活方式,与经济发展密切相关的科学技术成为第一生产力,而不能够转化为生产力的文学自然就成为冷门,作家们被排斥在市场经济条件下的新社会规则之外。贾平凹在《废都》里塑造的庄之蝶,是当时的文化精英们丧失了优越地位之后强烈的失落颓废情绪的典型代表。知识分子想象中等待启蒙的民众,在市场经济的商品化社会中找到了新的、更具体可感的指挥棒,完成了自己身份主体的确认,知识分子的启蒙话语彻底失效,反而是知识分子丧失了自身的主体性,无法完成自我指认。20世纪90年代文艺界的几次重要论争,如"人文精神论争","二王之争"(王蒙、王彬彬),"二张之争"(张承志、张炜)等,都涉及转型期中国知识分子的自我理解与社会角色问题。于是,他们的精英意识首先在精神层面被削弱了。

压垮文化精英们的"最后一根稻草"却仍然是经济地位的改变。启蒙话语的失效,已经令知识分子们足够失望,而"一地鸡毛"的生活,更使得知识分子们斯文扫地。"早动早收益,晚动晚收益。"(玛拉沁夫),"我不下海,终生遗憾"(张贤亮),①"下海"成为诸多作家的共同选择,韩少功更是直言"不能赚钱,当儿女当父母的资格都没有,不具人籍,何言作家……实业生财也是篇难做的大文章。能养活自己便不错,至少除却了寄生者的卑琐"②。

进入新世纪,"下海"已经不再是社会的流行词汇,作家下海也不再是文学场内外热衷讨论的话题。并不是因为"下海"的现象不存在了,而是经济之"海"已经水漫金山,成为整个社会的主导力量,所有人都身在"海"中,无所谓下与不下。作家们不再为自己的社会角色感到焦虑,而是逐渐找到了自我定位。成名于20世纪80年代或者更早,由"文学期刊和专业—业余作家体制"培养的作家,除了20世纪90年代走上下海经商道路、事实上已经脱离了作家身份的一部分以外,大部分仍然生活在作协、文联的体制之内,享有整合度较高的象征资本、经济资本和政治资本。而成名于20世纪90年代或者更晚的作家,则以市场培养的自由撰稿人居多,他们中的一部分虽然后来也进入作协或者文联,但仍然以占有和获取经济资本为主。但无论是哪一类的作家,与20世纪80年代自觉承担启蒙民众、守卫民族灵魂的义务,倡导社会责任、以精英知识分子自居的自我认同已经大相径庭。20世纪90年代

---

① 杨晓升.中国魂告急[M].北京:中国社会出版社,1996:66.
② 韩少功.无价之人[M]//韩少功.海念.海口:海南出版社,1994:124.

王蒙在评论王朔的文章里提出"躲避崇高",在当时引起极大反响和争议,但至少还说明作家仍然相信"崇高"的存在,是躲避还是直面,是作家们的选择;同样是在20世纪90年代,刘心武提出"直面俗世",虽然名为"直面",但显然仍然不脱精英高高在上的姿态。而到了21世纪,乌托邦幻灭,"崇高"已经不复存在,更无须躲避,而作家们更是早已身在"俗世"中,云深不知处,无所谓"直面"。作家们的精英意识如果不说是消耗殆尽,至少也是极大地被稀释了。

作家们不再占据精英身份,而是回归到一种普通的社会分工,成为普通民众的一部分。这使得他们的意识形态发生了转变,从形而上的精英意识形态,转变到形而下的市民阶层的意识形态。而意识形态的转变带来的是世界观、价值观的根本变化,这直接影响了作家们的写作态度。在新世纪,放弃了文化精英身份、稀释了精英意识的作家们不但不可能成为鲁迅、茅盾这样直面社会弊端、产生社会影响的作家,也不再可能成为刘心武、贾平凹一般的时代代言人,甚至不再像王朔那样,臧否人物调侃时事。作家不再以作品的精神性为写作的根本追求,而是换算作品能够带给自己政治资本或者经济资本的多寡,正如汉娜·阿伦特所指出的那样,对"通常叫作文人的那帮落魄的人"来说,"公众的赞赏和金钱的报酬属于同一性质,两者可以相互置换"。[1] 于是写作成为社会分工的普通组成部分,与工人用劳动力换取经济资本并无二致。

第三,媒介场的影响空前巨大。1964年,麦克卢汉在其大作《理解媒介》中提出了振聋发聩的观点"媒介即信息"[2],这一产生于半个多世纪以前的观点,在电子媒介问世之初就成功地预言了媒介将对人类社会产生的巨大影响。麦克卢汉敏锐地发现"技术产生一种迫使人需求它的威力……技术是人体和感官的延伸……电力技术与我们的中枢神经系统直接相联……一旦拱手将自己的感官和神经系统交给别人……我们实际上就没有留下任何权利了"[3]。然而即便是麦克卢汉,大约也无法预料互联网的高速发展和普及。

---

[1] 汉娜·阿伦特.公共领域和私人领域[M]//汪晖,陈燕谷,编.文化与公共性.北京:三联书店,1998:87.

[2] 马歇尔·麦克卢汉.理解媒介——论人的延伸[M].何道宽,译.北京:商务印书馆,2000:32.

[3] 马歇尔·麦克卢汉.理解媒介——论人的延伸[M].何道宽,译.北京:商务印书馆,2000:104.

引 言

人类历史上没有任何一个时代、没有任何一种媒体具有今天的互联网这样惊人的影响力。对当下的中国而言，主要的媒介形态有三种，以书籍、报纸、杂志为主的纸面媒介，以电影、电视为主的影视媒介以及虽然兴起不久但却已经迅速占据了主导地位的网络媒介。

纸面媒介是较为传统的媒介形式，自从印刷术普及以来，就一直是文学作品的主要载体和传播媒介。对于现代文明而言，人类的大部分知识、信息、文化依靠纸面媒介传递和累积。为了实现文明传承的重要使命，纸面媒介几百年来形成了严肃、逻辑、理性、秩序的特点，即便是虚构的文学作品，也必须将文字赋予意义，这就意味着作者要将无序的文字组成逻辑的排列和编码，而作者在此过程中必定要经过严肃的思考。此外，纸面媒介几乎唯一的表达方式就是文字，文字作为符号并不负载美感，作者要赋予作品美感，必须将自己的思想、情感、对世界的体认、对美的感知付诸文字，文学的创作因此而更显艰难。而读者的解码过程也同样是严肃思考的过程："对于读者而言，作者并不是一直值得信任的。他们撒谎，他们陷入迷茫，他们过于笼统，他们滥用逻辑常识。读者对此必须有备而来，用知识常识武装好自己。这不是一件容易的事，因为读者往往是孤独地面对文本的。在阅读的时候，读者的反应是孤立的，他只能依靠自己的智力。面对印在纸上的句子，读者看见的是一些冷静的抽象符号，没有美感或归属感。所以，阅读从本质上来说是一件严肃的事情，当然也是一项理性的活动。"①

与诉诸文字的纸面媒介不同，影视媒介主要诉诸图像，影视媒介是工业化的产物，是"工业巨人的一只强大的肢体"，它"提供最具魅力的消费品——梦幻"②。从影视媒介出现起，纸面媒介就逐渐地、越来越快地从主导地位滑落到边缘地位。影视制造的图像，打破了再现与现实之间的对立、虚幻与现实之间的分别。因为与工业之间天然的亲密关系，影视媒介自从出现起，就是以商业为目的的。与纸面媒介承担意义、传载文化不同，影视媒介几乎不承担意义，而是以传播为诉求。麦克卢汉还引用了电视从业者比尔·耶莫斯的表述："我担心我的这个行业……推波助澜地会使这个时代成为充满遗忘症患者的焦虑时代……我们美国人似乎知道过去24小时发生的任何

---

① 马歇尔·麦克卢汉.理解媒介——论人的延伸[M].何道宽,译.北京：商务印书馆,2000：363.
② 马歇尔·麦克卢汉.理解媒介——论人的延伸[M].何道宽,译.北京：商务印书馆,2000：358.

事情,而对过去60个世纪或者60年发生的事情却知之甚少。"①作为新的审美艺术形式,影视媒介的出现,对一切旧有的艺术形式如绘画、雕塑、音乐等都造成了巨大的冲击,纸面文学也不例外。影视媒介提供的影像和音响,比起枯燥的阅读更能直接刺激受众的感官,受众对影视媒介的接受更多是被动的,不需要主动参与解码的过程。于是,更加轻松、愉快的影视媒介夺走了纸面文学的大量受众。麦克卢汉进而指出:"印刷品根据解读专业化编码的不同能力,产生了不同等级的社会群体,电视使用每一个人都能理解的简易编码,使不同社会地位的所有观众都能理解它的信息,从而打破了社会群体之间的界限,通过将不同人口中不同阶层结合为一体,电视创造了一种单一的观众,一个文化活动场所。"②

  影视媒介还创造了一种介于再现与现实之间的世界,近年网络流行的话语称之为"二次元"。电影电视所营造的"二次元"空间打破了虚幻与现实之间的分别,破坏了现在、过去和未来的分野。存在于电影、电视、动漫中的"二次元",既不是客观的,也不是主观的,而是主体性的特殊延伸,主客体之间的二元对立被极大地削弱了。

  网络媒介作为新兴的媒介形式,在当下社会有着不可思议的影响力。当尼尔·波兹曼在《娱乐至死》中感叹影视媒介带来的社会变化时,还完全没有意识到电脑和网络将带来翻天覆地的媒介变革,甚至轻视地说出"关于电脑的一个最重要的事实就是,我们对它的任何了解都来自电视"③。而事实上,只有短短几十年历史的互联网,它的力量已经超过了人类历史上任何的媒体,它对人们有着无孔不入的控制力。

  网络媒介首先提供给我们一个信息过剩的世界,这在此前的人类历史上是从未有过的。在纸媒时代和影视媒介的时代,信息始终是稀缺资源,媒介垄断信息发送渠道,向受众提供有限的信息。而到了网络媒介时代,信息发布与传播的方式发生了根本性的变化。信息的发布渠道不再是垄断的,而是开放式的。通过互联网,任何个人和机构都可以成为信息的来源,信息的传播方式从单一的垂直传播,变成了放射式的传播,形成了信息的爆炸。与影

---

① 马歇尔·麦克卢汉.理解媒介——论人的延伸[M].何道宽,译.北京:商务印书馆,2000:393.
② 马歇尔·麦克卢汉.理解媒介——论人的延伸[M].何道宽,译.北京:商务印书馆,2000:276.
③ 尼尔·波兹曼.娱乐至死[M].章艳,译.北京:中信出版社,2015:89.

视媒介一样，互联网的主要力量不在于它分析信息、解释信息的能力，而在于它传播信息的能力，而互联网将这一点贯彻得更为彻底。一个很好的例子是：在我国，普通网民所耳熟能详的互联网门户网站新浪、搜狐、网易、腾讯等，长期不具有采编权，只能采用"News Market"的形式，引用和编辑报纸、杂志及新闻一类网站①的新闻报道，但这并不妨碍它们远超前者的影响力。

互联网提供给我们海量的信息，搜索引擎代替了图书馆，改变了人们获取信息的方式，如果说影视媒介只是提供了更为丰富的休闲娱乐的方式，那么互联网所颠覆的，则不仅仅是人们的休闲方式，还包括知识文化传递和积累的方式。互联网上随用随取的各类信息、知识不再要求人们通过阅读积累知识存储在大脑当中，通过阅读来获取知识也远不能满足人们对学习效率和信息更新的要求，通过电子书等形式，纸质媒体所负载的大量信息也被转移到了互联网上，而这些知识和信息大部分还是免费的。于是，在互联网时代，纸质媒体更加式微，阅读成为奢侈的事情，逐渐脱离了人们的日常生活。

互联网还塑造了破碎的思维和阅读方式。互联网时代提供给人们支离破碎的时间和被割裂的注意力。Windows 提供的多任务的窗口模式使得一心多用成为可能，人们可以在同一时间在多个空间进行切换，进行多任务的处理。人们习惯于一边阅读、一边听音乐、一边在网上搜索信息，多任务的处理带来了便捷，也削弱了人们阅读和理解的专注度，而互联网的超链接模式更是破坏了人们的注意力，打开任何一个网页，在浏览的过程中都会出现几十上百个可以点开的链接，随时获取相关的知识和信息，事物的唯一性被彻底粉碎了……"主体的片段"以无穷种方式嵌套、交错、缠绕，与其他众多的"主体的片段"交织在一起，信息被大量稀释和泛化，这与纸媒体时代专注、深入的阅读方式完全不同。纸媒时代单一的文本变成了可以延展、扩散的超级文本、立体文本。读者的阅读心理从"线状"变成"网状"，阅读焦点被模糊，阅读效率被降低，为此所付出的时间成本被无限放大，信息的深度却与此成反比。而移动互联网的高度普及，又打破了前互联网时代人们支配时间的方式。人们随时随地可以打开 iPad 和智能手机上网，使得整块的时间变

---

① 新闻一类网站指新华网、人民网、中新网、中国日报网、中广网、中青网之类的新闻网站，他们依托原有的传统媒体建立起来，由于传统媒体拥有采编权，部分或全部地转移到了这些网站，因此也成为门户网站的主要新闻来源。

得碎片化，不再习惯于将长长的一整段时间分配来做同一件事情，动辄几百页的长篇小说对于当下的大多数读者来说显得过于冗长和费时，与此相适应的则是阅读方式的碎片化，所谓微阅读、轻阅读，正是碎片化阅读的别称。

之所以说网络媒介彻底改变了媒介场的生态，是因为除了挤压了别的媒介的生存空间外，更为重要的是，它还取得了"元媒介"的地位，完全掌握了对其他媒介的控制权。

在当下，网络成为人们获取信息的最重要来源，这也包括关于其他媒介的信息。什么电影值得看、什么电视剧值得追、什么书值得读，所有的这些信息的获取，都依赖着网络。号称"中国文艺青年大本营"的豆瓣网，最重要的流量来源之一，就是由读者、观众来给书本、电影、电视剧打分。已经阅读过书、看过电影的网友在豆瓣网上做笔记、写下读后感或观后感，给出一星到五星的星级评定，给后来者提供是否要阅读某本书或者走进电影院的依据。凤凰、新浪、腾讯等各个大型门户网站往往也会设立读书频道，推荐近来出版的值得阅读的书目，还会设立月度、季度和年度的排行榜，以备参考查阅；当当、京东、亚马逊等图书销售网站实时更新的图书销量榜也往往成为读者购买图书的参考。电影、电视剧则更需要依靠网络来进行宣传，新浪微博上的"热门话题"常年被各种电影、电视剧制造的话题所占据，抖音等短视频网站，则提供着"三分钟看完××电影""五分钟看完××书"等内容……

"元媒介"的控制力还不止于此，关于其他媒介的生存状况、为何要倡导回归阅读等信息，最主要的来源仍然是网络。因此可以说，网络媒介已经成了整个媒介场的主导者。根据麦克卢汉"媒介即讯息"的观点，主导媒介的变化，不仅仅是"谁说了算"的问题，媒介不同，所传递的讯息也大不相同。网络媒介作为主导媒介的时代，它的表达方式对其他相对弱势的媒介都会产生影响。因此，在网络时代，无论是小说、诗歌、散文等文学作品，还是电影、电视，实际上都受到了网络媒介的影响。以文学为例，出现了杂志书、微小说等与互联网思维和互联网习惯相呼应的新文学形式，而小说的语言，特别是一些年轻作家的作品，也明显地体现出网络语言的特点。

第四，新的文学读者群体的形成。20世纪80年代这一文学的"黄金年代"过后，文学与读者的亲密关系开始解体。邵燕君这样分析文学与读者"感情破裂"的原因："1985年前后，文学开始'向内转'、'回到文学自身'，掀起了以西方现代派文学为主要学习对象的形式变革。这场先锋变革的发生自有其动因和意义,但问题是,在当时中国社会整体'向西看'的潮流下,文坛一窝蜂地求新求异,割裂了有最深土壤的现实主义文学传统。在'写什么'方面,与大众关心的社会内容脱节,在'怎么写'方面,超越大众熟悉的现实主义笔法,致使大众看不懂,也觉得没得可看。进入1990年代以后,文学又在专业化的社会潮流下,向'纯文学'方向发展,进一步与大众脱离。"①简单来讲,就是文学作品与普通读者的阅读欣赏水平不相协调,造成了脱节。这一方面与文学的"拔高"有关,另一方面也跟改革开放之初,作为读者的普通民众的受教育程度和生活水平有关。文学特别是"纯文学"的欣赏,需要一个有相对优越的生活条件、有相对充裕固定的空闲时间、有一定的知识文化水平和欣赏能力的阶层,而在当时的中国社会,这个群体的数量非常有限。

而到了20世纪90年代中期,这一群体开始逐渐形成。安波舜曾提到在"布老虎"品牌创立之初他所进行的市场考察。在"布老虎"品牌创立之前,他对北京中关村和深圳特区两地进行了读者调查。通过调查,他得出了这样的结论:"代表中国大多数的理工知识分子,是最活跃最先进的生产力,而随着城市文明的不断提高,这个阶层将不断扩大,最终将形成稳定社会政治、经济、文化的中产阶级……而文学特别是小说,应该把他们作为主要阅读主体。他们将以丰裕的收入和饱满的热情,扶持文学进入良性循环""只有发达的市场经济才能呼唤出真正的人本精神……我敏感地意识到小说中的社会理想和平民英雄,维持家庭和事业的责任感,以及知识分子的社会良知……满足这一部分的情感需求,无疑是文学对社会的巨大贡献"。②"布老虎"后来的成功无疑证明了安波舜这一判断的正确,他和他的"布老虎"所挖掘的城市新中产阶级,成为文学新的"亲密战友",当然,他们的阅读品味和兴趣与20世纪80年代的文学读者相比也发生了很大变化。

进入新世纪,中国社会的社会结构在平静中悄然变更。中国社会科学院发布的《中国当代社会阶层研究报告》对当前中国社会阶层变化做了总体分析,提出以职业分类为基础,以组织资源、经济资源、文化资源占有状况作

---

① 邵燕君.新世纪第一个十年小说研究[M].北京:北京大学出版社,2016:4.
② 安波舜."布老虎"的创作理念与追求——关于后新时期的小说实践与思考[J].南方文坛,1997(4):5-7.

为划分社会阶层的标准,把当今中国的群体划分为十个阶层:国家与社会管理者阶层,经理人员阶层,私营企业主阶层,专业技术人员阶层,办事人员阶层,个体工商户阶层,商业服务业员工阶层,产业工人阶层,农业劳动者阶层,城乡无业、失业、半失业者阶层。报告指出,改革开放使中国社会发生了深刻变化,经济体制转轨和现代化进程的推进,也促使中国社会阶层结构发生结构性的改变。原来的"两个阶级一个阶层"的社会结构发生了显著的变化,一些新的社会阶层逐渐形成,各阶层之间的社会、经济、生活方式及利益认同的差异日益明晰,以职业为基础的新的社会阶层分化机制逐渐取代过去的以政治身份、户口身份和行政身份为依据的分化机制。这些迹象表明,社会经济变迁已导致新的社会阶层结构的出现而且趋于稳定。①

报告中提到了"经理人员阶层、私营企业主阶层、专业技术人员阶层、办事人员阶层、个体工商户阶层、商业服务业员工阶层"组成的城市"新中产阶层"。"新中产阶层"的主体是白领雇员,虽然从马克思主义的严格意义上来讲他们仍然属于不占有生产资料的无产阶级,但他们的生活境况和富裕程度,却远非传统意义上的无产阶级所及。他们是后现代消费社会中最主流和最庞大的消费人群,无论消费品、服务业、房地产业,都将他们作为最主要的购买力。根据剑桥大学安格斯·麦迪森教授的观点,当一个国家人均GDP达到1000美元的时候,该国社会向舒适型、享受型转变,而到2003年,中国的人均GDP已经超过1000千美元。② 21世纪,这一舒适型社会中的"新中产阶层",有了一个更为明确的称呼——"小资"。"小资"即小资产级的简称,在当下中国的语境里,意指生活稳定、衣食无忧、教育程度良好的城市居民和白领。以《布波族》和《格调》两本书的流行为标志,"小资"形成了自己的文化趣味,他们标榜的对高雅文化的欣赏、对文化品位的孜孜以求使得他们成为文学新的受众群体。文学特别是"纯文学"所携带的"小众""精英""高品位"的标签与"小资"的文化趣味不谋而合,杜拉斯、马尔克斯、卡夫卡是他们竞相追捧的对象。在当代文学中也逐渐产生了具有"小资"身份、进行"小资"写作的作家,安妮宝贝是这类作家的代表。邵燕君在对豆瓣

---

① 陆学艺. 当代中国社会阶层研究报告[M]. 北京:社会科学文献出版社,2002:4.
② 张晓明,胡惠林,章建刚. 2005年:中国文化产业发展报告[M]. 北京:社会科学文献出版社,2005:5.

网及其子版块"豆瓣读书""豆瓣阅读"的研究中,援引年轻研究者白惠元的观点,将这些"文青""小资"用户称为"网络时代的'纯文学'移民","以豆瓣网用户为核心,正在形成一个全新的文学场域"。①

---

① 邵燕君.新世纪第一个十年小说研究[M].北京:北京大学出版社,2016:234.

第一章

边缘写作与文坛之变
——20世纪90年代到新世纪
　的文学场变迁

第一章 边缘写作与文坛之变——20世纪90年代到新世纪的文学场变迁

第一节

王朔：市场的介入与文学生产机制的分裂

2007年，王朔出版作品《我的千岁寒》。沉寂多年的王朔，此番出手自是不同凡响，该书长期占据图书销量排行榜冠军。与销售的火爆形成鲜明对比的是评论界的几乎集体沉默。这大约是因为《我的千岁寒》确实是一本难以评价的书，很难定义它是小说、散文还是杂文，它甚至更像是一盘"杂烩"。不过这也不是王朔的作品首次在市场和批评家之间获得截然不同的待遇了，应该说，自王朔出道之日起，关于他的作品价值的判定，在文学场内外始终是矛盾的或者至少是错位的，总是难以达成统一。

王朔应该说是20世纪80年代改革开放以后产生的最早的自由作家。王朔自称"写作个体户"，养家糊口是他走上写作道路的最直接的动因，这与同一时期大部分作家寄居于体制内，领取固定工资的生存方式是迥然不同的。王朔在不同场合多次表达过走上写作道路时"为稻粱谋"的动机。经历了经商失败的王朔这样描述自己当时的生存状态："有段时间我们很拮据。北京有的饭馆是吃完结账，每在这种饭馆吃饭我总要提心吊胆，生怕吃冒了钱不够当众尴尬……那时我真是一天只吃一顿饭，每天猫在家里写稿子，希望全寄托在这儿上了。"[①]"一切都不成了，到1983年下半年，真的没任何事干了，不写小说就没什么出路了。"[②]朋友们的论述也佐证了他所言非虚："王朔没有工作，没有工资，但他有老婆孩子，他带着老婆孩子寄居在他父母家，他

---

① 王朔.我是王朔[M]//王朔.王朔最新作品集.桂林：漓江出版社，2000：135.
② 王朔.我是王朔[M]//王朔.王朔最新作品集.桂林：漓江出版社，2000：136.

首先需要生活,需要钱,需要一个挣钱的体面工作,这就逼得他多写多发,他一下子顾不了精雕细刻,必须多写多发表。这是一个真实的王朔。"①"卖字为生"的写作动机决定了王朔的写作策略,那就是"好卖"。王朔的小说,特别是其早期的作品,不以思想深刻、艺术技巧圆熟为追求,而是特别追求市场效应。

读者喜爱才能好卖,好卖才能赚钱,对于王朔而言,早期写作风格的形成特别简单,也特别真实。正因如此,王朔在如何提高作品的经济价值,赢取更多读者方面,颇下了一番功夫。与王朔几乎同时,先锋作家们也正怀揣着文学梦想,迈开了向文坛进军的步伐,而王朔选择的道路与他们是如此不同。在先锋作家们用独特前卫的形式主义策略获得文学场内的认可的时候,王朔则在用最接地气的文字俘获市场的认可。王朔也许是中国最早将"分众"②的概念运用于写作中的作家,据他自己说,"我的小说有些是冲着某类读者去的。《空中小姐》《浮出海面》还没做到有意识地这样,他们吸引的是纯情的少男少女。《顽主》这一类就冲着跟我趣味一样的城市青年去了,男的为主。后来又写了《永失我爱》《过把瘾就死》,这是奔着大一大二女生去的。《玩儿的就是心跳》是给文学修养高的人看的。《我是你爸爸》是给对国家忧心忡忡的中年知识分子写的。《动物凶猛》是给同龄人写的,跟这帮人打个招呼"。③ 这种针对不同"消费者"量身打造"不同产品"的商人式的精明圆融,确实使得他的小说销路颇佳,也显示出了王朔极为超前的经济头脑和文学敏感,他早早地意识到了在信息、知识不再是稀缺资源的时候,读者和作者关系的倒转并身体力行地用之指导自己的写作。

王朔的精明还体现在他早早发现了影视媒介对传播作品的"广告效应",

---

① 池莉.与历史合谋——给王朔[M]//刘智峰.痞子英雄王朔再批判.北京:中华工商联合出版社,2000:402-403.

② 分众(audience division)这一借鉴现代企业STP营销的词语,伴随着新媒体时代的到来成了全球最热门的词语之一。所谓"分众",是说在新媒体生存发展的时代,信息不再是稀缺资源,信息的海量堆积和渠道的无所不在使得信息对于人们而言不再稀缺;相反,受众的注意力作为一种不可再生和复制的准天然资源,因此成为所有信息传播者必须追逐的对象。因此,仅仅一般化地传播信息,已经很难在众多同质重复、等质等效的信息竞争中脱颖而出,显示出其被"必选"的价值来。

③ 王朔.我是王朔[M]//王朔.王朔最新作品集.桂林:漓江出版社,2000:162.

第一章 边缘写作与文坛之变——20世纪90年代到新世纪的文学场变迁

王朔多次说过,他与媒介结成了"共生关系""共谋关系""互相利用"[①],他自觉地借助影视媒介来打造、放大自己的文学影响力,将"王朔"打造成一块文学品牌。在王朔有意识的经营之下,"王朔"成为颇具市场号召力的金字招牌,他的小说作品不但在市场上销售火热,影视改编也同样火爆。仅1988年一年,就有《顽主》(原著《顽主》)、《一半是火焰,一半是海水》(原著《一半是火焰,一半是海水》)、《轮回》(原著《浮出海面》)、《大喘气》(原著《橡皮人》)四部电影改编自王朔的小说,直让影视界把这一年称作"王朔年"。

而文学场和官方面对着"从来没有见过的"王朔,在最初的几年时间里,态度则既尴尬又暧昧:"一面是群众以及某些传播媒介的自发地对于他的宣传,一面是时而传出对王朔及王朔现象的批判已经列入开大批判选题规划、某占有权威地位的报刊规定不准在版面上出现他的名字、某杂志被指示不可发表他的作品的消息,一些不断地对新时期的文学进行惊人的反思、发出严正的警告、声称要给文艺这个重灾区救灾的自以为是掌舵掌盘的人士面对小小的火火的王朔,夸也不是批也不是,轻也不是重也不是,盯着他不是闭上眼也不是,颇显出了几分尴尬。"[②]在王朔以前,从来没有这样"放得下身段"的作家。"五四"以来,文学和作家始终承担着高高在上的启蒙使命,启迪民众是作家自发自觉的行动,即便是不以启蒙功利为追求的作家,审美境界、思想深度或者形而上的理趣也总要各展其能。而王朔偏偏都不是。他的小说都是"大白话",不仅"白"而且"痞",甚至都不符合书面文学的标准。他的叙事平铺直叙,从不使用高超精妙的叙事手法,他的小说看来全是玩闹,更不追求深刻的思想价值……以个体户的方式成长起来的王朔,从各个方面来看都没法被框定在文学场之内,传统的文学评价体系几乎因盛不下王朔这尊"大佛"而注定失语,正如王蒙所描述的当时的文学现场,面对这样一个"吹不得打不得"的王朔,再加上他本人的一副铁齿铜牙,缄默不屑、视而不见似乎是文学场内的作家、批评家们唯一能采取的态度。

有趣的是,虽然最初的几年里,确实出现了失效和缺位,但随即,在1990年前后,文学场对王朔的态度就部分地发生了"反转"。尽管王朔的写作动机如此地"市场",但在获得市场认可的同时,他竟然也终于在文学场内

---

① 王朔.我是王朔[M]//王朔.王朔最新作品集.桂林:漓江出版社,2000:153.
② 王蒙.躲避崇高[J].读书杂志,1993(1):10-17.

收获了部分好评,虽然王朔如此鄙视精英知识分子,常常在小说中将大学教授、文化精英塑造成可悲可笑的小丑,极尽讽刺揶揄之能事,却并不妨碍文学场内的一些精英、学院派的批评家们奉上赞誉,为拒绝一切意义的王朔找到了意义。陈思和认为,王朔的作品是当时社会颓废文化心理的表达:"王朔的小说却超前地告诉我们:颓废时代是空前的宽容时代,它不能倡导什么,只讲实行什么,每一个人都有他自由选择生活方式的权利。黑色是宽容的,可以包容一切极丑的和极美的,只是给人的感觉似乎沉重了一些。""王朔的成功,在于他及时地用艺术手段概括出二十世纪末一部分中国市民的心绪。颓废精神也可以说是无赖精神,是传统文化分崩离析时代的一种民心背向的表现,它与这个时代的另一种精神现象——知识分子的理性精神阴阳交合地构成了正负两面的力量,催化着时代的变化与更新。"①陈晓明认为,"王朔在这些人物身上确实透露出一种新型的世界观,这就是对生活的不完整性的认同","王朔的小说有非常好的感觉……王朔作品的思想不是意义统合的结果……这种思想可以称之为'颠覆意识'。王朔小说的人物都有一种抗拒意识形态主体中心化的功能"。②王蒙则选择了颇为生动的语言来接纳王朔:"这已经是文学,是前所未有的文学选择,是前所未有的文学现象与作家类属,谁也无法视而不见……我宁愿意认为这是非常中国非常当代的现象。曲折的过程带来了曲折的文学方式与某种精明的消解与厌倦,理想主义受到了冲击,教育功能被滥用从而引起了反感,救世的使命被生活所嘲笑,一些不同式样的膨胀的文学气球或飘失或破碎或慢慢撒了气,在雄狮们因为无力扭转乾坤而尴尬、为回忆而骄傲的时候,猴子活活泼泼地满山打滚,满地开花。他赢得了读者。它令人耳目一新,虽然很难说成清新,不妨认作'浊新'。"③尽管这些正面评价仍然多半持有一定程度的保留态度,但它提供给我们的信息是非常重要的,那就是,随着文学一体化的解体,原先几乎铁板一块的文学场发生了裂变,这种裂变是不以人的意志为转移的。王朔及其小说创作,之所以后来能被称为"王朔现象",不仅仅是因为他在当时所产生的巨大影响

---

① 陈思和.黑色的颓废——读王朔小说的札记[J].当代作家评论,1989(5):33-40.
② 陈晓明.王朔:无法拒绝的存在[M]//陈晓明.陈晓明小说时评.开封:河南大学出版社,2002:31.
③ 王蒙.躲避崇高[J].读书杂志,1993(1):10-17.

第一章 边缘写作与文坛之变——20世纪90年代到新世纪的文学场变迁

力,更是因为他实际上昭示了在今天看来具有划时代意义的变革。

王朔的出现和成名,首先昭示着文学生产机制的改变。在王朔以前,作家的成名主要依赖主流文学期刊的栽培。作家向主流文学期刊投稿,一旦被编辑看中,就会把作者请来讨论改稿,作品成熟以后就予以发表,发表时编辑还往往以编者按、编辑寄语或者单独发表评论文章、阅读札记的形式,以自身在文学场内的地位、名气为作者背书,向文坛推荐。其他刊物的编辑一旦看到有潜力的年轻作者出现,也会马上约稿。年轻的作者在作品通过期刊发表、得到文坛认可后,则会逐渐被"体制化",一面加入作协、文联体制,成为体制内作家,一面继续在各个主流文学期刊发表作品,然后由出版社出版作品集。这样一套"期刊—编辑—作者—出版社"的作家生产机制,是20世纪80年代青年作家特别是业余作家的主要培养方式,也确实为文坛挖掘和贡献了大批优秀的作家,他们中的许多作者成长为文坛的中流砥柱并活跃至今,莫言、余华、洪峰等都在此列[1]。而王朔的成长道路则有所不同。虽然王朔的处女作与成名作都发表在主流文学期刊(1978年处女作《等待》发表于《解放军文艺》第11期,而真正让王朔成名的作品当属1984年《当代》第二期发表的《空中小姐》),之后的作品也一直持续在主流文学期刊发表(《浮出海面》,《当代》1985年第6期;《一半是火焰,一半是海水》,《啄木鸟》1986年第2期;《橡皮人》,《青年文学》1986年第11、12期;《枉然不供》,《啄木鸟》1987年第1期;《人莫予毒》,《啄木鸟》1987年第4期;《一点正经没有》,《中国作家》1989年第4期;《千万别把我当人》,《钟山》1989年第4、5、6期;《永失我爱》,《当代》1989年第6期;《我是你爸爸》,《收获》1991年第3期;《无人喝彩》,《当代》1991年第4期;《谁比谁傻多少》,《花城》1991年第5期;《动物凶猛》,《收获》1991年第6期;《你不是一个俗人》,《收获》1992年第2期;《刘慧芳》,《钟山》1992年第4期;《许爷》,《上海文学》1992年第4期),并且在成名之后,他也加入了中国作家协会(1988年),看

---

[1] 1983年,《北京文学》的编辑王洁在堆积如山的自由来稿中"淘"到了余华的短篇小说《星星》,编委周雁如马上打电话到余华工作的乡镇卫生院,让他到北京改稿,路费和住宿费由杂志社承担;而著名先锋作家洪峰的成名,则与《作家》原主编王成刚分不开。为此洪峰还专门写了《和成刚相遇》一文以表达感激之情。黄发有,王云芳.文学期刊与先锋文学[J].山花,2004(11):110-117.

起来并没有脱离当时标准的作家成长道路太远,但成名之后的王朔与体制实际上保持一种游离的关系。期刊发表他的作品,但除了在他尚未成名的早期创作以外①,看不到对他有明显的约束、影响、指导和培养,反倒是王朔多次提到市场对他创作的引导作用:"虽然我经商没成功,但经商的经历给我留下一个经验,使我养成了一种商人的眼光。我知道了什么好卖。当时我选了《空中小姐》,我可以不写这篇,但这个题目,空中小姐这个职业,在读者在编辑眼里都有一种神秘感。"②显然,在王朔的这段描述里,他并不觉得《当代》的编辑给予了他指导或帮助,而是将编辑作为一个特殊的受众,认为普通读者和编辑都是在他的商业头脑精准算计之下。成名之后的王朔更加大胆张狂,期刊也好、作协也好,这些传统的文学生产机制更加难以对他构成约束和影响。而市场的影响对王朔始终非常重要,在早期关系着他的生计,后期则关系着影响力能否继续扩大,影视改编是否能够成功。是以王朔的成长,确实更多地受到的是市场这个"看不见的手"的指引。如果将王朔与差不多同时成名的莫言(1985年初发表成名作《透明的红萝卜》)作一对比,就可以见出二者的不同成长。莫言曾专门撰文《我是从〈莲池〉里扑腾出来的》,回顾最早发表他作品的期刊《莲池》及编辑毛兆晃对他的影响,提到毛再三指导他改稿,带他体验生活,文中感激之情溢于言表。他充满感情地由衷写道:"我是从《莲池》里扑腾出来的,它对于我永远是圣地。"③这与王朔对他的"伯乐"的态度显然大为不同。而从进入体制的时间来看,比王朔成名晚一年的莫言,在成名作发表的同年就加入了中国作家协会,而王朔则要等到四年以后的1988年。应该说,文学场内的文学生产机制在犹豫中接受了王朔,

---

① 《当代》编辑汪兆骞在访谈中曾谈到王朔来投稿的情景:"他人看起来文静,有点儿腼腆,但话又较得体,不死板……几天后,有一次我们几个编辑在一起吃饭,老龙无意中说起,那天那个小伙子送来的东西不错,有点儿新意,看来还有潜力,就是内容太多了,枝蔓过杂,共有六七万字。我们才知道老龙看了王朔的小说。那时我们还记不得他的名字,只记得小说叫《空中小姐》。两个星期后,老龙把王朔约来谈了一次,说了些修改意见。王朔挺尊重编辑意见,心甘情愿的样子。时间不长,也就半个月上下,王朔就把改过的稿子拿来了,文字压成三万上下。"李岩.记王朔成名作《空中小姐》发表情况[EB/OL].(2009-09-03)[2020-01-05]. http://cul.sohu.com/20090903/n266437407.shtml.

② 王朔.我是王朔[M]//王朔.王朔最新作品集.桂林:漓江出版社,2000:161-162.

③ 莫言.我是从《莲池》里扑腾出来的[J].文苑,2015(33):20-21.

第一章 边缘写作与文坛之变——20世纪90年代到新世纪的文学场变迁

但却从没能规训王朔，反过来讲，王朔对这种生产机制更多的是利用而非依赖，他真正依靠的还是市场。

王朔能够游走于市场和传统文学生产机制之间，是与20世纪80年代末90年代初，文学期刊和出版社市场化转型初期的特殊阶段紧密相关的。国务院在1984年发布的《国务院关于对期刊出版实行自负盈亏的通知》中要求，除少数指导工作、推动科学技术进步以及少数民族、外文等类别期刊外，其余一律"独立核算、自负盈亏"。① 出版社也面临类似的情况，1988年，中宣部和新闻出版署联合发文，明确要求：在发展社会主义有计划的商品经济的条件下，必须改革政企不分，统得过死，出版单位缺乏自主权，缺乏活力的旧体制，建设政企分开，扩大出版单位自主权，加强宏观管理，具有生机和活力的新体制。由此，开启了出版社的"承包制"。② 期刊、出版行业不景气的大背景，加上自负盈亏的压力，促使期刊、出版社推出王朔这样"好卖"的作家和作品，王朔可以说是生逢其时。因此，也才会有1992年轰动一时的王朔版税事件。这一年，华艺出版社出版四卷一套的《王朔文集》，开创在世作家出文集潮流之先河。应王朔的要求，出版社对这套书实行版税付酬制。萧乾曾对此评论说："王朔给中国作家松绑了。"

而对王朔评价的前后变化，事实上是文学场内部审美话语和文学价值评价的裂变。在王朔之前，中国当代文学场里对于文学价值的评定标准基本上是单一而固定的。作家们承袭了自五四以来知识分子的精英主义理想，在国破家亡的日子里，他们用文学奔走呼号，认为文学对启迪民智、团结人民、鼓舞斗志、救亡图存有重大的责任，到了和平岁月，他们也以灵魂的工程师、精神家园的守护者、精神世界的捍卫者自居，期待以文学作品来提高读者的精神境界、审美水平。在这样的文学评价话语和批评机制之下，作品的文学价值"等级森严"。王蒙这样描述王朔出现之前的文学现场："五四以来，我们的作家虽然屡有可怕的分歧与斗争，但在几个基本点上其实常常是一致的。他们中有许多人有一种救国救民、教育读者的责任感……他们实际上确

---

① 邵燕君.倾斜的文学场——当代文学生产机制的市场化转型[M].南京：江苏人民出版社，2003：28.
② 邵燕君.倾斜的文学场——当代文学生产机制的市场化转型[M].南京：江苏人民出版社，2003：119.

认自己的知识、审美品质、道德力量、精神境界、更不要说是政治的自觉了，是高于一般读者的。他们的任务他们的使命是把读者也拉到推到煽动到说服到同样高的境界中来……作品比作者更比读者更真、更善、更美……作品体现着一种社会的道德的与审美的理想，体现着一种渴望理想与批判现实的激情……作品有着一种光辉，要用自己的作品照亮人间；那是作者的深思与人格力量，也是时代的'制高点'所发射出来的光辉"……尽管对于什么是真善美什么是假恶丑我们的作家意见未必一致，甚至可以为之争得头破血流直至你死我活，但都自以为是，努力做到一种先行者、殉道者的悲壮与执著，教师的循循善诱，思想家的深沉与睿智，艺术家的敏锐与特立独行，匠人的精益求精与严格要求。当然，在老一辈的作家当中也有一些温柔的叙述者，平和的见证者，优雅的观赏者……但他们至少也相当有意识地强调着自己的文人的趣味、雅致、温馨、教养和洁净；哪怕不是志士与先锋直到精美的文学，至少也是绅士与淑女的文学。我们大概没有想到，完全可能有另外的样子的作家和文学。① 完全不一样的王朔，带给文坛的冲击是显而易见的，这就无怪乎在他最初出现的那几年里文坛的沉默，也无怪乎在后来的"人文精神大讨论"当中，王朔多次成为被批判的靶子。但是如前所述，文学场内的一些比较"前卫"的批评家，给予了王朔肯定性的评价，尽管他们也指出了王朔作品在精神层面、思想境界上的问题和缺点，但他们在另外一些层面挖掘出了王朔的价值：

首先是王朔塑造了"顽主"这一类新型人物。如《浮出海面》里的石邑、《一半是火焰，一半是海水》里的张明，《橡皮人》里的"橡皮人"，《顽主》里的于观、马青、杨重，《一点儿正经没有》里的方言等。他笔下的这类人物与他自己有着类似的生活经历，多数生长在北京城，出身于军队大院，有着红小兵的经历。特定的生活经历，给予了他们在无所事事的情况下仍然能够衣食无忧的生活选择和可能。于是，他们成了在20世纪80年代的改革开放、经济政治体制中产生的最早的"脱序者"。他们脱离了旧有的由政治体制支配的体制，没有正式职业，终日在城市里无所事事、"游手好闲"。有论者将他们称为城市"嬉游者"。"'嬉'在这里取'嬉戏'的意思，指他们惯于'一点正经没有'地调侃取乐，嘲弄社会、他人和自我。'游'则指他们总是无所事

---

① 王蒙. 躲避崇高[J]. 读书, 1993(1)：15.

事地、闲适地整日在城市中四处游荡、流浪。"①现在来看，这类人物，事实上是市场经济初期最早的"弄潮儿"，尽管在当时的时代他们不被人所理解，以都市边缘人的面目出现，但他们很有可能成长为第一批脱离了旧有体制的僵化思维，最早适应市场经济的一群人。他们中的一部分，可能成长为今天春风得意的商人、资本家，另外一些，则可能始终难以找到自己的社会角色，始终徘徊在社会边缘，在激情四射的青春期过后，成为怅然若失的"老炮儿"们，一再缅怀曾经的阳光灿烂的日子。但无论如何，"顽主"们用玩闹、破坏、嘲讽的方式，抗拒和消解了社会主体中心化的力量，成为摆脱体制规范束缚、按照自己意愿生活的"真人"。这一类人物，在之前的中国社会中未曾出现过，他们可能接近于老舍等老一辈京味作家笔下的游民角色，但与城市游民被动地被挤压到社会边缘，不得已地"游荡"不同，"顽主"们的"游荡"是相当具有自主性甚至破坏力的。

王朔敏锐地捕捉到了这一类人的存在，并首先写出了这一类人物的生存状态。尽管对于大多数人来说，"顽主"们的生活可能过于失控和夸张，但是他们游戏人间的生活方式、玩世不恭的处世态度、躁动不安的内在情绪、对旧体制逃离造反的强烈冲动，面对新变化的茫然失措以及由此而产生的精神亢奋，以及亢奋狂欢过后的幻灭、无聊和无力，都引起了城市青年的强烈共鸣。正如电影《顽主》的主题歌里，先锋摇滚乐队主唱王迪用沙哑的声音唱的那样，"我曾梦想现代化的都市生活/可现在的感觉我不知道该怎么样说/这里的高楼一天比一天增多/可这里的日子并不好过……你是这样想着你却那样地说/人人都带着一层玩具面膜"。"王朔"的顽主系列形象，用夸张的方式，真实地反映和演绎了当时青年的精神状态，他敏感而直接地表达，形成了与时代精神气质的"贴肉感"。

其次，王朔用怀疑主义、颓废主义的态度重估价值、消解崇高，在这个意义上，王朔的作品其实相当"先锋"。王朔的"顽主"们脱离体制之后，用近乎荒诞的行为和生活方式嘲弄体制、挑衅权威。以《顽主》中的马青等人为例。马青等人成立"三T公司"，即"替人解难、替人解闷、替人受过"。当我们具体来看小说中描写的"三T公司"的几次业务的时候，我们发现，"3T公

---

① 王一川.想象的革命——王朔与王朔主义[J].文艺争鸣,2005(5):27-48.

司"实际上是对某些社会规则乃至潜规则的替补、替代和替换,当然这些替换都是荒谬和黑色幽默的,正如"三T文学奖"颁奖礼上的泡菜坛子奖杯,为了"迪斯科"而来的"文学爱好者",滥竽充数的评委……一切严肃、庄严的象征符号都被替换成了将就和玩笑,一台七拼八凑、令人哭笑不得的所谓文学颁奖礼,将所谓文学、作家、专家、文学评奖体制解构得一干二净。小说中权威知识分子的代表赵舜尧也遭到了无情的嘲弄。这个从名字开始就充满陈腐的八股气息的高校教师试图对"顽主"们进行"思想教育":

"你们平时业余时间都干些什么呀?"

"我们也不干什么,看看武打录像片、玩玩牌什么的,要不就睡觉。""找些书看看,应该看看书,书是消除烦恼解除寂寞百试不爽的灵丹妙药。""我们也不烦恼,从来不看书也就没烦恼。""……不爱看书就多交交朋友,不要局限在自己的小圈子里,有时候一个知识广博的朋友照样可以使人获益匪浅。"

"朋友无非两种:可以性交的和不可以性交的。"

"我不同意你这种说法!"赵尧舜猛地站住,"天,这简直是猥亵、泼秽!"①

然而这个满口仁义道德的赵尧舜,最后却被发现是个道德败坏勾引女青年的"伪君子",一下子从道德制高点上跌落下来,扯掉了知识分子的遮羞布。反而是满嘴脏话黄腔的"顽主"们,处处流露出人性的真善美。

王朔的祛魅还鲜明地体现在他的语言上。对政治术语和经典格言,特别是"文革语言"的"活学活用"是他最大的语言特点。比如《你不是一个俗人》中的这个段落:"我是说着说着就有些激动了。总要有人做出牺牲,总要有人成为别人的垫脚石,总要有人成为历史的罪人,与其残酷斗争,不如让我们这些有觉悟没牵挂的人舍身成仁。为有牺牲多壮志,敢教日月换新天。忽报人间曾伏虎,泪飞顿作倾盆雨。"把牺牲、历史的罪人、斗争、舍身成仁这些严肃悲壮的词语和脍炙人口的诗词,用在厚脸皮的"捧人专家"冯小刚身上。这种讽刺语言,是对过去政治主导一切的"泛革命"生活的强烈讽刺,进

---

① 王朔.顽主[M].天津:天津人民出版社,2007:46.

而引申到对过于强大的政治对人们生活、人性挤压的反讽，在将这些高度政治化的词语，还原和降格为讽刺性的修辞的过程中，政治不再具有统治性的效力，在笑声中被消解和解构了。

而王朔还有着远远超出文学的价值。王朔作品产生的社会影响之大，在中国当代作家中恐怕是首屈一指的。这不单单是指"王朔"一时成为文化界的最大热点，小说销售火爆、作品改编而成的影视作品备受瞩目，更是指他多维度的社会影响力。

他塑造的"顽主"系列形象，迅速"走红"，成为那个年代"潮"和"酷"的标识，他们调侃的语言特征、横冲直撞的街头游荡的行为方式，甚至"三T公司""好梦一日游"公司、"人间指南编辑部"，这些王朔小说中的"梦想"先后"照进现实"，在小说的流行和影视改编的火爆之后，成为都市年轻人竞相模仿的对象，"顽主"成为20世纪90年代前后年轻人的文化代言人，"顽主"们的生活方式，也成为那个时代"阳光灿烂的日子"的标准模板。与此同时，王朔的小说、由其改编的影视作品，乃至王朔的个人媒体秀，"王朔热"引发的社会现象，引发了一场远远超出文学边界的、涉及社会科学各个领域的前沿大讨论，所波及的领域有文学、语言学、社会学、心理学、经济学、政治学、传播学等等，并成为后来"人文精神大讨论"的先声。

王一川将王朔之所以产生如此巨大影响力的原因归纳为"王朔主义"："所谓王朔主义，是指通过王朔的作品和其他媒介行为呈现出来的以调侃去想象地反叛又缅怀权威、破坏规矩又自我扯平、标举又消解个人主义的精神……王朔主义包含三要素：对于现成权威的反叛与缅怀、京味调侃、个人主义。"①以今天的观点来看，"王朔主义"所包含的内容或许并不足以构成他掀起潮头的理由，而更为重要的是它所体现出来的社会转型期的特点，从集体主义到个人主义、从政治国家到市民社会、从计划经济到市场经济，从高雅文化到大众文化……20世纪80年代末到90年代初中国社会的一系列变化，在王朔的作品里都可以轻松地找到痕迹。

不管喜欢不喜欢王朔的人，都几乎众口一词地承认"王朔是个聪明人"，聪明人王朔最大的聪明，就在于他准确地把握住了时代的脉搏。王朔的走红，与中国社会转向个人主义占主导、市民社会初具雏形、市场经济迅速发

---

① 王一川.想象的革命——王朔与王朔主义[J].文艺争鸣，2005(5)：40.

展,大众文化羽翼渐丰几乎是同步的。所以"王朔热",不仅仅是文学价值裂变的表征,更是整个社会价值多元化的反映。王朔的作品成了当时中国社会生活转型和文化转型的先行者,特别是在大众文化的兴起方面,更是进一步起到了引导和催化的作用。或许也正因如此,在几乎每一本中国当代文学史里,都有王朔的一席之地。当初不登大雅之堂的王朔,最终被历史化、经典化。

回到2007年的《我的千岁寒》。如本章开头提到的那样,王朔重返文坛,本应是文学界的一个大事件,结果却是文学界的几乎集体沉默。尽管高居销量排行榜首位,但那无疑是王朔过去的名声使然,因为《我的千岁寒》一点儿也不"大众",而是相当"精英",甚至超越了"精英"。他自己就高调宣称"全是文字的精华,要说美文这叫美文,这可是给高级知识分子看的"。《我的千岁寒》甚至很难定性,力挺它的人,称他为"超文本""超文体",不接受、不喜欢它的人,叫它"杂碎""杂烩"。经历了喧嚣、经历了沉寂,王朔选择了佛教作为整个文本的支点。倒不是说王朔看破红尘、浪子回头,但这本书确实有点"菩提本无树,明镜亦非台"的意味。从文体上看,它既不像长篇小说,也不像中篇小说的合集,除了《我的千岁寒》,里面还夹杂着《宫里的日子》《妄想照进现实》(后来改编为徐静蕾执导的电影《梦想照进现实》)两个剧本,和被王朔赋予"科学""哲学"概念的《北京话版金刚经》和《唯物论史纲》。《北京话版金刚经》是用北京话把《金刚经》"翻译"了一遍,是拿着科学的刀子,在传统中找灵感,《唯物论史纲》据说是王朔给女儿考大学准备的哲学提纲发展而来,发现"物质后面还有人",除此之外,还有调侃性的影视评论《与孙甘露对话》。这么一堆文体各异、主题各异的东西拉拉杂杂地堆放在一起,若是别的作家,大抵会叫个文集什么的,而王朔偏不,这就有点儿"一切诸相,皆是非相"的意思了。

单看《我的千岁寒》这篇小说,也会让习惯了王朔文风的人大跌眼镜。"顽主"时代那个调侃耍贫、唠唠叨叨的侃爷王朔,摇身一变,语言俭省、叙事节制,甚至有点儿不知所云。关联叙事的不再是故事情节,而是意象和隐喻,有点意识流小说的味道。虽然仍不乏王朔式的调侃和俏皮,但那只是残留和点缀,小说的筋骨已经变了或者说王朔的筋骨已经变了。不问现实、不媚市场、不拜文坛,曾经"大众"的王朔,在2007年彻底"精英"了一把,《我的千岁寒》可以看作是相当激进的文学实验。陈晓明评价说:"《我的千岁寒》虽然在文本上既不统一,也不完整,既不能说得禅宗精髓,也不能说是写作方法上的什么惊人发明。似乎乱七八糟,又仿佛妙趣横生;看上去杂乱无序,又好像处处机关;可以说是无厘头胡闹,又未尝不是禅宗典故的新手妙用。不管怎么说,这都是一次大胆的文学行动,是对既定文学法则的最大尺度的挑战。王朔把最复杂的和最虔诚的写作混淆于一身,他不是一个精神分裂者,毋宁说是一个神奇的矛盾复合体。《我的千岁寒》可以说是当代文学走到绝境之作。"①

《我的千岁寒》或许令人感到震惊,但王朔身上表现出来的价值分裂却并不是在这个时候才开始的,早在2000年前后新世纪刚刚到来、大众文化正在展露出蓬勃的发展势头之际,这个"一点儿正经也没有"的王朔,在搅弄起了大众文化的大浪之后,就反而流露出相当精英的一面,开始频频向大众文化开火。"现在的大众文化扮演的是一种戏子帮闲的角色";"弄出来的东西中规中矩,一点真东西也没有。圆滑的东西,八面玲珑的东西,极尽媚态非把人往死里俗的东西,全成了好东西"。面对在20世纪90年代由自己亲手点燃星火,并终成燎原之势的大众文化,王朔的愤怒并不是作秀,而是相当真实的。他认为他的"大众文化"是有"真东西"的,与现在"把人往死里俗"的"大众文化"有本质的不同。虽然文字痞里痞气,本人也往往以一副皇城根儿下特有的玩世不恭的态度示于世人,但王朔骨子里其实有相当精英的一面,这种"精英"体现在他作品的先锋色彩上,也体现在他的言论里。他向往日的老搭档冯小刚开火的时候,曾说"我承认我曾经下流过,但我不承认与冯小刚一样";"冯小刚当时就比较可怜,他没有退出来,他就得吃这碗饭。做导演的就是可怜,你要想适应这个社会,有饭吃,弄点儿钱花,那你就要投其所好,搞个贺岁片,票房成功,市场成功,也给咱这来之不易的安定团结添几分喜庆"。揣摩他的意思,这里面说的"下流",大约是指为了"吃饭"而向市场妥协,既然称之为"下流",显然王朔并不认为这是自己的本职工作,他承认自己曾经因为"吃饭"而向市场讨碗饭吃,但自认现在已经跟冯小刚"不一样"了,也就是说他认为自己和冯小刚及其贺岁电影代表的大众文化拉开了差距。

布迪厄将金钱对文学场的统治称为"一种真正的结构从属性",这种结构

---

① 陈晓明.众妙之门——重建文本细读的批评方法[M].北京:北京大学出版社,2015:266.

从属性按照作家们在文学场中的不同地位而不同程度地施加给他们。或许我们可以从这里理解《我的千岁寒》的"反王朔"性和王朔的"反大众文化"的言论。在从20世纪八九十年代到21世纪的二三十年时间里,经历了被市场认可,被媒体"吹"和"黑",被主流文坛批判,最终被文学界接纳乃至经典化的历程之后,王朔在文学场中的地位发生了改变,他不再是处在文学场边缘的"痞子作家",他在被解读的同时,也始终在被市场、文坛、媒体多方的力量所拉扯着、所创造着,终于成了具有开创意义,得一代风气之先的经典作家,完成了他独特的文学价值建构。于是王朔在这一"结构从属性"中所处的位置也发生了改变,他不再仅仅是这一结构的附属,而是逐渐走上了自主的道路。①

---

① 皮埃尔·布迪厄.艺术的法则——文学场的生成和结构[M].刘晖,译.北京:中央编译出版社,2001:65.

第二节

王小波:"文化英雄"与"场外"写作的丰富性

人们常常将王小波与王朔相提并论称为"二王",这大抵是由于二者在20世纪90年代差不多时间的"走红",即基于他们在通俗性和大众性方面的"共通之处"。表面的共通背后,却是本质上的不同。如前文所述,王朔的绝大多数作品,特别是其早期的作品是为市场、为流行而订制的,卖文为生是他写小说的原动力。而王小波在其生前始终以"纯文学""严肃文学"定位自己的写作,称他的写作是一个"减熵过程",与"写畅销小说、爱情小诗"等"增熵过程"迥然有别,"不但挣不了钱,有时还要倒贴一些"[1]。因此,王朔小说的大众流行是有计划有预谋的必然,二者一拍即合,甚至在20世纪90年代中国大众文化的形成初期成为领军者和缔造者;而选择"背对大众"的王小波被传媒相中而纳入大众视野,则是建立在某种程度的误读上的偶然。

王二是贯穿于王小波众多小说的叙事人,部分时候也是作者本人的自况。港版的《黄金时代》出版名为《王二风流史》自然以博人眼球为主要目的,却也道出了"王二"在王小波作品序列中的位置,还多少有点压抑扭曲人性的故事背景下"是真名士自风流"的况味。在禁绝欲望,高扬"形而上"的年代里,性的欲望奇异而畸形地放大、几乎病态地昌隆。王二与陈清扬的性爱故事,经作者饶有趣味的笔调写出,在那个"狂信"的、"不理智"[2]的时代,这件本来最形而下、最不需要理智的事,反而成了争取精神自由和人性解放的

---

[1] 王小波.我为什么要写作[M]//王小波.一只特立独行的猪.武汉:长江文艺出版社,2013:5.
[2] 王小波.知识分子的不幸[M]//王小波.沉默的大多数.武汉:长江文艺出版社,2013:32.

载体。《黄金时代》里的性爱描写常常充满诗意,比如:"那时她被架在我的肩上,穿着紧裹住双腿的裙筒,头发低垂下去,直到我的腰际,天上白云匆匆,深山里只有我们两个人"①"我和陈清扬在章风山上做爱,有一只老水牛在一边看。后来他哞了一声跑开了,只剩我们两人。过了很长时间,天渐渐亮了。雾从天顶消散。陈清扬的身体沾了露水,闪起光来"。② 性爱之美和自然之美结合在一起,远远地超脱在疯狂的斗争年代之外,满纸的"伟大友谊"和"出斗争差"如此地蓬勃和鲜活,将政治的严肃和道貌岸然置于荒诞乏味的背景之中。与20世纪80年代盛行的集体的受难记忆和共同想象不同,在性爱强大魅力的照耀之下,"文化大革命"的苦难似乎微不足道。

此后的《三十而立》《似水流年》《革命时期的爱情》,均可以看作是王二的精神成长史,他的成长始终与性爱相伴随,精神与肉体、性爱与自由交织穿插、水乳交融,形成了王小波的自由观、价值观。

《我有阴阳两界》在身体书写上则别具一格。"阳痿"的"小神经"王二与前妻离婚,别人把他当太监看待,他因此住进了阴暗封闭的地下室,沉默寡言,离群索居,这是他的"阴界"。后来他遇到了性格阳光的小孙,小孙治愈了他的"阳痿"跟他结婚,别人不再以异样的目光看他,于是他重返楼上的"阳界"。可是这个"阳界"似乎并不让他感到欢喜,他不再能够以"阳痿"和"小神经"的名义躲避开会,躲避工作,还得毕恭毕敬地应付小孙,给小孙"洗裤衩",他的精神世界失去了自由,仿佛倒成了"阴界"。"病态"和"正常","阴界"和"阳界",在小说中不是绝对的,而是相对的,可以不断地流动和转化,身体的困扰和精神的困扰在这里延伸,互为表征。有论者将《我有阴阳两界》与卡夫卡的《城堡》相类比,封闭幽暗的环境、离谱荒诞的情结是二者的相似之处,而不同之处在于,卡夫卡的《城堡》呈现的是冷峻的批判,而《我有阴阳两界》则更像是智者的玩笑。王小波曾经直言,"'性'是一个人隐藏最多的东西,是透视灵魂的真正窗口",并把性当做评价自己小说"境界"的标杆。③ 在整个时代三部曲中,"性"的讲述都是鲜活而突出的。戴

---

① 王小波.黄金时代[M].武汉:长江文艺出版社,2013:59.
② 王小波.黄金时代[M].武汉:长江文艺出版社,2013:36.
③ 王峰.我希望善良,更希望聪明[M]//艾晓明,李银河.浪漫骑士——记忆王小波.北京:中国青年出版社,1997:214.

锦华将王小波小说中的性爱故事视作"历史的'精神分析'或权力机制的'精神分析'",将之视为"一个微缩的权力格局,一种有效的权力实践。"①

王小波的另一路小说则充满了汪洋恣肆的想象。这类小说多源自对唐传奇等古代志怪传奇的改写,往往打破时间的线性关系,将古代与现代穿插在一起,用碎片化的叙事拼贴出妙趣横生的寓言,非常具有后现代的色彩。同时收入《青铜时代》和《黑铁时代》的《红拂夜奔》是其中的代表。《红拂夜奔》采用现在与过去的两条线索展开叙事。作者有言在先:"假如本书有怪诞的地方,则非作者有意为之,而是历史的本来面貌。"②小说发挥唐传奇《虬髯客传》中红拂女事,给红拂"美人巨眼识穷途",跟李靖私奔的简单野史故事注入无限丰富的含义。对大唐盛世的嘲弄让人会心一笑,更将李靖这个骁勇善战的千古名将注入了当代知识分子的灵魂和经历,不断出现的英文单词、数理知识、中外名著等现代元素让小说颇具"穿越"气息,往往令读者不知今夕是何夕。《红拂夜奔》的故事一点没有英雄传奇荡气回肠的色彩,而是特别的平庸日常,生活在"小孩子屙的屎"堆砌出的"古往今来最伟大城市"长安城的李靖,他的生活琐碎而富有戏剧性,故事充满了戏谑、讽刺的喜剧色彩。在王小波的笔下,英雄在一地鸡毛中被祛魅,传奇在嬉笑怒骂中被解构,历史的崩塌和粉碎带来无尽的快感。不必做索隐派的功夫,将小说中的讽刺暗喻一一钩沉出来,作者在序言中特别强调,"其实每一本书都应该有趣,对于一些书来说,有趣是它存在的理由;对于另一些书来说,有趣是它应达到的标准"③,可见,"有趣"、在荒诞离奇的叙事中带来快感才应当是王小波创作此类小说的最高目的。

对"性"的直白书写和传奇故事的外表也是王小波的小说最初进入大众视野的"看点"。他最初出版的小说集《唐人秘传故事》原本自题为《唐人故事》,共有《舅舅情人》《夜行记》《红拂夜奔》《红线盗盒》《立新街甲一号与昆仑奴》五篇故事,全部源自《太平广记》。书稿由王小波从美国匹兹堡邮寄到山东,被编辑加上"秘传"二字,又加上插图,变成了一本民间故事模样的小册子。编辑对此书的定位昭然若揭,王小波本人也清楚这一改动的用意,据

---

① 戴锦华.智者戏谑——阅读王小波[J].当代作家评论,1998(2):21-34.
② 王小波.青铜时代[M].武汉:长江文艺出版社,2013:265.
③ 王小波.青铜时代[M].武汉:长江文艺出版社,2013:264.

说对这一"庸俗"的改动一直耿耿于怀。① 可以说，与贾平凹的《废都》、林白的《一个人的战争》等作品一样，王小波的小说最初是被读者和市场作为"性暴露"文学乃至色情读物所接受的。

　　1997年，王小波的早逝开启了人们对王小波的重新解读。在所有关于王小波的纪念和研究当中，最常被提及的，是他的自由知识分子身份，以及这一定位在当代中国社会中的建构和存在方式。王小波之死引起的轰动，几乎是当代社会对人文知识分子的最后追忆。这场祭奠之所以规模如此盛大，与其说是对拥有的褒扬和歌颂，毋宁说是对匮乏的叹息和愤怒。王小波的"自由"撰稿人身份和"自由"知识分子中的"自由"发生了微妙的转义和置换，原本简单地指称作者与刊物之间松散联系的"自由"，结合他从人民大学教师岗位的辞职、长时间未被文坛发现和接纳的经历，引申出脱离体制，栖身于文坛之外的"自由"形象，与他作品中呈现的自由精神、"特立独行"、不断强调的"自由主义"互为注解，最终勾画出一个为自由而战、挺身抗暴的自由知识分子王小波。在知识界(这里的知识界常常将文学界排除在外)的不断命名和媒体的不断悼念中，"自由精神""自由知识分子"的定位逐渐超过性描写成为王小波作品最重要、最被关注的品格。而性爱描写本身也被重新解读和转译，成为王小波式的"自由精神"最具代表性的表达形式。

　　在"自由知识分子"形象的塑造过程中，王小波的杂文和随笔占据了比他的小说更重要的地位。他的杂文中有一些篇目颇具战斗性，对"国学热""文化热""人文精神讨论"等进行了辛辣的讽刺，此外的一些篇章，则是他的思想表达和理路。《沉默的大多数》和《一只特立独行的猪》是最能代表其自由思想的两篇"名篇"。《一只特立独行的猪》借一只与众不同的猪反对改造别人生活的强权，这只猪聪明得不可思议，它"一米高的猪栏一跳就过""还能跳上猪圈的房顶"；"总是到处游逛，根本就不在圈里待着"②，在反抗生活的设置上，它比绝大多数人更为聪明，也更加勇敢。《沉默的大多数》则论述话语的暴力与选择沉默的必然和可能；思维的乐趣与控制思维的可疑可恨。基于这样的反抗，他得出了自由知识分子在当代社会的定位和道路：摆脱关押自己和他人思想的监狱、摆脱制造这一监狱的机制(《思维的乐趣》)，超脱

---

① 张铮.《唐人故事》不必"秘传"[N].北京晚报，2006-01-27(8).
② 王小波.一只特立独行的猪[M].武汉：长江文艺出版社，2013：1-3.

"不理智的年代"(《知识分子的不幸》),以思维的乐趣、科学理性、自由精神和独立思想立身。

以这些思想为据,王小波被追封为自由主义文化英雄,并被放置于20世纪90年代自由主义文化英雄想象的序列之中。邓小平"南方谈话"之后,在"搞快点""胆子大一点"等讲话的鼓舞下,中国大地掀起了又一股改革开放的热潮,而随之而来的人文精神的失落也深深为人文知识分子所忧虑。1993—1994年的人文精神大讨论,即是他们试图匡扶精神家园,重新寻找知识分子在剧烈变动的社会情境下定位的努力。虽然这场讨论历经一年多之后逐渐沉寂,但却间接地唤起了社会、媒介对人文精神失落的重视。1994年《顾准文集》出版引起的"顾准热"、1995年《陈寅恪的最后二十年》出版引起的"陈寅恪热"到1997年王小波之死引起的"王小波热",可以看作是社会、民众对人文精神大讨论的回应。顾准、陈寅恪、王小波,三个不同年代、不同领域的知识分子,构成了一个人文知识分子序列,而这一序列背后隐藏的逻辑,则是自由主义英雄的追封和加冕。陈寅恪致信郭沫若、李四光要求允许研究所不宗奉马列主义[1],朱学勤所讲述的"幸亏有顾准,才挽回了这个民族的思想界在那个可耻的年代的集体名誉"[2]的故事[3]和王小波杂文里不断呈现的批判、讽刺,构成了一个自由主义反抗序列。王小波于是成为一个文化

---

[1] 《陈寅恪的最后二十年》披露了这样一个鲜为人知的故事:1953年,文化界领导一再游说陈寅恪赴京出任"中华人民共和国"的"中国科学院中古史研究所"所长一职,陈寅恪在当年11月22日写给当时中科院正、副院长郭沫若、李四光的信中,就此提出两大先决条件:一、允许研究所不宗奉马列主义,并不学习政治;二、请毛公(毛泽东)或刘公(刘少奇)给一允许证明书,以作挡箭牌。

[2] 朱学勤在《愧对顾准》一文中提到一个流传多时的真实故事:海外的学术同行在一次国际会议上问及:大陆学界在20世纪六七十年代,有没有可以称得上"稍微像样一点"的人物?一位北京学界前辈鞠身而起,应声答道:有,有一位,那就是顾准。朱于是感叹,"他们这一代有顾准,足可弥补他们在漫长岁月里蒙受的那么多羞辱,死亦可瞑目。也幸亏有顾准,才挽回了这个民族的思想界在那个可耻的年代的集体名誉。"朱学勤.愧对顾准[J].东方杂志,1996(2):7-10.

[3] 1997年《顾准日记》的出版使得顾准知识分子精神榜样的形象受到质疑,在"息县日记"里,顾准对"文化大革命"不仅没有了批判精神,相反却表现出要接受改造、争取新生的心理活动,这直接引发了"两个顾准"的争论,以仲维光为代表的海外华人学者也公开对顾准的学术水平发表质疑。这不在本文讨论之列。顾准的精神标杆形象在一段时间内颇为耀眼,即便是争论之后也并未被颠覆。

符号，关于他的讨论，早已溢出了他作品的范畴，自由主义文化英雄成为他最大的象征资本，远远超出了他作为作家的身份。

朱学勤的论述直截了当："1998年言说王小波，不在于他作品的含金量到底有多少（我看不出他已经到了能获得诺贝尔文学奖的地步）而在于他第一次以文学作品呈现了自由主义的韧性风格。"①一些海外读者的阅读反馈也能佐证他作品作为文化符号的价值远甚于作品本身的文学价值，梁文道曾在访谈中说道："当时我看王小波，也看王朔，他们应该是那时最'红'的了。由于环境不同的关系，让我跟内地许多同代的同行有一点很大的不同，就是王小波对我从来没有什么影响，因为王小波要表达的那些东西，我总觉得自己小时候就在别的地方看过了，所以他的启蒙作用还要看是在什么环境。但是我对王朔则感到比较过瘾，因为以前我没看过别人这么来写中文作品的，他把那么俗的语言写进小说里，这对我来讲是比较刺激的。如果说20世纪80年代的'文化热'是在庙堂之上，是在云端看世界，显得高高在上，那么20世纪90年代的王朔就是把我拉回了最地面、最底层的世间。"②即便是在他关于文学的那些称谓诸如"行吟诗人""文坛外高手"之类，也仍然是在强调其自由主义的品格。

有趣的是，挺身抗暴的反抗者和文化英雄形象，恐怕有违王小波本意。王小波的"自由"超出同代人的地方，恰恰在于他跳脱出了施暴—抗暴的二元对立，洞察到抗暴也是暴力的组成部分。他对待"文化大革命"的态度，不是同代的伤痕文学主将们常有的清算和批判，而是清醒者的智慧和审视。

他的"自由"还在于他也无意成为英雄。王小波从不以精英自居，也未曾将启蒙当作己任，"王二"这个普通不过又带着市井痞气的名字最能体现他"沉默的大多数"的自我定位。他常常讽刺中国现代知识分子想要匡扶正义、哀叹人心不古的"中古遗风"（《中国知识分子与中古遗风》），反对以任何形式向人们灌输任何信仰和哲学（《思维的乐趣》）。他所强调的自由，是思维的自由，他所崇尚的"人文精神"和"精神家园"不是启蒙式的冠冕堂皇和正襟危坐，而是独立思考得来的思维的乐趣、智慧的乐趣（《思维的乐趣》），是创造美好事物时的体验。张颐武曾经谈到他和王小波的一次交往："关于社

---

① 朱学勤. 书斋里的革命[M]. 长春：长春出版社，1999：387.
② 张清，胡洪侠. 1978—2008私人阅读史[M]. 深圳：深圳报业集团出版社，2009：195.

会的种种出轨的行为，他都能够心平气和地、悠然地思考和观察。但同时，他又偶有尖锐的嘲讽和磊落的不平。他始终带着一种超然的，却并不超脱的微笑看着大家。我始终难以忘怀这微笑。这微笑里有一种对人们的幼稚的超然观察，好像我们的天真和笨拙是与生俱来，无法摆脱的，所以他能够笑着看我们。另一方面，他也能够悟到自己其实是这幼稚和平常的人生中的一员，我们的笨拙和天真其实他也难于摆脱。所以这里有一点嘲笑让他和我们分开的同时，又有一点真诚让我们和他相连。我们是他的一面镜子，帮助他看透自己，我们也有机会透过他看透我们自己。"[1]知人论世，这段印象记，与王小波在文字里透露出来的超脱和智慧相当吻合。简单地以某种意识形态解读和定性王小波，是对王小波最大的误解，对所有的价值和意识形态的敏感和怀疑才是王小波的价值所在。

王小波个人最乐于承认的身份就是小说家，而他从一位小说家到一个文化符号的"被命名"，可以说是知识分子和媒体的"合谋"。

1998年5月，由学者王毅主编的《不再沉默——人文学者论王小波》一书的面世是这场命名的开始。这本书收录了李慎之、李银河、朱正琳、秦晖、吴励生等人的文章，大部分作者属于文学界以外的人文知识分子。在该书的序言中，以相当抒情的笔调将陈寅恪、顾准追溯为王小波的知识原型，将他们并置为同样的"智者和勇者"："尼采写过一首小诗，只有这样短短的四句：'有一天有许多话要说的人，常默然地把许多话藏在内心；有一天要点燃闪电火花的人，必须长时期做天上的云。'可是，也许因为'默然地把许多话藏在内心'的日子过得太久了吧。我们曾经变得几乎不大会说属于自己的话了。即使是屈指可数的智者和勇者，他们为了一吐心声付出了那样的努力。而结果却愈加使说话显出其沉重和艰难。"[2]与序言和与论者的身份相一致，书中对王小波的思想评价远多于文学评价。知识分子们在惺惺相惜的悼念、对王小波的思想做出"专业"的解读的同时，也流露出对社会现状、历史暴力的沉痛和不满。在解读和评论的过程当中，王小波的"自由"被有意无意地转义为抵抗革命暴力和反抗体制强权，成为20世纪80到90年代的保守自由主义思潮的形象符码。

---

[1] 张颐武.和时代拔河——十年后再思王小波的价值[J].中关村,2007(5):99.

[2] 王毅.不再沉默——人文学者论王小波[M].北京:光明出版社,1998:14.

而王毅的另一重身份是国林风书店策划人，于是这本书的出版既可看作是人文知识分子集体悼念王小波的文化事件，也难以撇清将王小波推向大众市场的商业操作意味，而这本书的出版，确也成了"王小波热"的开端。此后，名为"文集""文选""写真"的多种王小波主题出版物接二连三涌入图书市场，其中甚至包括王生前未及完成的小说手稿、早年习作、私人书信、私人照片等。而"那些未竟稿、写真集中的王小波早已不再是那个怀有纯美文学梦想的王小波。在纸质恶劣、编排随意的写真集中，王依旧傻憨憨地笑着，可那笑容已被改造为货真价实的商业秀"。[1]

"五周年祭"是"王小波热"的又一高潮。这次充当排头兵的是在王小波刚刚去世时态度暧昧的媒体[2]，最具代表性的当属《三联生活周刊》和《南方周末》，两家刊物均在2002年4月用大幅版面推出纪念专号。《三联生活周刊》以"王小波和自由分子们"为题，登载《一个自由分子》《增熵时代的自由分子》《自由一代的阴阳两界》《一个自由主义分子的成长史》等八篇文章。值得注意的是，比起五年之前对王小波的命名，《三联生活周刊》推出的这一专题不单是纪念自由知识分子王小波，更是推出了他的一系列"自由分子"继承人。"知识"二字的剔除，凸显的是精神的继承和文化上的去精英化和对启蒙主义的告别。所以，在这期策划中，出现了貌似不和谐的两种观点：一面是连岳、李红旗等人讲述的王小波对自己的影响，心甘情愿地以王小波的继承人的身份出现；另一方面则是陈嘉映、盛宏、邓正来等人在《王小波作为知识分子》中"不要把王小波评价得过高""他表达的很多思想内容其实是已成套路的，并无创意"等欲将王小波请下神坛的言论。事实上，二者背后有一个统一的逻辑。时间从王小波逝世的1997年到21世纪，知识分子的启蒙神话已经宣告破灭，网络普及带来的轰轰烈烈的草根时代正在来临，对英雄王小波的祛魅正是对自由主义的复魅，更为亲民、普通的知识分子而非文化英雄的王小波，更符合新时代的自由主义，这一自由主义与20世纪八九十年代的

---

[1] 黄集伟.从暧昧到狂欢——小波流传史[N].南方周末，2002-04-11(17).

[2] 王小波去世后的两个多月时间里，有近百家媒体对王小波逝世及新书出版予以评介或报道，但很大一部分属对外宣传媒体或海外媒体，国内媒体仅有《南方都市报》《北京青年报》等少数几家以类似"作家王小波因病逝世"等题目给予简单报道。黄集伟.从暧昧到狂欢——小波流传史[N].南方周末，2002-04-11(17).

第一章　边缘写作与文坛之变——20世纪90年代到新世纪的文学场变迁

保守自由主义一脉相承又颇有区别。作为"70后"的连岳等人，他们既没有王小波及其同时代人对"体制暴力"的伤痛记忆，也几乎不占有知识分子从20世纪80年代的黄金时代到90年代的边缘化的失落经验，他们所说的自由主义，更多指向的只是不受约束、自在随性的生活状态，从保守自由主义更退一步，蜕化为一定程度上的犬儒主义："只要足够胆大，足够'没心没肺'，作为对传统体制故意反叛的'特立独行'完全可以转向张扬与任性的'随心所欲'"（《自由一代的阴阳两界》）；"连岳极喜欢自己目前的状态，他几乎感觉是自由的：所谓的自由就是没有任何东西可以要挟你了。这是我认为的自由。"（《熵增时代的自由分子》）。这就无怪乎连岳在其主笔的开篇文章中，选用"精英嘴脸"这样尖刻的词汇与"许许多多因才华、职业所限没能成为自有知识分子"的"自由分子"形成奇怪的对立。

而20世纪90年代关于王小波的自由主义思想的解读中被忽视的"有趣"和"思维自由"这时候重新浮出水面，为21世纪的自由主义者们提供了另外的解读空间："接受民主的准则需要丰富的经验和个人安全感。一个人的经验和稳定感越少，他越可能支持简单化的政治观点，越不可能理解与自己意见不同的敌人，越不可能支持宽容的基本原则。过上自己日子的人更珍视自由，在这个时代，做一个自由分子意味着社会地位提高，可以从质量生活中品尝滋味；可以用自己的头脑想点儿别的，反对'无趣'。"①

在制造"精英"与"自由"的对立上，《南方周末》与《三联生活周刊》异曲同工。《南方周末》的专辑以"沉默与狂欢"为题。卷首的《沉默与狂欢》②一文最能体现刊物的这一意图。在这篇文章中，作者将文坛中的"名门正派"对王小波的态度归结为"多数人对王小波没有看法，因为'不感兴趣'"。但一读不难发现，这篇以"忠实纪录"为愿望的文章，其实主观色彩颇强，不仅对"现在他已经这么热闹了，我就不说了吧"（王朔）③这样话外音很明确的答复故作不解，连"他的小说写得比我好"（李洱）的评价也忽略不计，只因李洱同时认为"小波的思想并没有什么创见，小说比随笔的成就更大"，至于其他的批评意见，即便是"有代表性的批评"，也不加解释地被划定为"基于误解的

---

① 王小波和自由分子们[N].三联生活周刊·王小波纪念专版，2002-04-11.
② 李静.沉默与狂欢[N].南方周末，2002-04-11.
③ 事实上，王朔对王小波并不是不感兴趣，而是颇为欣赏的，本章将在后面提及。

批评"。

不难看出,《南方周末》的纪念专号想要延续王小波逝世时的文坛受难者叙述。与此同时,用更大的篇幅记录网络青年们对王小波热情洋溢的崇拜"狂欢"和媒体批评的盛况,跟文坛的"沉默"形成鲜明的对比,并且将这种对比升级为价值取向和道德评价的层面:"狂欢的人群试图开启沉默的阴霾,然而众峰无言,各据一方,天际仍没有雷声滚过……"似乎对王小波的沉默,便是机构暴力的延续,是对平等、自由等普世价值的冷漠。

《三联生活周刊》与《南方周末》同属都市文化类刊物,它们的读者群是新兴的"小资"群体和城市中产阶级。在王小波的"五周年祭"中殊途同归的"对抗性想象"叙述,意在将20世纪90年代王小波热的神话延续,塑造符合新世纪文化场域特点的文化符号想象,付与它新的象征资本。

在新一轮的想象与塑造中,在当时尚属小资产阶级阵地[1]的网络上,对王小波的追随和崇拜气势汹汹,不少人以"王小波门下走狗"自称,以自我贬低的方式表达对王小波的崇敬之情而又借王小波以自重。他们以一种"向下拉平"的方式理解王小波,满足他们"不断地形塑一些具有文化义涵的流行符号如罗大佑、周星驰、王小波、卫慧等构造其消费主体的文化身份与文化认同"[2]的需求。在启蒙陷入"绝境"的时代,他们将王小波的特立独行理解为放荡不羁,将王小波的反讽与周星驰的恶搞相提并论[3],将王小波的调侃等同于玩世不恭,甚至在王二的身上,他们读到更多的只是性的压抑和狂想。[4] 他们仍然强调王小波对他们的"启蒙",但却并不是精神上的启迪蒙昧,而是文字层面上亦步亦趋的模仿。在反对英雄主义,信奉草根逆袭的网络文化中,20世纪90年代的王小波热衷被遮蔽的"凡人""王二"的一面被放

---

[1] 关于小资产阶级与网络的关系,参见本文第四章第二节,安妮宝贝:新阶层的"纯文学"写作与消费。

[2] 鱼爱源.《试论关于王小波的文化想象》,《世纪中国》网站,上网时间2002年9月6日,转引自郑宾.九十年代文化语境中媒体对王小波身份的塑造[J].当代作家评论,2004(4):141-148.

[3] 《网络王小波》一书收录了众多网民谈论王小波的言论,其中不乏将周星驰与王小波联系起来的看法,如"周星驰一定会喜欢他的,比方说《2015》里的小舅子……很有周大人的感觉。"

[4] 在宋广辉和淮南主编的《王小波门下走狗》一书中,收入了多篇以"门下走狗"自居的网络青年和写作者们自认为师承王小波的作品,如《玷污》《作家刘二》《范小进考研》《欢乐宋定伯》等,李银河为之作序。但大部分作品比较粗浅,无非是将王小波当作冠冕堂皇的自我镜像的青春叙述。

大和解读，成为网络上王小波追随者们的自我表达和想象。

至此，21世纪的王小波热已经与其他的后现代主义式的文化消费无异。如果结合数年以后，占据网络文学半壁江山、最为火爆的网络文学类型"玄幻文""小白文"中读者们如何将逆袭的心理需求代入到主角不断地修仙升级当中，应当更能理解看似光鲜体面实则步步为营的小资和中产们是怎样在阅读和追随王小波的过程中完成"一份强者的姿态，一份弱势的认同"①的自我指认。正如齐泽克所言"正是幻想这一角色，会为主体的欲望提供坐标，为主体的欲望指定客体，锁定主体在幻想中占据的位置。正是通过幻象，主体才被建构成了欲望的主体，因为通过幻象，我们才学会了如何去欲望"。② 与十年之后更为庞大的网民群体比较，最早的这一批中国网民拥有相对较高的文化素质，年龄也以"70后"为主体，他们对王小波的追捧，除了自我想象以外，还可能部分出于"启蒙的剩余能量"，这使得他们"在'后启蒙'时代保持了启蒙主义的情感立场"③，他们虽然对知识分子式的启蒙神话不屑一顾，但对自由、平等等启蒙话语仍然保有较高的热情。而有强烈启蒙冲动的精英文学因为生产机制以及传播方式的原因，很难进入他们的接受视野，即便是偶尔能够成为他们的阅读对象，也跟他们相对"通俗"的阅读趣味难以吻合。王小波的写作，在文字上平易近人、幽默诙谐，对性直接暴露的书写又能够与大众的某些趣味相契合，再加上媒体的推波助澜，对他们而言，就成了获取启蒙精神的"糖衣炮弹"。

王小波已经去世20年，他的作品无疑成了当代文学中不能忽视的经典，他本人更是大众文化的聚光灯笼罩下的超级巨星。但对于王小波而言，这些荣耀不但迟来，而且充满了吊诡的讽刺。张颐武在纪念王小波逝世十周年的文章中就曾指出"今天他的作品已经成了经典，今天他本人也已经成了大众传媒中塑造的新的超级英雄，但我的问题依然存在：我觉得我们神化他，其实是对他做另外一种控制的尝试，他曾经在生前如此执着地尝试摆脱各种控制和束缚，但他阻挡不了我们来控制他。我们把他看成伟人的时候，却也

---

① 戴锦华.书写文化英雄——世纪之交的文化研究[M].南京：江苏人民出版社，2000：5.
② 斯拉沃热·齐泽克.斜目而视：通过通俗文化看拉康[M].季光茂，译.杭州：浙江大学出版社，2011：9.
③ 邵燕君.网络时代的文学引渡[M].桂林：广西师范大学出版社，2015：94.

将他纳入了他并不想进入的话语。他终于等到了他对于那些话语的胜利，但具有某种讽刺意味的是，最后他却被他曾经如此尖锐地批判的东西所极度推崇，当他所嘲笑的变成了他最热烈的拥护者的时候，这究竟是胜利还是报复？"①

不过，如果我们放下对大众媒体的某些偏见去思考，王小波和他的文学写作令人惊异地以超强的"适应性"在不同的年代被解读、被建构、被想象，这其中虽然不乏文学场外的媒介、资本等力量的功绩，但从另一面来讲，这样多层次的丰富性也正是王小波的文学价值之一，不同时代、不同境遇、不同文化程度、不同知识背景的接受者，都能够在其中有所斩获，这也正是经典文学作品的共同之处。戴锦华曾用"网之结"来评价王小波的写作：王小波写作所呈现出的繁复的精神脉络与阐释可能，铺展出一处纵横交错的网之结：不仅在大众性（部分杂文写作与《黄金时代》表层的平实晓畅）与其本质上"背对大众"的姿态，不仅在体制内外——对现存文化体制的拒绝、游离与对新的社会体制——传媒系统的介入；而且在他对"人文精神讨论""文化热""国学热"的辛辣嘲弄、与他对纯正的人文精神、人文事业与母语写作的固恋、执着之间；在"十九世纪"与二十世纪、或曰在现代与后现代之间"。②福柯的"知识-权力"理论用在这里恰如其分，"每一个文本都参与了知识与权力的游戏。伟大文学作品的理想形象，超越了自身生产时空的宇宙图景和超时代预言的贮存库，是一种神话。如果一个古代文本在后来的年代中复生，它就再一次进入一场知识与权力的'游戏'"③，王小波及其写作，就是在知识与权力的游戏中被不断构建、想象的超级文本。

而王小波的写作对于中国当代文学和当代文坛而言，更大的价值在于他延续了20世纪80年代末期王朔开启的自由写作的空间。也许正因如此，王朔对王小波的写作颇为赞赏。陈晓明在其《现代性的文学主潮》中曾提到"1994年暮春，在北京虎坊桥的一个院子里，笔者就目击王朔津津有味地读起王小波的《革命年代的爱情》。王朔一度想让他搞的"北京时事文化公司"

---

① 张颐武.和时代拔河——十年后再思王小波的价值[J].中关村,2007(5):102-103.
② 戴锦华.智者戏谑——阅读王小波[J].当代作家评论,1998(2):23.
③ 米歇尔·福柯.文化的斜坡[M]//米歇尔·福柯.权力的眼睛.严锋,译.上海：上海人民出版社,1996:88.

第一章　边缘写作与文坛之变——20 世纪 90 年代到新世纪的文学场变迁

为王小波做独家版权代理，并且签过代理协议。后来该公司关门，此事也不了了之。"①与王朔不同的是，王朔虽然置身于文学场之外，却投入了经济场的怀抱，而王小波则不属于任何场域，他未曾进入文学场，大众和流行同样是他极力不屑和讽刺的；王朔得到文坛的认可虽然曲折，但作品仍然在主流文学期刊发表，并在几年之后加入中国文联，而王小波直至去世，仍未得到主流文坛的认可，以一个"备受文坛排挤"②的"文坛受难者"形象告别世界。总之，王朔虽然在短期内没有在文学场内获得价值认可，但他进入了市场和大众的更大的场域，他的写作在很大程度上受文化消费和消费文化的引导制约。而王小波的写作，则是真正边缘的写作，文学场和经济场都没有他的一席之地，也就意味着两个场域的力量都不会对他产生影响，他的写作也因此获得了真正的自由。

如果我们将目光放得更远一些，王小波的"边缘"不仅仅在于他不隶属于当代文坛，更在于他是一个不曾继承五四以来的新文学传统的另类。与王小波同时代的当代作家，多多少少都与"五四"以来的新文学有着千丝万缕的联系，而王小波的写作非常意外地跳脱出了新文学的传统。他的写作有唐传奇一脉相承的志怪传奇，有奇崛雄伟的想象，但所有的这些，对"五四"以来的新文学而言，都是旁逸斜出的；新文学的关怀在于超越人性的局限，达到主体的解放，而王小波却怀疑这种理性改造，特别强调人的"感观性"的不可克服和不可超越。他也怀疑新文学的启蒙主义情结，他的写作不试图劝导和改造任何人。因此，他的写作没有办法纳入新文学的谱系当中，这可能也是王小波在其生前未能得到文坛认可的原因。

---

① 陈晓明.中国当代文学主潮[M].北京：北京大学出版社，2009：540.
② 现在来看，王小波的"文坛受难者"形象恐怕更多是在他死后，出自一些他生前相熟的批评家、学者的激愤、哀悼（如李银河、艾晓明）以及媒体出版商的刻意夸大，文坛对王小波或许有未曾发现的过错，但既然未曾发现，排挤也就无从谈起。而这种未曾发现，从学理上看也情有可原。如张慧敏曾对李银河所指责的"谢冕没有发现王小波"一事做了澄清："其实王小波的文字没能得到谢冕先生的特别赏荐，究其作品本身亦可寻得理由。这也是后来能得到人文学科各专业欣赏的原因。王小波作品的价值在于他的自由主义立场和自由主义的叙述姿态；他的知青一代的经验及革命加性的前卫写作方式等，是作品成功的关键。但同时也是他不同于谢冕先生乃至八十年代及九十年代初文艺批评主流的审美趣味之要点。"张慧敏.一个特殊文化现象——王小波死后的追念和活着的作品[J].当代作家评论，2001（3）：87-96.

然而，福柯的权力理论告诉我们，边缘是更大的空间，在各种权力延展的最后之处，更能洞见权力的运行。王小波所栖身的边缘，照见了文坛正在经历的重大变迁。一体化的文学生产机制出现裂隙，作为文学生产的主体，作家的身份从一体化的组织管理变为多元栖身，他们不再是总体性的文学生产和文学制度的"螺丝钉"，而是在庞大的、制度化运行的文学场机器之外自立门户，打破文学制度的垄断，悄悄地进行着文学生产。而在作家身份的改变背后，有着更为强大的逻辑，王朔、王小波所代表的"脱序"作家的存在，意味着文学叙述从国家行为转变到个人行为的可能，文学创作的权利不再是国家掌控的体制之内的铁板一块，文学创作从国家话语部分地转变为个人话语，作家个人对文学的表达负责。王小波的自由写作，暗示着国家-社会-文坛-作者之间权利关系和权利结构的改变，在这个意义上，王小波有着强烈的象征意义，他展示了作家个人如何真正地面向文学写作，展现了自由写作、边缘写作的多种可能，而自由写作所带来的丰富维度，很可能是远超体制内写作之外的。

第二章

"异托邦"与审美话语的多元
——文学场内部的价值裂变

第一节

严歌苓:"温和支配"与编剧作家的价值困惑

严歌苓走入大众视野,是从她的一系列作品被改编为影视剧开始的,特别是张艺谋执导的电影《金陵十三钗》的热映,让严歌苓一跃成了当代知名度最高的作家之一。但从创作经历来看,严歌苓其实已经是一位"老作家"了。作为军旅出身的作家,严歌苓最早以军旅题材的作品《绿血》(1986)、《一个女兵的悄悄话》(1987)登上文坛。而让严歌苓正式引起文坛关注的作品,则是1988年发表的《雌性的草地》。1990年,严歌苓远赴美国哥伦比亚大学学习。或许如她自己所言,在美国,可能是异域的生活经验使她和故土"有了地理、时间以及文化语言的距离,许多往事也显得新鲜奇异,有了一种发人省思的意义"①;也或许是前期创作实践到了收获的时候,严歌苓的创作开始进入成熟期。从移民题材到新历史主义再到现实主义,20多年间,严歌苓的写作不断变迁,仅长篇小说,就有十几部之多,21世纪以来更是几乎每年都有长篇新作推出,可算得上是当下华语文坛最为勤恳、笔耕不辍的作家。

文学场内对严歌苓的关注和批评,大体上基于其创作阶段,集中在以下三点:海外华人移民题材作品与文化身份;女性写作、女性形象与女性主义;新历史主义的阐释。其实,去除形形色色的故事的外壳,严歌苓的创作题材虽然历经转变,但是始终有一个核心的形象,就是"地母式"坚韧、博爱、执着的女性形象。"地母"形象是构成严歌苓小说独特价值的根基,她的每一部作品,都是对这一形象不同角度的刻画和阐释,都是这一形象的种种化身和

---

① 严歌苓.洞房[M].沈阳:春风文艺出版社,1998:247.

变体。这一形象最典型的代表,则要数《第九个寡妇》里的女主人公王葡萄。

王葡萄是黄河上游逃难的孤女,7岁逃到史屯,被当地的大户孙家买来做童养媳,十多岁的时候,丈夫铁脑夜里被人冷枪打死,就做了寡妇。小说的主线是王葡萄藏匿公公孙二大的离奇故事。丈夫死后,葡萄和公公孙二大相依为命。孙二大是村里的"能"人,积累了令人眼红的土地、财富,还经营着进账不菲的杂货铺,又在日伪时期做过保长。于是,孙二大在土改中理所当然地被划为地主恶霸,执行枪决。葡萄半夜里去刑场收尸,发现孙二大一息尚存,于是将孙二大背回家,藏在地窖里一藏就几十年,经历了当代中国20世纪40至80年代的所有风风雨雨,无论是大饥荒还是"文化大革命"都没能难倒葡萄,孙二大安然终老。小说的复线则是葡萄和几个男人缠绵纠葛的爱情。男人们在葡萄的世界里出出入入,和葡萄发生情感和肉体的纠葛。

小说塑造的葡萄是一个"生坯子",眼睛是心灵的窗户,而作者不断地提到葡萄的眼睛"那眼神生的很""那眼睛只有七岁"。"生坯子"葡萄的"生",源于她心中蓬勃的爱。葡萄的爱不只是男女之间的儿女私情,她的爱不限对象,对孙二大,对铜脑、冬喜等男人们,对蔡琥珀、李雪梅、女知青等女人们,对她的儿子挺,乃至于对她喂养的小猪崽、老驴,她的爱几乎是无差别的,是一种大爱、"地母"之爱。地母是中国传统农耕文化里的大地女神,与其他神明的高高在上不一样,地母掌管春种秋收,与人们的衣食住行密切相关,所以人们在崇拜、敬畏她的同时,更多的是感到亲切,地母也用自己的身躯——大地给予她的子民们所需要的一切。葡萄就是地母的化身,作者并不强调葡萄的相貌是否美丽,但小说中不断地提到葡萄的身体,葡萄的身体是圆润、丰满的,充满肉欲的诱惑但并不淫荡,那是典型的劳动妇女的身体,男欢女爱的时候"哪一处都那么通人性,哪一处都给你享尽福分";劳作忙碌的时候"那么自如从容,手脚、腰身动得像流水一样柔软和谐……十个女人的灵性都长到葡萄一人身上了"[1]。小说里还不断地将葡萄和其他女人的身体做对比,比如孙少勇的妻子、老朴的妻子这些城里的美人儿,在葡萄面前,她们都被比了下去,"中看不中用"。"中用"说明了作者对葡萄的态度,葡萄永远是给予的,她是为生产而生的大地女神,人的生产、物的生产。葡萄蓬勃的地母之爱,是永恒的,不会随着任何时代、政治的变迁而改变。在葡萄

---

[1] 严歌苓.第九个寡妇[M].西安:陕西师范大学出版社,2012:140.

第二章 "异托邦"与审美话语的多元——文学场内部的价值裂变

窝藏公公孙二大的几十年里，中国社会经历了"反右""土改""大跃进""文化大革命"、十一届三中全会之后的平反，但葡萄的地母之爱是不变的，葡萄的地母之爱实际上是代表着质朴的人性与不断侵入史屯、侵入中国的现代性对抗。

所以说《第九个寡妇》事实上是一部人性与现代性交战的史诗，也即是沈从文先生所说的"古老中国的'常'与'变'"。这"常"就是王葡萄所代表的从古代传承下来，千百年来所形成的、根植于这片土地的人性，植根于儒家文化的坚韧、孝悌、仁爱、勤恳。"变"则是一系列的现代性符码，战争、革命、土改、"文革"……从小说一开始，王葡萄就开始了她以人性的坚守背弃现代性的历程。日本人来村里抓"老八"，八个年轻女人认走了八路军，只有葡萄认领了自己的男人铁脑。八个女人成了"英雄寡妇"，而葡萄，则第一次拒绝了现代性给她命名的机会。土改运动当中，葡萄的公公孙二大被划作"恶霸地主"判了死刑，故友亲朋在革命狂热的裹挟下纷纷避之不及，亲生的儿子孙少勇也怕父亲影响自己进步，抢着要求对孙二大执行枪决。而唯有葡萄，她不明白什么是"恶霸"，不明白什么叫"觉悟"，不明白"谁是亲的谁是热的要拿阶级来划分"，认定"再咋阶级，我总得有个爹。爹是好是赖，那爹就是爹。没这爹，我啥也没了"；"爹"的最基础的人间伦理和"恶霸""觉悟""阶级"这些政治话语构成了激烈的冲突。抱着人性最基本最朴实的亲情，她把孙二大在地窖里藏了几十年。大炼钢铁，红小兵来抢葡萄煮猪食的大锅，葡萄不理什么造飞机打美帝，认准小猪崽不能挨饿，发疯一般打跑红小兵，保住大锅。葡萄的猪养得好，组织上要把她评成科学养猪的模范，让她讲两句，葡萄的态度是"光说话，谁干活儿？话能把猪喂大喂肥？话把谁都喂不了。话说多了老饥呀！"区长来看葡萄，葡萄也意识不到这是"大官儿"，把养猪的围裙摘下来给区长擦脸，"文革"时村里来了作家"反动老朴"，葡萄也不在乎什么反动，反而和他惺惺相惜。意识形态、政治斗争，以及由此衍生的一切符码，对葡萄来说都没有意义，她始终凭借人性的本能、朴质的伦理道德对社会变迁、历史进程、人的价值做出独立的判断，而不屈从于外来的一切影响和强迫。但是葡萄并不是傻和没心眼，孙二大眼里的葡萄"从来不拿什么主意，动作、脚步里全是主意"。葡萄的"主意"，建立在她自己的一套历史观之上，葡萄认为"天下无非那么几个故事""你来我走，我走了你再来，谁在俺们史屯也没生根""过一两年换个人打打""台上的换到台下，台下的换到台上""剩下的还是这个村,这些人,还做这些事:种地、赶集、逛会。有钱包扁食,没钱吃红薯"……

而各种政治运动的风云变幻在葡萄眼里则被幻化成简单而富有喻义的身体意向——腿。抗日战争胜利之后,各个武装力量在史屯这个小地方你来我往,来了驻军,葡萄总是从门缝里看,"门缝里腿又满了",葡萄不懂也不在乎谁的力量更强、谁的主张是怎样,在葡萄眼里,他们不过是绑腿布不一样罢了。"有时是灰色,有时是黄色,有时不灰不黄,和这里的泥土一个色。"接下来的土改运动也以"她熟悉的腿"的面目出现:"腿给一个个灯笼照着,吼唱着,而后更有劲的腿回来了,不再是吼唱……是吼叫要打倒谁谁谁。""椅子腿、桌子腿,跟着人腿也走了。连那桌腿看着都喜洋洋的,颠颠儿地从大院里走过去。"一双双腿,活化了被政治大潮所裹挟的人们来去匆匆的状态,也模糊了大历史当中个人的面目。它们的主人,不再是具体的个人,而是一群群、一片片的腿,个体的人本身已经不再重要,只是作为政治事件的参与者而存在的群体性符码。因此,葡萄并不关注斗争和批判的内容,不关注各种政权的更迭变换,对葡萄而言,这些空洞的能指并不构成真正的意义,她的关注点始终是人的本性、人的喜怒哀乐。因此,她简单直接地去观察人身体中容易被忽视的腿,读解腿的身体语言。一双双来了又去的腿,它们比脸更诚实、更不善伪装,葡萄通过它们来感知人们的生死悲喜。所以当她看枪毙地主恶霸的场景时,眼里看到的是:"腿们矮下去,后来就是一大片脚板了。""大跃进""四清运动"在葡萄的眼里不过是一大片沾着泥巴的脚,进进退退,"她已习惯于场院中这些撒野的脚,分不清是张三李四,是在打蒋、打日本、打汉奸、打地主富农还是在打闹玩耍……"与这些健全的腿相对照,小说中塑造了一群侏儒,他们"虽然只是半拉人,但心是全乎的",作者的褒贬之情通过对身体的书写表露出来。

王葡萄凭借自己的本能和最原始质朴的人性虚化了历史,她摒弃了启蒙、进步、阶级的历史观念,将历史价值彻底抽空为一种虚无的存在。而在这种摒弃中,更凸显出她对于人性的坚守,对人性价值的认可。严歌苓和她笔下的人物们一样,始终是温柔敦厚的。王葡萄为了孙二大费劲心力,孙二大也为了不拖累葡萄不惜冒风险远走他乡。而在小说的最后,孙二大尚在人世已经不再是秘密,但是史屯的人们心照不宣地称他为"舅老爷",一同保护着这个公开的秘密,李秀梅、史老舅等人甚至明里暗里地帮助葡萄。这是严歌苓对人性的美好期待，虽然她书写了在政治的高压下人性的变异和丑恶，但她仍然相信人性原初的善和美好，一旦外部的压力有所放松，这些善和美好就会流露出来。这也就是葡萄常说的"躲躲，躲过去就过去了"，也正因如此，葡萄和孙二大一样"咋那么愿意活着"。葡萄深信，不论外部的力量如何强大，以怎样的方式加诸人们身上，都是暂时的，只是一时的"事儿"，都是过眼云烟，终究会过去，只要"事儿"过去，人性的善和美是永恒的。

以人性之"常"来应对世事之"变"，虚化历史来讴歌、凸显人性之"常"，是严歌苓小说中一系列女主角的共通内核：早期有《少女小渔》里在与男友和假丈夫 Mario 相处的过程中用爱与自我牺牲呵护身边人的小渔，《扶桑》里以"雾"的姿态弥合疼痛、包容罪恶的妓女扶桑；新历史主义时期有《小姨多鹤》里跨越国家、民族、宗教、伦理，默默在畸形的中国家庭里成长，收获亲情、爱情的日本女人多鹤，《一个女人的史诗》里竭尽心力经营自己的婚姻和爱情，"爱得太笨"的田苏菲，《陆犯焉识》里苦苦等待一生最终却在丈夫归来前失忆的冯婉喻；近年的现实主义新作有《妈阁是座城》里本应心狠手辣，却因爱和同情散尽积蓄的叠码仔梅晓鸥，《床畔》里执着相信英雄会醒来，不论时代如何变化，耗尽青春倾尽全力守护的护士万红。严歌苓塑造的这一系列"严氏女性"的形象一以贯之，那就是充满大爱，用爱来化解、包容一切的"地母"形象。地母情怀是严歌苓小说的真正内核，是不以其创作阶段为转移的，而地母情怀的核心，则是作家的历史观、价值观，以及对人性的终极探索。舍勒认为，"女人是更契合大地、更为植物性的生物，一切体验都更为统一，比男人更受本能、感觉和爱情左右，天性上保守，是传统、习俗和所有古旧思维形式和意志形式的守护者，是阻止文明和文化大车朝单纯理性和单纯'进步'目标奔驰的永恒制动力"①，他从终极意义上肯定女人对"无节制现实"表现出的"一种近乎奇迹的安宁和恒定"，并肯定那共同的"安宁、娴静"，在"男人历史动荡不安的戏剧面前"所固持的"那些伟大而平凡的基础"。严歌苓显然认同舍勒的观点，她笔下女性身上所焕发出的"母性"不同于男权社会里相夫教子的母性，她的母性强大、坚韧，不但不必依附于男性，反而可以生长出繁茂的枝叶，将男性置于她的庇护之下，这或许也是严歌苓

---

① 马克思·舍勒.资本主义的未来[M].刘小枫，编.曹卫东，等，译.北京：北京师范大学出版社，2014：89-90.

自称"隐秘的女性主义者"的原因。

20世纪90年代以来,在讲述历史特别是近现代历史的时候,作家们纷纷选择放弃宏大叙事,而转用个人的微观视角,严歌苓并不是个案,而以人性来打磨印痕、重述苦难也是常常选择的方式。严歌苓的独到之处在于,她将"人性"升华到了"母性","母性"既是人性的具体,也是人性的深化。因此,严歌苓的人性既不高大玄妙,也不依托于某种传统文化和哲学的资源,如儒家之于《白鹿原》或是道家之于《古炉》。而严歌苓的人性质朴、肉感、丰满,极具烟火气,这是严歌苓之于中国文坛的独特意义,也是她屡获殊荣,获得丰厚的纯文学象征资本的关键所在。《扶桑》获1995年"联合报文学奖"长篇小说奖;《天浴》获1996年台湾"学生文学奖"短篇小说一等奖;《人寰》获1998年第二届"中国时报百万小说奖"以及2000年"上海文学奖";《谁家有女初长成》获2000年《北京文学》下半年"中国当代文学作品排行榜"中篇小说第一名;《白蛇》获2001年第七届《十月》(中篇小说)文学奖;《第九个寡妇》获中华读书报"2006年度优秀长篇小说奖";《小姨多鹤》获《当代》长篇小说"五年最佳小说"、2009年"中山杯"华侨文学奖最佳小说、被收入"新中国60年中国最具影响力的600本书"。The Banquet Bug(《赴宴者》)荣获华裔美国图书馆协会授予的"小说金奖";《陆犯焉识》荣获2012年第四届红楼梦奖(世界华文长篇小说奖)推荐奖、2011年《当代》长篇小说年度五佳奖、2009—2013年《当代》长篇小说论坛五年五佳奖、2013年第二届施耐庵文学奖、2011年度优秀女性文学奖、中国小说协会长篇小说奖榜首;这是继2006年度《小姨多鹤》之后,严歌苓再次问鼎榜首。《补玉山居》获2011—2012第十五届《小说月报》百花奖原创长篇小说奖;《妈阁是座城》获2014"茅台杯"人民文学奖优秀长篇小说奖;《老师好美》获第十六届百花文学奖长篇小说奖(2015)。

严歌苓所向披靡,将各类奖项拿到手软的另一重要的制胜之道是高超的叙事技巧。不止一位批评家将严歌苓称为当代华语文坛"最会讲故事的人",称她的作品是"汉语写作难得的精彩,她的小说艺术实在炉火纯青"[1]"近年来艺术性最讲究的作品"[2]。在哥伦比亚大学攻读英文文学写作硕士的严歌

---

[1] 陈晓明语,严歌苓.寄居者[M].北京:新星出版社,2009:封底.
[2] 雷达语,严歌苓.一个女人的史诗[M].长沙:湖南文艺出版社,2006:封底.

苓，从欧美文学理论中汲取营养，丰富和充实自己的写作，在她的写作当中，我们可以明显地看到英美新批评、叙事学理论等对她在情节建构、叙事方式等方面的影响。

多重叙事视角的复合叙事是严歌苓运用得最为娴熟的叙事手法。在她早期的代表作《扶桑》中，就采用了第一人称视角、第二人称视角、第三人称视角的三重复合叙事。作为叙事人的"我"其实和扶桑的故事没有直接的联系，但却因为与扶桑相类似的身份、相同的文化基因被选定为故事的讲述者，既负责串讲整个故事，也负责将愚钝、内敛的扶桑的内心活动揭示给读者看。作为旁观者，"我"还承担起议论、批评、反思、发声的重任，"我"以第五代移民代言人的身份发表评论、反思文化，既为扶桑，也为自己和其他的华人移民。而第二人称"你"的叙事，则以亲历者的身份，补充旁观者"我"因置身事外而造成的观察和情感、感受的空缺。"我""你""他"三种人称视角的复合叙事，使得叙事视角变成游移的、开放的，叙事者的立场、叙事的中心点、内视角与外视角都不断地发生变化，作者通过视角的不断转换来编织叙事链条，将扶桑、克里斯、大勇之间本就幽微的关系讲述得更为纠结繁复。应该说，《扶桑》的成功，很大程度上要归功于严歌苓所采用的多人称复合叙事这一叙事技巧的成功。

视角的转换在严歌苓的短篇小说中运用得更为得心应手。《金陵十三钗》的开头，是"我姨妈书娟是被自己的初潮惊醒的"，这里的叙事人是"我"，而很快，进入1937年的历史现场之后，叙事人就由"我"的视角转变为了书娟的视角，在小说叙事的过程中，"我"的视角不断出现，代替多年后的书娟，补充当时的记忆和感受。《阿曼达》开篇以杨志斌作为人物视角，交代杨志斌和韩森的生活背景，而"我"的视角再次以旁观者的声音出现，作为叙事的补充，小说在两个叙事者交替的叙事中展开。《初夏的卡通》是叙事视角的选择上最为有趣的作品，视角的主人不但有人，还有两只狗——露丝和彼得。叙事视角在露丝、彼得和它们的主人艾米莉与罗杰以及彼得之间转换，追踪两人简短却耐人寻味的情感发展。《倒淌河》是严歌苓的中短篇作品中颇负盛名的一篇，小说用第一人称"我"、第三人称"他"，甚至直接用人物的名字"何夏"形成叙事视角的循环换置，将阿尕与"我"的爱情故事讲述得凄婉动人。《白蛇》的叙事视角别开生面。小说采取"罗生门"式的结构，将一个故事在不同视角的交叉与重叠中呈现。官方版本是简单、线条化、充满政治辞藻的官方视角,民间版本是"围观者"们的视角,他们不怀好意的窥探、猜测构成了叙事的一个侧面,也透露出孙丽坤所代表的知识分子、艺术家群体在当时的处境。不为人知的版本则是孙丽坤自己的视角,细腻而微妙地呈现孙丽坤和徐群珊之间的感情纠葛。三种版本的组合,不仅仅是对孙丽坤三个侧面的关注,更是从官方、普通民众、受难者三个方面对大时代的摹写。时代、人性、人生交织在一起,将特殊时代里个人命运的身不由己叙写出来。

除了叙事手法的丰富多变,圆融、精彩的语言艺术也是严歌苓小说的独到之处。尽管在文化批评、理论批评大行其道的当下文学批评风潮当中,语言常常被作为"末技"和"添头",似乎语言的好坏只有锦上添花之用,并不能构成作品成功的要素,甚至不会被论及。但这样的批评多少有失偏颇,因为回归到本质,文学毕竟是语言的艺术,优秀的语言可以引人入胜,粗糙的语言则会将原本精彩的故事讲得索然乏味。以当代中国文学而言,能够在文坛享有一定地位的作家,无一不是挥舞语言的高手,莫言的汪洋恣肆、格非的古典诗意、王安忆的细腻婉转,不但形成了自己独特的风格,更交织成了文坛丰厚多彩的风景。

严歌苓的丈夫劳伦斯·沃克总结严歌苓小说的语言是"直率、简洁、聪颖"①,举贤不避亲,应该说精通八国语言的沃克的把握还是相当准确的。严歌苓的语言特别有灵气,这种灵气尤其体现在她对细节的摹写上。《床畔》可以说是一部由细节描写支撑和推动的小说。一名女护士,几十年和一个"植物人"相处,没有语言、没有思想的交流、没有肢体的互动,几乎是一部"独角戏",这样的一部小说,情节如何推进,如何能让读者不感到乏味,所能依靠的只有作者精致细腻的细节刻画。万红眼里的张谷雨虽然不能动不能说话,但并不缺少正常人的感情,可惜对外界的刺激,他能做出的响应十分微弱,微弱到只有万红能发现。他有常人的情感,看见儿子,"他眼角出现了浅极了细极了的鱼尾纹",他有自己的好恶,万红穿便装的时候,他"眼睛、眼光、嘴角的那一点点,我就看出他喜欢我这件红衣服",他能够感觉到疼痛,"他透亮的眼珠仍然倒映着'向英雄的张谷雨同志致敬'的针织字样。他仍然头正南、脚正北地平卧着立正,但一种扭曲就在他不变的表情下。是痛苦。

---

① 劳伦斯·沃克.对严歌苓的随想录[J].时代文学,2002(5):68-71.

极度的痛苦让他几乎脱离这具形骸"。甚至他会吃醋,"他在毯子外的那只右手不知什么时候握成了一个拳头：具有自控的力量,亦具有出击的力量。她还看出那身体在一层毯子下紧张起来,与他的面部神色,以及那拳头构成了一份完整表白"。① 作者通过细致入微的细节,将静态的植物人张谷雨,写成了有血有肉的英雄、男人张谷雨。并且她所进行的细节刻画,分寸拿捏得十分恰切,整部小说的动力,就在于论证张谷雨是不是植物人,能不能够醒来。严歌苓的描写令人信服：她将张谷雨的一切"反应"控制在若有若无的状态,一条皱纹的理路、呼吸的加速……这些表现如此细微,没有真正了解、用心的人注意不到非常正常,这些表现又如此具体,所以用心了并且坚信张谷雨不是植物人的万红可以察觉,这些证据都来自万红的主观观察或是主观想象,既像是确实发生了,又像是万红太强的信仰之下产生的心理作用和幻觉,而类似打翻吊瓶这样确凿的证据,则发生在没有人在场的情况之下。在这样单一、平缓的叙事动力下,严歌苓恰恰就能够通过对细节精湛的刻画吊足读者的胃口,将悬念成功地留到最后。

与在文学场内斩获的大量象征资本相比,严歌苓在经济场内的收获一点也不逊色。2011 年《金陵十三钗》、2014 年《归来》、2017 年《芳华》……一系列影片的热映使得"严歌苓作品改编"成为影视界的一块金字招牌。事实上,严歌苓作品的改编热早就已经兴起。首先发现严歌苓小说独特影视价值的是台湾电影人。1995 年,由《少女小渔》改编的同名电影在台北上映,荣获第四十届亚太电影展六项大奖；1996 年,根据其短篇小说《无非男女》改编的电影《情色》上映；1997 年,陈冲执导,由《天浴》改编并由严歌苓亲自担任编剧的同名电影获 1998 年第三十五届台湾金马奖七项大奖和 1999 年美国《时代》周刊十大最佳影片奖,其中严歌苓获得最佳编剧奖。2001 年,由陈洁导演的根据其中篇小说《谁家有女初长成》改编的电影《谁家有女》也颇受好评。2008 年,陈凯歌执导、严歌苓任编剧的《梅兰芳》一举拿下第 27 届中国电影金鸡奖最佳故事片奖、第 13 届中国电影华表奖优秀故事片奖、第 16 届北京大学生电影节最佳影片奖等多项大奖,这部作品成为严歌苓步入大陆影视界的敲门砖。从次年开始,严歌苓的小说频频成为电影、电视剧争相改编的对象。2009 年,首部由严歌苓小说改编的电视连续剧,夏钢导演、刘烨等主演

---

① 严歌苓.床畔[M].武汉：长江文艺出版社,2015.

的《一个女人的史诗》在江苏卫视黄金时段播出，收视率获同一时段第一名。同年，《小姨多鹤》被改编成同名电视剧与观众见面，反响强烈。2011年由严歌苓担任编剧，根据其小说《继母》改编的情感大戏《幸福来敲门》在央视一套黄金剧场播出，该剧播出之后反响强烈，应广大观众的强烈要求，电视台又以每天五集的安排重播了该剧。央视表示："这是央视从来没有过的节目编排。"作为编剧的严歌苓还获得了2011春季电视剧互联网盛典最佳编剧的殊荣。同年年底，由张艺谋导演，严歌苓、刘恒编剧的《金陵十三钗》登陆全国院线，票房成绩喜人，获2011年华语电影票房冠军，严歌苓和刘恒获亚洲电影大奖最佳编剧奖提名。2014年，《归来》以"剧情文艺电影"的名义上映，成为国内首次采用4K高视效制作技术、中国电影史上首部IMAX文艺片，在中国内地收获2.95亿元票房，刷新国产文艺片票房纪录，并获得第34届香港电影金像奖最佳两岸华语电影。此外，《赴宴者》《寄居者》《白蛇》《灰舞鞋》等严氏中长篇小说的影视版权也都已经被买走，《妈阁是座城》《床畔》更是被曝刚刚写好就直接被买走影视版权。

鉴于影视改编能够带来丰厚的经济资本、极大地拓宽影响力和读者群，自己的小说能够被影视资本看中而被改编，是众多作家的期望。但小说和影视毕竟属于不同的艺术门类，并不是所有的小说都适合影视改编，许多优秀的小说并不具备改编成成功的影视作品的条件。严歌苓的小说令众多导演青眼有加，自然是因为她的小说有特别适合"翻译"为电影语言的特质。

小说和影视同属于时间艺术，其本质都是在一定篇幅之内完成故事讲述，因此，文学与影像之间有着天然的亲密关系。电影对小说的改编历史由来已久，早在20世纪初的统计中，美国学者的研究就显示由小说改编的电影大约能够占到电影产品的17%～50%。[①] 而根据近年的统计，在世界影片的年产量中，改编影片约占40%。我国近年来根据文学作品改编成的影片也在日益增多，大体占全年故事片生产量的30%左右。[②] 而小说与电影的不同之处则在于叙事媒介，小说诉诸文字，而影视则诉诸听觉和视觉。"人们可以通过肉眼的视觉来看，也可以是通过头脑的想象来看。而视觉形象所造成的视像与思想形象所造成的概念两者间的差异，就反映了小说和电影这两种手

---

① 乔治·布鲁斯东.从小说到电影[M].高俊千，译.北京：中国电影出版社，1981：14.
② 汪流.电影编剧学[M].北京：中国传媒大学出版社，2009：257.

段之间最根本的差异。"①也就是说,小说通过抽象的思维转化为形象的感知,是一个想象的过程,而影视则是从形象的感知得到思考,是一个抽象的过程。电影对小说文本的利用,与其说是"改编",不如说是翻译,是将小说的叙事语言翻译成为电影的叙事语言。"虽然电影的镜头语言与小说的文字语言有着根本的不同,但我们给叙事所下的定义中最重要的那些成分——时间、空间、因果关系——也同样是电影理论的核心概念。诸如情节、重复、事件、人物及性格塑造之类的叙事术语,在电影里也一样重要——尽管这些概念的呈现形式和实现途径在两种艺术形式间有极大的差异。"②

严歌苓小说适合改编,首先是因为传奇性的故事情节。如前文所说,"会讲故事"是严歌苓最重要的文学特质,不管对严歌苓是褒是贬,几乎所有的批评家、学者都不得不承认这一点。严歌苓也在采访中自称"不讲故事就会死",可见严歌苓是将故事性作为自己写作的第一要义。陈晓明曾评论说"严歌苓……的小说总有一个非常清楚的故事核。她知道她要讲一个什么故事。比如《第九个寡妇》,用一句话概括,就是一个公公在儿媳妇的地窖里藏了几十年,藏到头发都白了。《小姨多鹤》是一个留在中国的日本少女,居然成了一个中国东北男人两个妻子中的一个。故事核本身就非常离奇,它是小说的要害……你看好莱坞每一部电影,不管怎么离奇,都有一个非常明确的故事核,这个核一定是有内爆性的。"③"严歌苓的每个小说通常都有一个非常独特的'核',动机、展开都处理得比较好,叙事控制松紧适度,还经常把命运推到一个非常危险和困难的境地,拥有一种很典型的、好莱坞电影和欧洲文学结合的意识。"④他所反复提到的"核",就是传奇性的情节。富有传奇色彩的故事情节,对于优秀的小说而言只是充分条件,而对于影视改编特别是商业电影而言,则是必要条件。

以获得当年度票房冠军的《金陵十三钗》为例。故事发生在日本侵华、南京城破之际,中国观众当然非常熟悉,即将到来的是异常血腥、灭绝人性的

---

① 汪流.电影编剧学[M].北京:中国传媒大学出版社,2009:12.
② 雅各布·卢特.小说与电影中的叙事[M].徐强,译.北京:北京大学出版社,2011:7.
③ 龚自强等.20世纪中国知识分子的磨难史——《陆犯焉识》研讨实录[J].小说评论,2012(4):117-132.
④ 万佳欢.严歌苓:"寄居"在文学深处[N].人民日报海外版,2009-04-17(11).

南京大屠杀。在这样的大背景里,《金陵十三钗》没有选择轰轰烈烈的战争大场面,而是描写了一个相对封闭的场景。一个暂时安全的教堂里,十三位妓女替女学生慨然赴死。香艳缠绵的"商女不知亡国恨,隔江犹唱后庭花",与国破家亡之际的舍生取义形成了故事的张力,而朝不保夕、随时可能身首异处的叙事背景,又增加了叙事节奏的紧张感,女学生与妓女在生死存亡之际,从相互瞧不起、看不惯到惺惺相惜、相互理解同情的感情转变则是故事的一条暗线。这样一个故事,其实非常"好莱坞",既有紧张、刺激的"最后一分钟营救",也不乏对人性的探索。也就难怪导演张艺谋表示,"《金陵十三钗》改编后的剧本,是我当导演二十年来碰到的最好剧本。这样一个本子捏在手里,我常有一种如获至宝的感觉"。① 而电影在改编的过程当中,去掉了女学生书娟和妓女玉墨之间的复杂纠葛,小说中的玉墨是书娟幸福家庭的破坏者,书娟与她暗中关于"低贱"和"高贵"的较量是小说一条重要的线索,凸显了最后从"低贱"到"高贵"的人格反转。而电影将她们设置为素昧平生的陌生人,突出妓女救人的单一传奇,而将更多的篇幅放在残酷的战争和日军杀戮场景的展现上。一个人守卫一座城绽放出的华丽礼花、妓女们华丽婀娜的旗袍、教堂破碎的玻璃流转的七彩光影、评弹演奏《秦淮景》的吴侬婉转、女学生们轻灵洁净的唱诗,电影的声光效果配合传奇的故事情节,共同缔造了当年的票房奇迹。

个性鲜明的女性形象是严歌苓小说被大量改编的另一个原因。尽管以苏珊·桑塔格为代表的女性主义者早就在不断地警示和抗议图像带来的性别欺压和霸权,但是在消费文化和大众文化当中,女性始终处于被凝视、被观看的地位仍然是不争的事实。除了更具美感、更易被欣赏的身体,女性的情感世界更为丰富细腻,感情表达更为激烈外露。同时,女性在社会关系中起着中枢的作用,社会关系的链接更为复杂,在家庭生活、社会社交、代际交往中都扮演着重要的角色,这都是在影视作品中女性角色相对于男性角色的优势。影视作品依靠或艳丽窈窕、或清纯可爱的电影明星们来满足观影者对女性身体的观看和想象,但丰满立体的女性形象不能脱离鲜明的人物个性

---

① 吕若漓.《十三钗》剧本细磨五年 编剧刘恒:泪水成了试金石[EB/OL].凤凰网,(2011-12-02) [2022-01-05]. https://ent.ifeng.com/movie/news/mainland/detail_2011_12/02/11054342_0.shtml.

第二章 "异托邦"与审美话语的多元——文学场内部的价值裂变

和人物所发动和放射的小说情节。2016年,美国《大西洋月刊》的一篇文章就提到"电影中最好的女性角色来自书中"。文章以好莱坞女星瑞茜·威瑟斯庞为例。威瑟斯庞创办了一家电影制片公司,目的就是把自己喜欢的小说和传记搬上银幕。2014年该公司推出的第一部作品《走出荒野》根据女探险家谢尔丽·斯特雷德的同名传记改编,让威瑟斯庞获得了奥斯卡最佳女主角的提名。大卫·芬奇于2014年执导的高分获奖电影《消失的爱人》改编自吉莉安·弗琳的同名畅销小说,也是由威瑟斯庞的这家公司慧眼选中。

严歌苓小说的女性形象主体意识强烈,在她的小说里,女性远不只是被审美的对象,更能够支撑、建构起整个作品的灵魂,是小说中的行动元①。如前所述,严歌苓小说中"地母"式的女性形象用"大爱"庇佑男性、创造生命、书写民间历史。这样鲜活的女性主体,在整个当代文学领域也并不多见。严歌苓小说中的女性性格各异,有《小姨多鹤》里隐忍细腻的多鹤,有《一个女人的史诗》里为爱不惜一切的田苏菲,有《第九个寡妇》里不谙世事又大智若愚的王葡萄,有《归来》里柔中带刚的冯婉喻,饱满的人物性格给影视改编提供了更多表现和阐释的空间。但这些女性形象又有着共同的性格特点,她们执着、善良、勤劳、坚韧,既符合中国传统文化对女性的期许,也符合社会主义和谐社会所倡导的主流价值观。由《陆犯焉识》改编的电影《归来》微妙地将主角从小说里的陆焉识转换为他的妻子冯婉喻便是对严式女性形象的肯定和看重。小说《陆犯焉识》有两条主线,一条是陆焉识的"逃",一条是冯婉喻的"等"。而其中陆焉识的"逃"作为明线,是小说叙事的重点,从上海大户人家风流倜傥的少爷,到恃才傲物的大学教授,再到劳改农场面目全非的犯人,直到最后虽然平反,却备受家人冷眼的多余之人,以陆焉识一生乖蹇的命运,展现20世纪中国知识分子的艰辛历程,对于陆焉识在荒无人烟的大西北所经历的物质匮乏和政治压迫着墨尤重。而电影《归来》则将重点放在"文化大革命"结束后陆焉识的家庭生活。陆焉识深情地唤出"婉喻,我回来了",而为了盼他归来耗尽心血、终于等到这一天的冯婉喻却已经失忆,像招待客人一样招待自己日夜期盼的丈夫。于是电影的主角,便微妙地转换成了冯婉喻。巩俐饰演的冯婉喻一次又一次地被导演放置在焦点的位

---

① 行动元是法国结构主义语言学家格雷马斯提出的概念,对于小说角色而言,指小说主角及其与其他人物之间的力量、关系能够起到推动小说情节发展的关键作用。

置,她的心理和行动成为影片的叙事动力,代表着官方权威的平反信摆在婉喻面前,婉喻不为所动,陆焉识为了唤醒她的记忆,去朋友家借当年的合影、弹奏见证两人年轻时共同听过的钢琴曲、给婉喻读当初写给她的信件……然而陆焉识的种种努力,并没能让婉喻回忆起他,而当婉喻固执地要去火车站接人,陆焉识只得装作刚刚远归走到她面前,婉喻仍然相见不相识。影片结尾处,漫天风雪中,年逾花甲的陆焉识陪着冯婉喻去车站接"陆焉识",虽然婉喻仍然没能想起陆焉识,两人却形成了一种新的默契和牵挂。在严歌苓的作品序列当中,冯婉喻并不算特别突出的女性形象,但经由导演的阐释,也同样熠熠生辉,这就是严歌苓女性角色的魅力。

视听化、影像化的叙事是严歌苓小说能够轻松实现小说到电影的改编的又一原因。雷达评价严歌苓的小说道:"严歌苓的作品是近年来艺术性最讲究的作品,她叙述的魅力在于瞬间的容量和浓度,小说有一种扩张力,充满了嗅觉、听觉、视觉和高度的敏感。"[1]

这一特点与严歌苓的个人经历有关,严歌苓曾经是部队文工团的舞蹈演员,对形体语言有着特殊的敏感。而编剧的身份又让她谙熟影视作品的表达方式,同时对图像、色彩、画面感也有超出一般作家的感知能力。如严歌苓自己所说,"我是个比较视觉的人。我对气味、颜色这类东西很敏感,就能够在小说里表现出来。可能这也就是一些生来的习惯。写小说的时候,脑子里想的都是色香味俱全的东西,所以能出现那些很形象的画面,我喜欢这样的表达方式。"[2]

许多论者都注意到严歌苓小说的"蒙太奇式叙述"[3],对这一点,严歌苓本人其实有着非常清醒的意识,可以说是刻意为之。"在故事正叙中,我将情绪的特别叙述肢解下来,再用电影的特写镜头,把这段情绪若干倍放大、夸张,使不断向前发展的故事总给你一些惊心动魄的停顿,这些停顿使你的眼睛和感觉受到比故事本身强烈许多的刺激。比如,在故事正叙中,我写到某人物一个异常眼神,表示他看见了什么异常事物,但我并不停下故事的主体叙述来对他的所见所感做焦点叙述,我似乎有意忽略掉主体叙述中重要的

---

[1] 严歌苓.霜降[M].西安:陕西师范大学出版社,2011:封面.
[2] 李俊."梅兰芳"到"十三钗":严歌苓等小说的影视缘[N].外滩画报,2009-02-19.
[3] 王冠含.严歌苓小说的影像叙事[D].武汉:华中师范大学,2009:5.

一笔。而在下一个新的章节中,我把被忽略的这段酣畅淋漓地描写出来,做一个独立的段落。这类段落多属于情绪描写,与情节并无太多干涉。这样,故事的宏观叙述中便出现了一个个被浓墨重彩地展示的微观,每个微观表现都是一个窥视口,读者由此可窥进故事深部,或者故事的剖切面。"①电影里蒙太奇的剪切手法,被严歌苓运用到小说的创作当中,怎样的拼叠能够激发观众的联想,怎样的衔接能够实现对时空的再造,这时严歌苓的身份更多的是一个编剧,而不是一个作家,在创作过程中,在她脑海里形成的是一个一个电影的片段,然后又用小说家的手笔,将这些电影片段转化为文字。电影中蒙太奇的最大功用之一,是打破了时间地点的限制,使得电影的时空得到了极大的扩充或者压缩,形成所谓的"电影时间""电影空间"。严歌苓的蒙太奇式叙事,则形成了"小说时间"和"小说空间"。严歌苓小说的叙事主线往往是清晰的线性叙事,有时候甚至看起来相当传统,而"蒙太奇"手法的运用,则调和了线性叙事的单一性,叙事变得发散而立体。

　　清晰的画面感是严歌苓小说的另一个影像特质。《陆犯焉识》的开篇,严歌苓是这样写的:

　　据说那片大草地上的马群曾经是自由的。黄羊也是自由的。狼们妄想了千万年,都没有剥夺它们的自由。无垠的绿色起伏连绵,形成了绿色大漠,千古一贯地荒着,荒得丰美仙灵,蓄意以它的寒冷多霜疾风呵护经它苛刻挑剔过的花草树木,群马群羊群狼,以及一切相克相生、还报更迭的生命。

　　直到那一天,大草漠上的所有活物都把一切当作天条,也就是理所当然……

　　不过,那一天还是来了。紫灰晨光里,绿色大漠的尽头,毛茸茸一道虚线的弧度,就从那弧度后面,来了一具具庞然大物。那时候这里的马、羊、狼还不知道大物们叫作汽车。接着,大群的着衣冠的直立兽来了。

　　……

　　枪响了。马群羊群狼群懵懂僵立,看着倒下的同类,还没有认识到寒冷疾风冰霜都不再能呵护它们,因为一群无法和它们相克相生的生命驻扎下来了。

----

① 严歌苓.从雌性出发[M]//严歌苓.雌性的草地.沈阳:春风文艺出版,1998:2-4.

那以后，汽车没完没了地载来背枪的人群。更是没完没了地载来手脚戴镣、穿黑色衣服的人群。

……

黑压压的人群里，有个身高可观的中年男人，案卷里的名字是陆焉识，从浙赣109监狱出发时的囚犯番号为2868，徒刑一栏填写着"无期"。案卷里还填写了他的罪状。那个时期被几百辆"嘎斯"大卡车装运到此地的犯人有不少跟陆焉识一样，罪名是"反革命"。

这段描写完全像是电影开场的文字版，从远景辽阔的大草原，到中景的牛群、羊群、狼群，再到近景一辆辆的卡车、背枪的或是戴着镣铐的人群，然后再是一个特写，镜头聚焦到人群中的一个，他胸前的番号和手上的镣铐标识着他的囚犯身份。而在镜头推近的过程中，绿色的草原、洁白的羊群、黑压压的人群，形成强烈的色彩对比，仅仅通过文字，读者就可以感受到视觉的冲击力。《雌性的草地》里对老狗姆姆的一段描写，则采用了电影中特写镜头的手法：

就在扣动扳机的一刹那，他感到手指僵硬而无力。老母狗那姿态让他每回忆一次都会战栗。它就那样半跪半缚，抬起两只前爪，像个不知羞耻的女人轻露出整片胸脯。它以这姿态让人验证它的身子；以这姿态告诉人它不是一只狗，而是某种精灵的附着体。老狗浑浊无光的眼定定地看着他，从那里面可看见它忠实善良无怨无艾的一生。狗轻露着怀孕的胸脯，那上面的毛已褪尽，两排完全松懈的乳头一律耷拉着，显出母性的疲惫。叔叔的枪在手里软化，他感到子弹在枪膛里已消融，在这样的狗的胸膛前，融成一股温乎乎的液体流出来。

老狗因为怀孕而肿胀的胸脯，因绝望和生命流逝而浑浊的眼睛，因衰老和磨难而褪去的被毛，垂死而充满雌性光辉的老狗形象不仅跃然纸上，而且震颤人心。

值得注意的是严歌苓本人对待电影改编的态度。严歌苓无疑是近年来华语电影市场上最具市场号召力的作家，又兼具好莱坞编剧的身份，她本人毫不掩饰自己对电影艺术的热爱和参与电影的热情："我觉得电影是当今最完美的一种艺术形式，因为它吸收了所有艺术门类当中好的因素。比如说，你在小说中描写了一大堆眼神怎么样怎么样，你在电影里只要一个镜头，就马上让你感到一种震动。我对电影的参与是很积极的。第一，是对文学衰落的一种无可奈何，一种凄婉的心理，导致了我不断地在电影的创作当中获得一种回报。第二，看电影的人越来越多，那么能把小说中的一种文学因素，一些美好的东西，灌输到电影里去，使这个电影更艺术，更高级，我感觉对一个小说家也是一种欣慰。""没有任何公关比影视更厉害，从写作者来说，很高兴能够通过影视作品来反映自己的小说。"①但是另一方面，频繁的影视改编，似乎也给严歌苓带来了很大的压力。近年来，她不断地强调自己要写"抗拍性"的作品，或者声称自己的作品具有"抗拍性"，但事实却是她小说的影视版权一部接一部的被知名导演和影视制作人抢购。她时刻显示出某种警惕"文学借电视剧来传播自己，它本身的价值和美感就下降了，变成电视剧的工具，比如越来越注重情节，语言越来越粗糙。我的小说可能会用电视剧来做宣传，但我的小说写作绝不会向电视剧投降"②。

不论是从自身的身份，还是与影视合作的深度和频率而言，严歌苓都应当是当下与影视关系最为密切的作家，然而在严歌苓身上，我们仍然看到了如上所述的复杂心态。作家面对文学与影视的纠结焦虑，实际上是面对文学场和经济场的矛盾心态。影视作为中国当下最大的文化产业，动辄几千万元的投资、几亿元的票房，它的每一点一滴都是资本浸润的结果，资本巨鳄们所能提供的经济资本，对一贯"贫寒"的作家们来说，吸引力是不言而喻的。影视改编首先带来的是高额的影视版权费用，而一旦影视改编成功，成为脍炙人口的电影或是电视剧，往往也能够给小说带来巨大的销量，作家的知名度也会大幅提升，是名利双收的好事。但是，不管在经济场里获得怎样的成功，他们又始终难以忘记自己文学场内的"作家"乃至"精英知识分子"的身份，捍卫审美的非功利性、关注人们的精神世界仍然被他们当作自身的使命。生怕被误解为向金钱、物质低头而丧失了精神和审美的追求。这才有了严歌苓要求将她的"编剧"与"作家"身份分别看待的要求。

---

① 蔡震.严歌苓：《床畔》影视版权已被买走[EB/OL].（2015-05-14）[2022-01-05]. http://culture.people.com.cn/n/2015/0514/c22219-26999190.html.
② 金煜.严歌苓：文学成为影视工具很可悲[N].新京报，2006-07-17.

文学场的"内"与"外"——新世纪以来文学价值的多维建构

事实上,辗转于"经济"和"文学"场域之间,左右为难的矛盾对当代作家来说早已有之。自从20世纪80年代末、90年代初经济场在中国初成型之际,作家们就始终处在这种焦灼之中,即便是最早"投靠"市场、以调侃主流、叛逆精英为标榜的王朔,内心也难免存着不破不立、启迪民智的追求,在新世纪的创作中都呈现出某种精英转向,更毋宁说其他作家,这是当代中国作家的特殊"心结"。布迪厄曾经以19世纪下半叶的文学场为例,分析文学场内的"同行认可"现象:"在十九世纪下半叶,文学场达到了空间绝后的自主程度,因为有了第一个按照真正或假设的对公众、成功、经济的依赖程度区分的等级制度。这个主要的等级制度被另一个印证了,后者按照所触及公众的社会和文化质量(根据与特殊价值的假定距离来衡量)和公众在承认生产者的同时为他们提供的象征资本建立起来。因此,有限生产的次场以一种绝对的方式投入为生产者而进行的生产,只承认特定的合法性原则,在这个次场中,得到他们同行认可的人,反而从特殊标准来看没有达到同样认可程度的人,同行认可是持久认可的先行指标。"[①]这一文学场内的"同行认可"规则,在日益根深蒂固的过程中,形成了"输者为赢"的逻辑,这原本是对文学场自主性的保护和对作家们独立于其他场域之外、尽可能不受干扰地进行文学创作的鼓励。但当这种逻辑固化为文学场的一种结构,则在事实上同时执行了它的一个虽然相关但并不必要的逻辑推论,即"赢者为输",在经济场、政治场等场域中赢得和占有资本的作家,在文学场中呈现出一种先天的"可疑",在"同行认可"当中或多或少地处于弱势的地位。

这或许就是中国当代作家这一"心结"的由来。布迪厄将社会机制中"通过强行压制经济利益,把象征资本的积累变成唯一被接受的积累形式"的权威统治手段称为"温和支配"。而处于"温和支配"体系中的个人,必须符合集体认同的价值标准。他们通过将任何一种资本转化为象征资本进行着"再分配",而这种再分配始终确保在分配中处于更有利位置的人得到价值的承认。[②] 通过布迪厄的理论,我们发现了文学场的结构效应:它通过一系列的

---

① 皮埃尔·布迪厄.艺术的法则——文学场的生成和结构[M].刘晖,译.北京:中央编译出版社,2001:266-267.

② 皮埃尔·布迪厄.实践感[M].蒋梓骅,译.南京:凤凰出版传媒有限公司译林出版社,2012:187-188.

准入门槛和评价体系,将象征资本外的其他资本形式(比如经济资本)排除在外,从而建立单一的、绝对权威的文学生产和评价的等级制度。文学批评和文学评奖是文学场内等级秩序建立的基础,是评定作品文学价值的依据。如果处在强势地位、掌握话语权的审美原则过于统一,就难免形成文学场内的作家对这一特定审美的误解、放大和屈从,形成一种结构性的压抑。因此,严歌苓的矛盾和疑虑,反映出整个当代文学生产机制虽然出现了松动,但仍旧处在一种相对古板的状态之中,对严歌苓这样偏向于市场的作家而言,仍然有相当大的压力。给严歌苓们"松绑",有赖于文学生产机制在出版、流通、接受、批评的各个方面进一步的融通,特别是作为"指挥棒"指导文学创作、影响作家取向的文学批评和评奖环节,需要提供更为多元的话语结构,更为丰富的审美原则。

第二节

麦家:"通俗文学"与"纯文学"的多维共生

麦家与严歌苓同样是因为在影视界和文学界获得"双丰收"而声名大噪的作家。与严歌苓慢慢在文学场内积累象征资本,逐渐获得影视界认可的"慢热"不同,麦家则几乎是一夜之间,就从寂寂无闻的先锋作家,到同时获得了影视界、文学场、政治场的认可。他在新世纪发表的"谍战"系列作品,先后改编为电视剧、电影,在影视界掀起了一场声势浩大、至今不衰的谍战风暴;同时在文学场内获得了包括中国当代文学最高奖项——茅盾文学奖在内的诸多令人艳羡的象征资本,而后又因为题材的"主旋律"色彩获得了来自政治场的肯定。

2008年,麦家的长篇小说《暗算》获得第七届茅盾文学奖是当年的一个"冷门",在当时就引起了很大争议。同年获奖的其他作品都很符合茅盾文学奖一贯的标准和审美——宏伟的格局,厚重的历史感,深沉的家国情怀。而《暗算》则是一个异数,从颁奖词可以看出似乎连评委会都有点不知所措。其他作品或者"对变化中的乡土中国所面临的矛盾、迷茫,做了充满赤子情怀的记述和解读"(贾平凹《秦腔》),或者"深情关注着我国当代农村经历的巨大变革,关注着当代农民物质生活与情感心灵的渴望与期待"(周大新《湖光山色》);或者"以温情的抒情方式诗意地讲述了一个少数民族的顽强坚守和文化变迁"(迟子建《额尔古纳河右岸》),而对于《暗算》,评委会给出的评价是"麦家的写作对于当代中国文坛来说,无疑具有独特性。《暗算》讲述了具有特殊禀赋的人的命运遭际,书写了个人身处在封闭的黑暗空间里的神奇表现。破译密码的故事传奇曲折,充满悬念和神

第二章 "异托邦"与审美话语的多元——文学场内部的价值裂变

秘感,与此同时,人的心灵世界亦得到丰富细致的展现。麦家的小说有着奇异的想象力,构思独特精巧,诡异多变。他的文字有力而简洁,仿若一种被痛楚浸满的文字,可以引向不可知的深谷,引向无限宽广的世界。他的书写,能独享一种秘密,一种幸福,一种意外之喜。"似乎《暗算》获奖的理由只是题材和小说技巧的独特,也无怪乎获奖结果一公布,《暗算》就成了批评的"交火点"。有人质疑"媒介信息对长篇小说的价值判断和审美趣味的片面性引导越来越大,也导致了一些优秀长篇被搁置、被忽略,而那些借助于作家名声或影视影响的作品反而备受关注"[①];"《暗算》是裹挟着一股市场的锐气冲进茅盾文学奖的。它凭借同名电视剧的巨大影响力,凭借着读者良好的口碑,在本届茅盾文学奖中担当了'搅局者'的角色。有人戏言,今年《暗算》获奖,四年后《鬼吹灯》这样的类型文学进入入围名单并最终获奖,也不是什么奇怪的事情"[②],"阅读此书,的确堪称之为'故事传奇曲折,充满悬念和神秘感',但是,所谓在书中'人的心灵世界亦得到丰富细致地展现',就难以苟同了。实际上,这完全是一部按照悬念小说路数撰写的较为精致的商业小说"[③]。讨论中也不乏肯定的声音,石一枫认为"《暗算》偏偏又是特流行的电视剧的原作,这几年风靡的几个大众文化种类之一,谍战题材。革命故事充满传奇和冒险,《林海雪原》《烈火金刚》之类的革命小说,基本就是革命题材加武侠小说,或革命题材加评书连播,《暗算》与其说是把侦探小说拽进了纯文学,不如说是再现了十七年文学中'革命加通俗'的伟大传统。另一个角度,或许说明茅盾文学奖也希望在精英阅读的同时,再考虑一下普通读者的喜好"[④]。李敬泽在接受记者采访时表示,麦家获奖有两层突破性意义:第一是以往获奖的都是些20世纪80年代成名的作家,而麦家是20世纪90年代出道新生代作家的一个杰出代表,从麦家开始,文学创作力量将会有越来越多新的血液注入。第二是审美视域上的拓展。过去小说的审美品质都集中于现实主义或者写实主义,

---

① 彭学明.从茅盾文学奖看近年来长篇小说创作的得与失[J].小说评论,2009(1):96-98.
② 韩月皓.迎合市场的茅盾文学奖为何离读者越来越远[N].中国青年报,2008-11-04.
③ 肖鹰.我为何建议茅盾文学奖暂停十年?[EB/OL].凤凰网,(2010-02-02)[2022-01-05]. http://book.ifeng.com/culture/1/201002/0202_7457_1533798.shtml
④ 石一枫.中国文学界最大个儿的奖[EB/OL].新浪博客,(2008-10-29)[2022-01-05].http://blog.sina.com.cn/s/blog_4fb786b80100b7vy.html

而麦家的小说则代表了一种独特的文学风貌，代表着未来文坛多元发展格局。此外，麦家在专业文学评论领域得到了充分的肯定，也拥有非常广大的读者群，两者能如此完美的结合实属不易。① 可以看出，争议的焦点在两个方面，一是茅盾文学奖作为中国当代最重量级的文学奖，麦家的获奖代表着它的一些新变，而这背后暗示着文学生产机制的某些变化，这一点本书已在前面讨论，不再赘述。而就《暗算》本身而言，它是否有资格获得茅盾文学奖，则在于它是单纯的畅销书、热门影视剧原作，还是成功地跨越了与"通俗文学"之间鸿沟的"纯文学"的作品。

《暗算》之后，麦家又先后出版了《风声》《风语》（一、二）②、《刀尖》等一系列谍战小说，这些作品延续了《暗算》的"跨界"特点。麦家作品的文学价值不断受到肯定：《风声》在"国刊"《人民文学》上完整刊载，打破了《人民文学》58 年来不刊载长篇小说的惯例，并获人民文学年度长篇小说奖；2008 年，又收获了巴金文学奖和近年来备受关注的"华语文学传媒大奖"。而麦家作品的"通俗性"不仅仅体现在"天价版税""热播影视""作家富豪榜"，还体现在他在海外的惊人市场。2014 年《解密》英文版被收入英国"企鹅经典"文库，上市 24 小时即创造中国文学作品排名最好成绩：闯入英国亚马逊图书销售总榜前 5000 名、美国亚马逊图书销售总榜的前 10000 名，排名一度冲进美国亚马逊图书总榜前 20 名，列世界文学图书榜第 1 名，而之前的中文作品最好排名是第 49502 位。③ 良好的销售引发《纽约时报》《泰晤士报》《卫报》《经济学人周刊》《华尔街日报》《独立报》《新共和》等 40 多家世界主流媒体的关注和好评。《华尔街日报》评价它是"一部可读性和文学色彩兼容并包的佳作"，《经济学人周刊》盛赞它是"一部伟大的中文小说"，《泰晤士报》称"麦家打破了中国作者在国内畅销而在国际无声的窘境，成了当下全球热度很高

---

① 白烨.中国文情报告 2008—2009［M］.北京：社会科学文献出版社，2009：142.
② 《风语》原定四部，前两部先后于 2010 年出版。2011 年，麦家突然通过微博宣布不再写谍战题材，"谍战剧至今年，恐怖级别已和日本大地震相等。荧屏谍战'喋喋不休'，说明我们创作者太缺乏原创力，制片商太急功近利。步人后尘本是创作者之大忌，但我们不忌讳了，只要有市场，能赚钱。我也想挣钱，但更想得到尊严。你们夸我为谍战之父，对不起今后我不写谍战了，因为再写等于没尊严。"《风语》也就成了一个未完成的作品。
③ 吴越，赵国成.麦家《解密》英译本打破中国作家海外销售记录［EB/OL］.人民网，（2014-03-20）［2022-01-05］.http://culture.people.com.cn/n/2014/0320/c172318-24686443.html

的作家"。同年6月,《解密》西语版由西语第一大出版社 PLANETA 作为年度头号畅销书推出,首印三万册。2014年12月6日,《解密》被英国的《经济学人周刊》评为"年度十佳小说"。[1]

在"文学价值""经济价值"之外,麦家的谍战小说还在弘扬主旋律的意义上受到了肯定。2014年10月15日,麦家参加中共中央总书记习近平在北京市召开的"文艺工作座谈会",会后,习近平和麦家握手,称赞他:"我看过你的《暗算》《风声》,你是谍战剧第一人,歌颂的是爱国主义的精神。"[2]

将"通俗文学""纯文学""主旋律文学"三者,统一在同一个作品之内,同时获得经济场、文学场、政治场的认可,不管面临怎样的争议,麦家小说的丰富性和多元特征是毋庸置疑的。

麦家作品的"通俗性"在于其师法悬疑推理小说的悬疑手法的运用。麦家更愿意称自己的小说为"智力悬疑小说"。作为通俗文学的重要门类,悬疑小说和其他通俗文学一样,目的在于取悦读者。"沉滞的小农经济为都市的工业经济所取代,市民的生活节奏的频率空前增速,人们觉得脑力和筋肉的弦绷得太紧,工作或夜晚需要松弛一下被机械运转皮带绷得太紧的神经,这就需要娱乐和休息。"[3]和爱情小说用情色、恐怖小说用恐惧刺激读者的感官,给读者带来快感不同,悬疑小说不是诉诸感官而是通过智力来吸引和挑战读者。悬疑小说的情节框架,简而言之就是一个解谜的过程,从爱·伦坡和柯南道尔的古典推理小说时代起,悬疑小说的核心公式就已经确定下来,即"以某种危险的及错综复杂的犯罪秘密为主题,而且他的整个情节,全部事态都是围绕着揭示这一秘密的方向展开的"。[4] 在解密这个核心的基础之上,悬疑小说的基本法则是逻辑的绝对严密、推理的绝对合理,不允许有任何超自然、超能力的现象存在,即小说读者与小说

---

[1] 张吕川.麦家登《纽约时报》外媒首次正面报道中国主旋律作家[EB/OL].腾讯文化,(2014-02-23)[2022-01-05].http://cul.qq.com/a/20140223/006576.htm.

[2] 王鹤瑾.麦家:习总书记直言不少谍战影视剧不尊重历史[EB/OL].人民网,(2014-10-16)[2022-01-05].ttp://culture.people.com.cn/n/2014/1016/c87423-25849270.html

[3] 范伯群.中国近现代通俗作家评传丛书·总序[M].南京:南京出版社,1994.

[4] 阿达莫夫.侦探文学和我——一个作家的笔记[M].杨东华,春云,苏万巨,译.北京:群众出版社,1988:7.

人物的"绝对平等",在此基础上,读者和作者在"解谜"的过程中展开智性的角逐,比书中人物(比如侦探)更早地解开谜底,具有令读者手不释卷的吸引力。

暴力性和刺激性是悬疑小说最为重要的美学特征。悬疑小说以犯罪案件为核心,自然会充斥着抢劫、强奸、凶杀等暴力场面的描写,而由案件又派生出复仇、凶杀等极富刺激性的情节。康罗·洛伦茨在《攻击与人性》一书中,通过大量的材料证明人类的心理中有本能的暴力行为。然而由于超我的存在,本我的暴力欲望在现实生活中不可能随便得到实现,而悬疑小说中的暴力场面,就能够让读者在阅读的过程中获得替代性的满足。

麦家小说在情节设置和美学风格上,都很有悬疑小说的特点。他利用"谍战"紧张神秘的氛围,在看似冷静客观的叙述中营造出间不容发的气氛,使读者产生强烈的代入感,制造悬念,推进叙事。

《风声》是麦家最类似悬疑小说的作品。李敬泽就曾称《风声》是"密室小说的变种""惊险的逃逸魔术""具有强大的叙述力量,让我们屏住呼吸"。

《风声》的故事主体是"东风"部分,实际上就是悬疑小说中的经典类型"密室杀人"——在一个完全封闭的空间里,有人被杀害或正要被杀害,他是怎么死的(将怎么死)?凶手是谁?他是怎么作案的?又如何从密室中逃逸?在《风声》中,"杀人"被置换成了传递情报。

故事发生在杭州的裘家庄,这座有东西两栋楼的宅院却是大有来头,几十年的时间里,经历了家族的兴衰,经历了民族的存亡,充满了血雨腥风,这样一个自带恐怖属性的所在,无疑最适合发生一些惊险刺激的故事。故事的"侦探"是日伪政权的肥原等人,他们掌握着大批的材料和设备,24小时监控着他们的怀疑对象;而"凶手"中则是需要将情报传递出去的共产党人老鬼,老鬼隐藏在五个人当中:吴志国、金生火、李宁玉、白小年、顾小梦。肥原的任务是在这五个人中找到共产党混在汪伪政府内部的间谍"老鬼",而"老鬼"的任务则是把"取消群英会"的消息从肥原的眼皮底下传递出去,双方在裘庄这个"密室"里展开了一场智力、耐力、毅力的殊死搏斗。不过,随着故事的发展我们知道,其实参与这场角逐的力量不止两方,而是三方——在五个人里,还有一个国民党的间谍,于是故事更显得悬念迭生,扑朔迷离。同时,"侦探"变成了非正义一方,而"嫌犯"变成了正义一方,客观上这当然是情节的需要,但主观上又让读者产生了矛盾的阅读心理：一方面希望真相赶紧浮出水面，一方面却又害怕"老鬼"被发现，于是阅读《风声》的过程，就更加变成了一场智力与心理的双重博弈。

麦家深谙悬疑小说创作之道，《风声》中充满了悬疑小说特有的极为冷静的笔触和尽可能客观的描写。比如在正反双方刚进入裘庄的时候，他就不厌其烦地对裘庄的内部结构进行了描写，先是西楼：

这是一栋典型的西式洋楼，二层半高。半层是阁楼，已经封了。

二楼有四间房间，锁了一间，住了三间。看得出，金生火住的是走廊尽头那间。那是一个小房间，只有七八个平方米大，但设的是一张双人床，看上去挤得很。它对门是厕所和洗漱房。隔壁住的是顾小梦和李宁玉，有两张单人床、一对藤椅和一张写字桌，是一间标准的客房。据说这里以前是钱虎翼的文房，撑在窗台外的晒笔架至今都还在，或许还可以晾晒一些小东西。其对门也是一间客房，现在被锁着。然后过去是楼梯，再过去则是一个东西拉通的大房间，现由吴志国住着。这个房间很豪华，前面有通常的小阳台，后边伸出去一个带大理石廊柱和葡萄架的大晒台（底下是车库）。

然后是东楼：

东楼的地势明显要比西楼高，因为这边山坡的地势本身就高，加上地基又抬高了三级台阶。从正侧面看，两栋楼几乎是一模一样的：一样是坐北向南的朝向，一样是东西开间的布局，一样是二层半高，红色的尖顶，白色的墙面，灰砖的箍边和腰线；唯一的区别是这边没有车库。从正中面看，东楼似乎比西楼要小一格，主要是窄，但也不是那么的明显。似是而非的，不好肯定。直到进了屋，你才发现是明显小了。首先，楼下的客堂远没有西楼那边宽敞，楼梯也是小里小气的，深深地躲藏在里头北墙的角落里，直通通的一架，很平常，像一般人家的。楼上更是简单，简单得真如寻常人家的民居，上了楼，正面、右边都是墙：正面是西墙，右边是北墙。唯有左边，伸着一条比较宽敞的廊道。不用说，廊道的右边也是墙（西墙）。就是说，从外侧面看，西面的四间房间（窗户）其实是假的，只是一条走廊而已。几间房间，大是比较大，档次却不高，结构呆板，功能简单。

这样做的目的,一是交代清楚这个"密室"绝无出口,另一个就是尽量地还原现场,让读者和小说中的肥原等人了解到的、掌握的情况完全一样,好展开一场读者与作者之间公平的智力角逐。

除了客观地还原现场,麦家还在文中夹杂了一些"数学公式",使推理显得更加理性和深奥:

给他机会起反应,若老鳖无动于衷,岂不说明吴志国就是老鬼?这是一个简单的数学问题,可借用排中律来做一推算:

假设:老鬼为 X

已知:$X = 1/ABCD$

由:$X \neq ABC$

故:$X = D$

肥原甚至想到,冷门可能以两种方式出现:

一、$X \neq D$,$X = 1/ABC$。就是说,老鬼不是吴,而是另有其人。

二、$X = D + 1/ABC$。就是说,老鬼不是一个人,而是一对。[①]

当然,真正让故事悬念丛生的,还是巧妙的情节安排。故事中的几个人似乎都有疑点:吴志国对李宁玉的揭发、金生火的蠢笨和感情用事,李宁玉的冷酷和歇斯底里、顾小梦的蛮不讲理和"小姐脾气",肥原与王田香自然也殊非善类,他们狡诈多谋,同时又掌握主动权,对所有人进行 24 小时的监控和不断地审问……五个人与肥原之间的战争不断上演,五个人之间为了开脱自己又不断地互掐,时不时地又会穿插一些可能让"老鬼"暴露的情节,比如"老鳖"的出现……接踵而至的情节已经将读者搅得眼花缭乱,而像杀人游戏一样,每隔一段时间就会有人在质疑与被质疑中死去,"嫌疑人"一个一个被排除,小说被一环扣一环地推向一个又一个的高潮。在这样紧迫的情节叙述中,麦家又插入"老鬼"的心理描写,而这样的描写又是在"老鬼"的身份没有解密之时,以老鬼的视角进行的观察,似乎像是多提供了一条线索,却又滴水不漏,不暴露关键的信息。

尽管有人质疑麦家的小说与外国著名悬疑小说家们的作品相比实在是

[①] 麦家.风声[M].海口:南海出版社,2007:14.

"小儿科""破绽百出",但市场买账,就证明了至少在中国当代文学当中,麦家的作品能够满足读者的需求。很大程度上这与悬疑小说在中国当代的发展状况有关。

与悬疑小说有一定相似性的公案小说曾是中国小说史上的一个重要流派,产生过诸如《包公案》《海公案》《施公案》等脍炙人口的经典作品,但现代意义上的悬疑小说在中国始终没有得到充分的发展。19世纪,随着工商业资本主义的发展和现代意义上的都市的形成,以"鸳鸯蝴蝶派——礼拜六"为标志的中国当代通俗文学也迅速兴盛,悬疑小说作为通俗文学中的重要一支,也顺势迅速发展起来。1896到1897年,梁启超主编的《时务报》上刊登了四篇福尔摩斯探案的译作《英包探勘盗密约案》《记伛者复仇事》《继父诳女破案》《呵尔唔斯缉案被戕》。自此之后,西方悬疑小说开始风行,深受读者喜爱。据晚清小说评论家徐念慈统计,小说林杂志社出版的书,销路最好的是悬疑小说,占总销售量的十之七八。晚清小说家吴趼人也曾感慨"近日所译侦探案,不知凡几,充塞坊间,而犹有不足以应购求者之虑"。① 西方悬疑小说的引入和风行,自然而然地也催生了中国式悬疑小说的大量生产,涌现出以程小青、孙了红为代表的一批悬疑小说作家。但晚清、民国时期悬疑小说的创作,总体来看成就并不大,19世纪末到20世纪初,剧烈的社会动荡对文学的启蒙意义提出了很高的要求,颠沛流离的生活也使得大部分民众无心消遣,包括悬疑小说在内的一切"鸳鸯蝴蝶"小说的发展缺乏良好发展的外部环境。1949年以后的20世纪50到70年代,文学彻底沦为政治的传声筒,这一时期的悬疑小说,以政治性为第一需求,以"反特防奸"为主要内容,这一时期较有代表性的作品有《双铃马蹄表》《无铃的马帮》《黑眼圈的女人》等。但实际上这些小说,徒具悬疑小说的外壳,人物极端脸谱化,情节也因而十分简单。20世纪80年代,文学终于初步摆脱了政治的藩篱,拥有了自己相对独立的话语权,自那时开始,悬疑小说的创作不可谓不活跃,但始终并没有出现特别有影响的悬疑小说家。究其原因,大概有以下几点:一是悬疑小说的娱乐性与中国文学历来的"文以载道"传统之间的矛盾。尽管文学突破了政治的束缚,但中国自古

---

① 吴趼人.中国侦探案·弁言[M].//刘敬圻.吴趼人全集 短篇小说集.哈尔滨:北方文艺出版社,2019:72.

以来的文学传统要求文学有承载、有寄托、有思想,这恰恰与悬疑小说的娱乐性本质相悖。二是中国人的感性思维与悬疑小说的理性要求之间的矛盾。中国的传统文化不以理性见长,而是看重道义和人性,因此对理性的分析、推理往往处理得颇为草率,在古代的公案小说中,清官判案往往最后依靠一个"梦",这种感性的思维是注重"绝对理性"的悬疑小说创作的极大障碍。三是中国的国民知识水平较低,科技发展也较为落后,中国的作家大多是读文史出身,要么就是自学成才,所以知识面,尤其对自然科学的了解比较有限,这就极大地局限了他们在创作悬疑小说的过程中能够动用的推理手段的可能。

所以,麦家小说的"悬疑",也许并不完美,跟欧美、日本的悬疑小说大作比差距还很大,但是在中国当代文学的语境当中,其实有某种"填补空白"的意义。

2019年,麦家出版《人生海海》,可以说是麦家在自己"谍战小说之父"的盛名"影响的焦虑"下的一次"叛逆"。麦家曾数次在各种场合表示,自己不想写谍战小说了,尤其表现出了对谍战小说"通俗"一面的抵触,"我也想挣钱,但更想得到尊严",要"创作作品"而不是"生产商品"。因而《人生海海》,几乎是其谍战系列小说的"反其道而行之"。在《人生海海》里,作者回到了童年和故乡,完全放弃了用以满足人们娱乐愿望的通俗故事外壳,而恰恰换上了非常"纯文学"的、乡土小说的外衣,自觉与感官的刺激保持距离。但是,如果稍微留心故事的叙事逻辑就会发现,《人生海海》仍然保留了前述悬疑小说的最核心的手段,即围绕着一个谜题展开情节。上校小腹上的字到底是什么?这是撬动整个小说的关键谜题,也是整部小说的叙事动力。小说的情节几乎全部围绕着这个刻字展开,关于这个刻字的内容,在小说中有过几次揭示,小瞎子说过一次、老保长说过一次,但都没能给出完整的答案,仿佛是拼图的碎片,更加能够激发读者凑齐拼图、揭开谜底的欲望,而如同悬疑小说一样,这个最终的谜题,一直保留到了小说将近结尾的部分才揭晓,成为让读者一口气读完的"鱼饵"。

同时,"上校"的返乡、出逃、身陷囹圄、精神失常全部都与这个刻字有关,而小说中其他所有的人,"我"爷爷、"我"父亲、老保长、林阿姨乃至"我",都因为与这个刻字千丝万缕的联系而被改变了命运,因此,"刻字"也正是小说中所有人物命运的"密码"。

于是我们发现,"刻字"不论是在叙事功能上,还是精神内核上,都承担起了麦家谍战小说里"密码"的功用,是对作者已经在谍战小说中演练成熟的叙事手段的一次隐性演绎。

源自现代主义和后现代主义的"神秘"是麦家小说"纯文学性"的主要来源。神秘主义在当代中国小说中并不新鲜,既有"贾平凹们"的传统中国式的神秘主义,也有"格非们"的西方现代派的神秘主义。然而,他们或者充满了遥远的乡土气味,从而离大多数读者的现代生活太过于遥远;或者充满了精英式的技巧化和哲学化,从而太过于玄奥精妙,更让读者无法企及。总之,他们的"神秘主义"都是极度精英化的,可以为作家和批评家所称道和玩味,却很难为普通读者所接受和感知,因而也很难形成读者的共鸣。也正是在这个意义上,麦家显示出了他的独特性。曾经也进行过先锋文学创作的麦家,将"悬疑"成功地引入了"神秘"从而打破了"通俗文学"与"纯文学","精英"与"大众"的界限。在对西方文学传统更为敏感的西方书评家评论介绍《解密》的文章中,卡夫卡、加西亚·马尔克斯、纳博科夫等名字反复被提及,而被提到最多的,则是博尔赫斯。

神秘主义大师博尔赫斯在中国永远都不乏拥趸,格非、余华等一众先锋小说家都深受其影响。从先锋小说起家的麦家也是博尔赫斯的忠实信徒,这一身份直接决定了他小说的"纯文学"特性。博尔赫斯用迷宫来观照世界的神秘,麦家则是用密码。强烈的不确定性、反常性和神秘性,这都是迷宫和密码的共同点。博氏迷宫的影响加上麦家在秘密机关的工作经历,造就了他小说中神秘的"密码思维"。

麦家钟情于密码,但他对于密码却并不是持喜爱的态度,而恰恰是憎恶的。在他的作品中经常可以看到这样的字句:破译密码的事业是"世界上最残酷又荒唐的事业",是"听死人的心跳",是"反科学""反文明"的。他认为,密码将人类的无数精英聚在了一起,"榨干"他们的智慧和思想,它是人类智慧的结晶,却并不是为了有利于人,反而是为人性之恶服务的。战争、密谋、暗算是密码的缘起,而密码本身更是人性之恶的体现——人性之恶导致了真实的消解和不存在,让所有可以直接感知的事物都成为可悲的假象。麦家借陈二湖的课堂向我们展示了他的密码思维:"你肯定不是你,我肯定不是我,桌子肯定不是桌子,黑板肯定不是黑板,今天肯定不是今天,阳光肯定不是阳光。"这看似是一个资深破译人对密码的比喻，实际上却是麦家将密码世界与现实世界连通起来的关键所在，能指与所指永远是错位的，永远没有真正的真实可言，密码世界是如此，真实世界难道就不是吗？这就是麦家的神秘主义世界观。后来，陈二湖得了一种奇怪的精神疾障——不相信现实世界里任何摆在眼前的、固定不变的事物，这也是对于这一世界观更进一步地显性化表述。

麦家的神秘主义"密码思维"还有更深一层的内涵。最复杂的密码并不是人造的，而是天造地设的，是关于人类自身的密码。也许是受到博尔赫斯的影响，也许是受到休谟的不可知论影响，在麦家的小说中，命运始终是一个充满神秘、不可捉摸而又有着最强大控制力的主角。在其小说处女作《解密》的扉页上，麦家用博尔赫斯《神曲》中的话作为题记"所谓偶然，不过是我们对复杂的命运机器的无知罢了"。①

麦家属于典型的大器晚成的作家，而在麦家长篇小说的处女作——《解密》里，属于麦家的独特的叙述风格、独有的取材领域以及其特有的"密码思维"均已成形，它"令文坛刮目相看，他的出现就像一片阴影，投在亮丽的文坛上，多少有些令人惊慌"②。可以说，在麦家迄今为止的长篇小说创作中，《解密》是最具有神秘主义品格的一部，某种程度上可以看作是麦家"对先锋小说的修正和冲刺"。③

《解密》的主角容金珍是一位传奇式的天才，他的身世充满了传奇——祖母"容算盘·黎黎"是一位天才，她在剑桥留学期间，"基本上是一学期换一个寝友，等学期结束时，她嘴巴里肯定又长出一门语言，且说得不会比寝友逊色一点"。更令人叹为观止的是她的数学天分，她用388枚铁钉的成绩，一举打破了由冰岛人保持的561枚的纪录，从而获得剑桥数学博士学位。而后，她受莱特兄弟邀请参与了人类第一架飞机的制造："在这架飞机的小腹底下，刻有一板浅灰色的银字，内容包括参与飞机设计、制造的主要人物和时间。其中第四行是这样写的：机翼设计者　容算盘·黎黎　中国C市人。"

---

① 麦家.解密[M].北京：十月文艺出版社，2014：扉页.
② 陈晓明.不死的纯文学[M].北京：北京大学出版社，2007：208.
③ 朱向前.解密：对先锋小说的修正和冲刺[J].南方文坛，2004(2)：40.

这正是博尔赫斯著名的"骗局创作法"①，将真实的或者貌似真实的文献般的历史资料、生活经验糅入自己的小说当中，从而达到让读者真假难辨的神秘效果。不过在这一点上，麦家可说是青出于蓝而胜于蓝，在人类的第一架飞机上做手脚，可谓是弥天大谎，但麦家的分寸拿捏得很成功，这个看似大胆的谎言其实很难被证伪。

容金珍的父亲"大头鬼"则是一位无恶不作的败家子，"大头鬼自12岁流入社会，到22岁死，10年间犯下的命案至少在10起之上，玩过的女人要数以百计，而家里为此耗付的钞票可以堆成山，铺成路"，而容金珍正是他的私生子。命运的神秘性其实在容金珍出世时就已经初现端倪，他的父亲是他祖母的私生子，祖母因为生父亲难产而死，他又是他父亲的私生子，母亲同样因为生他难产而死，命运的大网早已经徐徐张开，叵测的未来正在等着这个注定要非同寻常的孩子。

容金珍从小被神父收养，但这并没有妨碍他出色的智慧，在他舅爷爷小黎黎第一次见他时，他在读一本英文的《不列颠百科全书》，并具有绝对超凡的数学天赋——为了计算神父在世的日子，不懂乘法的他"发明"了乘法。

他的数学天赋让他的生命发生了第一次转折——小黎黎将他带入了世界著名的N大数学系，在N大，命运之神再次向他伸出了手，他在这里遇见了另一个数学天才——来做访问学者，却因二战爆发而无法回国，滞留在中

---

① "骗局创作法"一词，来源于美国的埃米尔·罗德里格斯·莫内加尔所作的《博尔赫斯传》，在书中，他写道"……博尔赫斯已在实践另一种骗局创作法。他写了一篇短篇小说，准备作为书评收入一本随笔集。在《自传随笔》中，他讲述了这篇小说背后的故事：我的下篇小说《通向阿尔—穆塔西姆》写于1935年，它既是骗局又是假随笔。它声称是评论一本首版于3年前在孟买出版的书。我给其子虚乌有的第二版配上了确有其人的出版者维克多·戈兰克斯以及一位同样真实的作家多萝西·塞耶斯撰写的言。但该书及其作者完全是我捏造的。我给出情节及部分章节的细节——借用了吉卜林，并研究了12世纪波斯神秘主义者法里德·乌丁·阿塔尔——然后谨慎地指出其不足。第二年，我的这篇小说出现在我的随笔集 Historiadelaeternidad（《永恒的历史》）里，它与《侮辱的艺术》一文一并隐埋在书末。读了《通向阿尔—穆塔西姆》的人都信以为真，我的一位朋友甚至从伦敦定购那本书。直到1942年，我才公开把它作为短篇小说收入我的第一本短篇小说集《交叉小径的花园》。也许我没有公正地对待这篇小说：现在看来，它似乎为那些正等待我去创作、而我终将依靠它们确立起短篇小说家地位的短篇小说埋下了伏笔，甚至还确定了它们的模式。"埃米尔·罗德里格斯·莫内加尔.博尔赫斯传[M].陈舒，李点，译.上海：东方出版中心，1994：264.

国的数学教授希伊斯。希伊斯是容金珍命中的贵人，因为希伊斯的教导，容金珍的数学才能不断得到发挥。希伊斯回国后，容金珍的命运再次发生了转折，他被神秘组织701带走，从事密码破译工作。在701，希伊斯从他命中的贵人变成了他的敌人，容金珍要破译的"紫密""黑密"正是希伊斯的杰作。成功破译了"紫密"之后，正当容金珍埋头破译"黑密"时，命运露出了它狰狞的面容，容金珍全部思想和思路的容器——笔记本，被一个再普通不过的小毛贼偷走了，后来笔记本虽然找回，但容金珍却疯了。

《解密》的神秘之处在于，他在讲述容金珍解密的过程中，时时刻刻进行着对命运、对人性的终极解密和终极思考。或许我们可以分成四个层次来看《解密》：第一个层次是容金珍破解"紫密""黑密"的故事，这是最表层的解密故事。也正是在这个层次，麦家设置了众多的悬念，使整部小说看起来有了悬疑小说的特质。在容金珍刚被带走的时候，他迟迟不肯交代容金珍到底去了哪里，而是不断渲染容金珍工作的神秘性；在容金珍进入701的初期，他又不断将容描述成一个游手好闲之人，刻意挑逗起读者关于容金珍是否只是徒有虚名的怀疑；在容金珍与希伊斯交往的过程中，则回避希伊斯的真实身份，使希伊斯来信的真假变得扑朔迷离；容金珍走丢以后，他则暂时避开容金珍的下落不谈……或许《解密》并不像严格意义上的悬疑小说那样，围绕一个案件不断展开"侦探"工作，它的情节构造方法则是悬疑小说式的，也确实达到了和悬疑小说一样不断刺激读者兴趣的效果。

在悬疑小说的外壳下，麦家进行了更深层次的"解密"。

第二个层次则是小说中关于解密工作的解密。在麦家的书写中，解密工作不仅仅是关乎国家安全的谍报工作，更是"孤独又阴暗的事业""残酷又神秘的事业"，需要"远在星辰之外的运气"，甚至"这几乎不是一个职业，而是一个阴谋，一个阴谋中的阴谋"。正因这些玄而又玄的描述，麦家并没有将笔力仅仅放在对解密工作本身的描写上，而是直接试图将笔触伸到解密工作的本质，从而通过这场天才与天才的较量来透视天才的内心。

第三个层次，则是容金珍对自己生命的意义、对于命运的思考和解密，这一层次在小说前半部分并不明显，但在容金珍破译"黑密"期间，则出现了许多他关于"天才"的思考：

接着他又想，把天才和常人比作玻璃和石头无疑是准确的，天才确实具有玻璃的某些品质：透明、娇气、易碎，碰不得，一碰就碎，不比石头。石头即使碰破也不会像玻璃那么粉碎，也许会碰掉一只角，或者一个面，但石头仍然是块石头，仍然可以做石头使用。但玻璃就没这么妥协，玻璃的本性不但脆弱，而且暴烈，破起来总是粉碎性的，一碎就会变得毫无价值，变成垃圾。天才就是这样，只要你折断他伸出的一头，好比折断了杠杆，光剩下一个支点能有什么用？就像亚山博士，他又想到自己的英雄，想到如果世上没有密码，这位英雄又有什么用？废物一个！

而在最后，在他妻子交出的私密笔记本中，我们则可以发现，容金珍关于命运的思考，其实早就开始了，丢失笔记本只是激发了他，他的"顿悟"不是一瞬间的灵感，而是他一直以来思考之后的忽然开悟。

第四个层次，则是关于宇宙人生的终极思考。这个层次与其说是解密，不如说是设密。"我们是谁，我们从哪里来，我们从哪里去"是哲学的终极命题，也是文学不断观照和返回的人性的原点。《解密》故事里的天才们，可以破译世界上最复杂最难的密码，却无法破译自己的命运，他们一个个从对密码的破译出发，最终都陷入了对神秘不可知的命运的哲思当中，一个个最终都成了精神病患者，容金珍如是，希伊斯如是，只有"平庸之辈"才会迷恋于棋术，安度晚年。总之，小说虽然名为《解密》，外壳是一个悬疑小说，但其实却是将读者带入终极的人类之谜之中，引发读者最深层次的思考，这正是麦家小说的神秘性所在。

《暗算》是麦家对神秘的命运密码再一次地"加密"。阿炳的耳朵可以洞悉一切世事，然而听到的只是表象，他只听到妻子生了"百爹种"，却至死不知是他性意识、性功能的缺失导致了一切的发生。黄依依破掉了难倒无数破译家的密码，然而最终还是死在了那不可知的命运手上，她的密底正是题目：她是有问题的天使，无法在天上，也不属于凡间，所以必然香消玉殒。《捕风者》中的两个故事则更是展示了命运的强大力量，已经死去的越南人韦夫，因为军事行动的需要而被当作海军军官胡海洋来爱着、恨着，无法抗拒也无法声张；而我党的地下工作者鸽子，躲过了敌人的重重耳目，竟然因为生孩子时下意识地喊出丈夫的名字而暴露了身份。五个故事的叙述人、主角各有不同，但是都有一个共同点，那就是"《暗算》讲述了具有特殊禀赋的人的命运遭际，书写了个人身处在封闭的黑暗空间里的神奇表现"，他们从事着隐秘而高尚的事业,"暗算"着敌人的密码、行动,而自己也在被"天知道"的东西"暗算"着。

而《人生海海》则以另一种方式,延续了"命运"的主题。在《解密》中,麦家将破译密码的事业定性为"反科学""反文明"。而在《人生海海》里,麦家则在"真实世界"里,演绎了这一"密码思维"。"我爷爷""林阿姨",这些在小说里被人交口称赞的人,却恰恰在关键时刻出卖过上校,导致了上校命运的转折,而在做出"恶"的行为之后,他们又因为"善"付出了生活乃至生命的代价。善的表象背后,隐藏着多少恶?善和恶是绝对的吗?善与恶的边界在哪里?这是从密码世界延伸出的另一关于幽微、复杂的人性的密码。

命运、善恶、情感,总是以神秘的密码的方式在我们耳边回响,然而我们却听而不闻。正如张颐武所说"人际关系的问题,还有人性的深度,都是这部类型小说之中能让人回味很久的东西"。[1]

麦家小说的"主旋律性"则在于将个人书写与革命历史叙事结合起来。20世纪80年代以来,文学创作就不断地试图回到人本身。文学需要回到人本身,这似乎是一个无可争议的问题,然而应该如何回到人本身?这或许是一个值得更加深入思考的问题。从某种程度上讲,"中国小说仍然普遍沉迷于一己之私,一己之悲欢,还没有从一种小情绪、小格局里走出来,进而关注更大的精神母题。文学固然关乎个人,但是,当个人泛滥成千人一面的、公共话语中的个人,当欲望和身体成为新一代作家写作的主题词,小说很可能会面临着新一轮的精神专制:从过去的被政治思想或意识形态所奴役,发展到现在的被身体和欲望所奴役——二者的内容虽不一样,思想路径却有着高度的一致性"[2]。

而另一方面,当代小说的"宏大叙事"也同样遇到了困境。所谓"宏大叙事"是指以其宏大的建制表现宏大的历史、现实内容,由此给定历史与现实存在的形式和内在意义,是一种追求完整性和目的性的现代性叙述方式。[3]

---

[1] 李岩.第七届茅盾文学奖揭晓,《秦腔》等四部作品获奖[EB/OL].搜狐网,(2008-10-28)[2022-01-05]. https://cul.sohu.com/20081028/n260283293.shtml.

[2] 谢有顺.《风声》与中国当代小说的可能性[J].文艺争鸣,2008(2):49-52.

[3] 邵燕君."宏大叙事"解体后如何进行"宏大的叙事"——近年长篇创作的"史诗化"追求及其困境[J].南方文坛,2006(6):32-38.

第二章 "异托邦"与审美话语的多元——文学场内部的价值裂变

鸦片战争以来开始的中国现代化进程,是中华民族饱受苦难的一百年,抵御外侮、救亡图存始终是时代的主题,"民族—国家"的寓言也始终是现代文学的主题。20世纪50至70年代,"革命历史小说"更是成为几乎是唯一的小说形式,展现出强大的意识形态色彩,直到20世纪80年代中期的社会变革引发文学变革,宏大叙事的整体性才逐渐被打破。自那时起,虽然文学始终不能百分百地和政治划清界限,但至少在形式上、题材上,人们怀着几乎嫌恶的心情,将"宏大叙事"驱逐出了文学的中心。而随着时间的推移,刻意的规避变成了真正的冷淡,革命年代离现在的时代越来越遥远,过去一百年间的国恨家仇也好,战争的波澜壮阔也罢,都很难激起读者的共鸣。

然而,与20世纪80年代不同的是,尽管人们不愿意再在爱国主义或者民族主义的引导下阅读革命历史小说,但实际上却对陌生的、风起云涌的革命年代充满好奇;后现代消费主义带来的物质丰盈和精神空虚,也促使人们回过头来,怀念起宏大叙事里的高贵人性和高尚人格。另外,在信息爆炸、舆论导向纷繁复杂的当下,政府也需要树立正确的主流价值观,需要"创造一套定期重演,以重现国家初创时期的'创伤情境'的民族叙事,以便使国家回到一个特殊的时刻(刚刚建立自己的国家),一个决定民族命运的关头。它不仅是一种'再确认',而且是在不断地重述中重返那一艰难时刻,藉此来定期地重新召唤国家初创时期的那股力量"。但是,当年"宏大叙事"的解体不是在文学领域单独发生的现象,而是与社会整体的变革联系在一起的。现在,中国社会仍处在激变转型之中,并没有哪一种思想可以具有整合的力量"。①

正是在上述两个背景下,麦家又显示出了他的独特性。

麦家的小说或许还无法被完全称为"宏大叙事",但从其选材来看,将其看作革命历史小说的一种新的尝试则未尝不可。麦家的小说全部发生在战争年代或者革命年代,故事中的主人公也都是为国家、人民的利益牺牲了个人的自由、青春乃至生命的英雄。只是麦家将这些理想、这些牺牲从硝烟滚滚的战场,搬到了没有硝烟的隐秘战场。熟悉的英雄主义进入了陌生的、充满了神秘感的世界,又被好看的、充满悬念的故事所包裹,便在可读性的掩

---

① 邵燕君."宏大叙事"解体后如何进行"宏大的叙事"——近年长篇创作的史诗化追求极其困境[J].南方文坛,2006(6):32-38.

护下被读者欣然接受。也正因其十分符合主流意识形态的需求,自《暗算》大红大紫以后,谍战小说、谍战影视作品便层出不穷。

当然,这仅仅是麦家式的革命历史小说表层的突破,实际上,更重要的突破在于他在大的革命历史叙事的背景下,对"个人"的关注。刘小枫曾将现代叙事分为两种:一是"人民伦理的大叙事",二是"自由伦理的个体叙事"。人民伦理的大叙事"看起来围绕个人命运,实际上让民族、国家、历史目的变得比个人生命更为重要","自由伦理的个体叙事"则是"个体生命的叹息或想象,是某一个人活过的生命印痕或经历的人生变故,因此自由的叙事伦理学更激发个人的伦理感觉,它讲的都全然是个人的生命故事,深入独特的个人的生命奇想和深度情感"。① 麦家的独特之处正在于,他打破了人民伦理的大叙事与自由伦理的个体叙事之间的对立关系,将二者糅合在一起。

从表面上看,他的小说都是国家、民族、英雄的大叙事,而实际上却满载着对个体生命的关注和爱惜。他笔下的"英雄"从来不是高大全的,他们可能有着生理缺陷,如容金珍、瞎子阿炳,他们可能心理脆弱、不堪一击,如容金珍、陈二湖。虽然他们似乎生活在一个"天外"的世界,虽然他们拥有的才能属于天才,但他们的感情则是完全真实的,属于普通人的,如《暗算》里阿炳对于母亲"一捆柴火"的孝心,黄依依一场场轰轰烈烈的爱情,《风语》里陈家鹄和惠子之间生死相依的挚爱……他们中的大多数人并不想成为英雄,是命运的偶然让他们走上了成为英雄的道路,黄依依曾对来"选拔人才"的钱之江大喊"你需要我,可我不需要你们!""可我不想,我不会跟你走";陈家鹄为了不进入黑室,从事密码破译工作,更是拼命挣扎,以死相逼;阿炳愿意加入701仅仅是出于对自己的耳朵能派上用场的自豪,和对安院长"是个好人"的判断……他们只是常人,一定程度上说,他们是"被"成为英雄的,尽管他们一旦到了"战场",都成了以一敌百的战士。他们中的大多数人也并没有英雄式的壮烈牺牲,容金珍在笔记本丢失后精神失常,瞎子阿炳在得知妻子出轨后自杀,黄依依被"情敌"用一扇厕所门谋杀,他们生得伟大,死得却谈不上光荣,甚至有些微不足道……麦家笔下的英雄,吸引我们的是他们的天才、他们的成就,他们为国家所做出的贡献,而真正打动我们的,却是他

---

① 刘小枫.沉重的肉身[M].北京:华夏出版社,2004:6-7.

们作为凡人的一面,他们与普通人一样的情感,与普通人一样对命运无常的无奈。

总之,麦家的小说,提供给我们一种后现代的历史阅读体验,他"把凡俗的人生和雄浑的人生对接,把渺小的人物置身于理想的悲歌之中,从而去温暖、校正人心,疲软的小说就会由此获得一种重要的、肯定的力量"。"在小说中建立起一种人格,并让我们重温一种阔别已久的英雄哲学"①;另一方面,在"贵重人格""雄浑人生"和"英雄哲学"的背后,仍然是关于个人的表达,是生命个体遭际的书写,是个体的活生生的情感,是关于人性的温暖的悲悯。正如杰姆逊所言,"主宰观念世界的不再是旧日的个人主体了,而是那沦落为'客观精神'的一个集体,一种客体——它不再直接地凝视世界、观察世纪,因为那人所公认的真实世界已经不大了⋯⋯职是之故,此间若有任何写实成分仍然留存下来的话,这'写实主义'的效果也必然是来自我们那种被囚禁于迷失的经验,来自我们在狱中力求掌握世界的惊人感受,来自我们慢慢从梦中苏醒、警觉、进而肉食眼前崭新历史境况的悟性"②。

就整个文学场而言,麦家带来的启示在于在对待文学场内、外转换时的开放心态。陈晓明在《不死的纯文学》中这样谈到文学与图像的关系,"文学被图像击碎,但不会被图像埋葬,文学以其更加灵活自由的方式存在于当代社会";"当代消费主义的景观依靠图像只能是一个简单直观的呈现,只有利用文学性修辞的文字才能击中人们的内心,才能把"新新生活"的本质与人性内在的觉醒意识联系在一起。没有任何一个成功的消费主义的方案不要通过漂亮华美的辞藻加以表达,没有文学性的表达则是没有人性的理想化表达"。③

麦家比较忠实地实践了这种豁达的文学理念,这在他参与作品改编,在文学和影视之间进行"双向互动"上表现得尤为突出。与严歌苓一样,麦家本身并不是一个专职小说作家,他的本职工作是编剧。比之文学场内专门从事小说写作的"纯文学"作家,编剧出身的麦家等人并不以文本的深度和意义见

---

① 谢有顺.《风声》与中国当代小说的可能性[J].文艺争鸣,2008(2):49-52.
② 弗雷德里克·杰姆逊.后现代主义与文化理论[M].唐小兵,译.北京:北京大学出版社,2005:384.
③ 陈晓明.不死的纯文学[M].北京:北京大学出版社,2007:3.

长，但在情节的铺排上却做得更好；第二，在当今的文化语境下，电影、电视、网络在文化领域的强势地位已经毋庸置疑，与专业作家相比，麦家等人的作品有更强的"可拍性"，而且他们本人对影视也更有亲近感，不但对其没有抵触，反而能够进行主动的、有效的配合。

在《暗算》改编成电视剧的过程中，麦家就曾和制片方的编剧给原著动了一个大手术。首先是叙事者的变化，故事的讲述者从几个不同的人物变成了同一个线索人物——安在天，原著中本来互相没有交集的故事由他串了起来，结构变得更加紧密，小说中"档案柜"式的结构变成了"陈列柜"式的，从封闭的变为了开放的。二是大刀阔斧地增删情节。《刀尖上的行走》被置换为钱之江的故事，比《刀》更紧张，更惊心动魄，五个被怀疑对象，钱之江和代主任之间的斗智斗勇，像极了一场杀人游戏，许多观众都觉得这个不得已而改换的故事反而是最吸引他们的一个。第三是时空设置的变化。《暗算》的小说文本时空跨度很大，从20世纪40年代到20世纪70年代涉及中苏敌对时期、抗美援越时期、白色恐怖时期几个大的历史时期，而电视剧将三个故事的"敌方"都设定为国民党，时间也主要是在20世纪40年代到中华人民共和国成立初期的区间内，人物、情节都更加紧凑。麦家对于影视改编的此种态度，显然与许多作家每每在影视改编中感到自己的作品被肢解乃至被阉割的感觉大相径庭。事实上，正如麦家所说，"电视剧天生和小说不是一回事：小说要的是个性，电视剧要的是大众。我从小说到电视剧必须要完成什么，那就是向大众靠拢，要加增媚俗化的煽情和戏剧冲突"。既然必须认可影视在现有文化领域的影响力，就理应对影视作为独立的艺术形式的独立的艺术追求和艺术法则有足够的尊重。然而作家往往敝帚自珍，把自己放在较高的地位，将其他艺术形式当作从属的、低级的、庸俗的，一方面羡慕影视传播的影响力，一方面又视影视改编为"不得已"或"屈就"。这样的心态造成了一个怪圈：一方面文学越来越边缘化，与读者的关系日益疏远，被指"精英化"和"自娱自乐"，而另一方面拥有庞大受众和巨量经济资本的影视产品缺乏优秀的内容支撑，被批"庸俗""无聊""情节诡异""内容空洞"。在21世纪的大文化场域中，文学与影视之间的关系应当是合作而非敌对。随着近年来影视产业爆发式的增长，形式与内容的矛盾越来越突出，雷人的"抗日神剧"、靠"小鲜肉"们支撑的偶像剧被观众频频吐槽，而一些优秀的"IP"影视作品如《北平无战事》《琅琊榜》却获得了人气和口碑的双丰收。如邵燕君所说,"精英文学的'限制性生产'和大众文学的'大规模生产'……两者之间的对立不是彼此隔绝的,而是在对抗中互通有无……'精英原则'的过度膨胀可能造成'大规模生产'的萎缩或不健康的发展……但'大众文化原则'的过度膨胀也同样会压迫精英文化的生产,受到侵害的不仅是精英文化自身,同时大众文化也会因缺乏可以吸纳的养料从而使自身陷于更为频发的干瘪状态"①。

另外我们还应注意到,影视剧改编的成功,也对麦家后续的小说创作产生了影响。尽管麦家说他写小说"从来不会受到影视的要求",但客观地说,电视剧的成功必然会给他带来不可忽视的影响。雷达一语中的地指出:"最精深的文学作品几乎是无法改编成功的。然而,影视的丰厚的经济效益和电子传媒的覆盖效益诱惑着作家,正在促使作家们为适应影视话语的要求来改变文学话语的方式。"②

拿《风声》和《暗算》做一对比就会发现,《风声》选择的是《暗算》中的三个故事里最受观众认可的钱之江的故事进行演绎,而在此基础上又大大增强了故事性和悬念性,这无疑是对读者和观众趣味有意识的亲近。同时,作者将《风声》的故事背景设定为汪伪政府统治时期,故事中的间谍从一个变成了两个,两人既有共同利益又有矛盾,表面上亲如姐妹,私下里则既相互猜疑又相互帮助,迷惑了审判者肥原,也魅惑了读者,使得故事更加悬念迭出,扣人心弦。另外,《风声》的镜头感也极大增强,一改《暗算》中对人物外貌的忽视,对人物外形进行了比较细致的描写,为影视改编做好了准备,封闭的幽暗空间也很符合"第四堵墙"理论,非常适合电影的改编。

在主题上,尽管作者仍然采用了博尔赫斯的时间观念,试图呈现出"历史没有真值"这样的后现代主义历史观,也仍然延续《暗算》的主题,提请读者关注人性所能够到达的高度,但总的来说,《风声》终极关怀和哲理意味明显减弱,更向着推理、悬疑小说的方向靠拢,并且主旋律的色彩明显加重,更向着英雄赞歌的方向进了一步。

---

① 邵燕君.倾斜的文学场——当代文学生产机制的市场化转型[M].南京:江苏人民出版社,2003:190.
② 雷达.当今文学审美趋向辨析[J].当代作家评论,2004(6):153-154.

在布迪厄的理论中,尽管场无所不在,无所不能,但它的作用从来不是机械发生的。文学场中位置和配置的关系非常不稳定,每个位置和轨迹在这个空间中得到的价值的评价依赖动因的配置;另一方面,由于空间提供的位置制度化程度微乎其微,因此很容易受到象征的质疑,所以文化场构成了为"职位"的再定义而进行斗争的特定场所。在这个场所当中,位置和占位之间的关系总是受到动因的配置和可能存在的空间的调节,通过对自身组成的占位空间的认识,构成可能存在的空间。① 麦家在文学场中占据的位置和变化轨迹在当代文学中具有相当程度的特殊性。

麦家曾说:"我认为纯文学与可读性之间虽然没有阳关大道,但是羊肠小道是有的,当代作家的职责就是耐心寻找这条小道,这是一种责任。"② 应该说,从《暗算》到《风声》再到《人生海海》,麦家在这条"羊肠小道"上,无疑是成功者,也是"幸运儿",一早拿下了茅盾文学奖的他已经在文学场内拥有了足够的象征资本,"茅奖得主"的身份足可以保证他在文学场内的等级优势,可以让文学场外的他更加自由地施展拳脚。王德威曾经引入福柯的"异托邦"概念评价刘慈欣的科幻小说,他认为:"在文学世界里,我特别要强调科幻小说可以代表一代作家或读者构成、介入异托邦的一种努力。这似乎为日常生活的世界划下了一条界限,因为有了这条界线,内与外、边缘与中央、正常与反常似乎被定义出来。然而这些界限却也不断地被跨越、颠倒、质疑。"③ 福柯用镜子做比喻来解释他的异托邦理论:镜子里的空间是不实存的,但是它使我在镜子里形成了折射的效果。我能在镜子里看见自己,从而发现我能出现在自己并不真实在场的地方。镜子里的我的目光从这个不实存的空间投向我,重新构造了镜子外的现实世界中正在照镜子的我。麦家的小说或许也可以看作这样一种异托邦,他从文学场的内部向外部发力,终于在二者之间找到了一个"飞地"。而麦家"异托邦"的位置,恰好形成了他与文坛既游离又同谋的微妙关系。

---

① 皮埃尔·布迪厄.艺术的法则——文学场的生成和结构[M].刘晖,译.北京:中央编译出版社,2001:305.
② 戴睿云.第七届茅盾文学奖获奖作品《暗算》作者麦家"回家"说当代作家的重要责任——找到纯文学与可读性之间的羊肠小道[N].浙江日报,2008-11-04(5).
③ 王德威.现当代文学新论:义理·伦理·地理[M].北京:三联书店,2014:283.

第二章 "异托邦"与审美话语的多元——文学场内部的价值裂变

布迪厄将特定时刻观察到的文化实践和文化消费称为"两种历史的相遇",一是生产场的历史,一是就整体而言的社会空间的历史。文学场有它自身的变化法则和逻辑,而社会空间则通过一个位置的属性,尤其通过社会调节决定趣味,社会调节与特殊的物质存在条件和社会结构中的一个特殊地位相关。

麦家的"异托邦"就是这样一个特殊的位置,构成了观察文学场的一个特殊角度。文学场既是一个相对独立的场,更是一个依赖性很强的场,它"让位给一种颠倒的经济,这种经济以它特有的逻辑,建立在象征性财富的本质上,象征性财富是具有两面性即商品和意义的显示,其特有的象征价值和商品价值是相对独立的"。以期刊为核心的专业化的文学生产机制和以作协为核心的作家组织方式,维护了"供象征性的据为己有的""纯文学"的生产,也在客观上树立了它的敌人——供市场消费的"通俗文学"。而在21世纪的中国文学场中,区分二者的标准往往被简化为与市场的距离,但事实上,"需求的完全而厚颜无耻的服从和相对市场及其需求的绝对自由,事实上从未实现"。[①]因此,作家有在文学场与其他场域特别是经济场中寻求平衡的诉求。文学场无法提供给写作者们足够的经济利益,而经济资本又无法保证文学场所能够提供的特殊利益以及特殊利益通常能够带来的更为长期的经济利益,除非它被再次转化为象征资本。而作家想要同时在文学场与经济场之间实现合法的积累,却往往面临着被误读的可能,这种误读"消除了其中基本的两重性和表里不一,将他们要么简化为否定,要么简化为受到否定的东西,要么简化为不计利害,要么简化为唯利是图"[②],在社会经济急速发展、社会结构不断调整、经济利益对每个个体来说都比以往更为重要的当下中国,这种努力显得尤为重要,却也格外艰难。

[①] 皮埃尔·布迪厄.艺术的法则——文学场的生成和结构[M].刘晖,译.北京:中央编译出版社,2001:174.

[②] 皮埃尔·布迪厄.艺术的法则——文学场的生成和结构[M].刘晖,译.北京:中央编译出版社,2001:182.

第三章

"区分"与文学等级的松动
——"场外"作家的文学
　　　价值抵达

第三章 "区分"与文学等级的松动——"场外"作家的文学价值抵达

第一节

张悦然：流动的文学场与畅销书作家的"入场"之路

也许很少有哪个写作群体像"80后"作家一样，每当谈起他们，就几乎不得不涉及他们与文坛、与市场的关系。他们成名于20世纪90年代末到21世纪初，正好遇上经济资本对文坛的大规模洗礼和文学生产机制的市场化转型，年少成名的他们有相当好的适应性，不必像前辈作家一样首尾难以两顾，必须在文坛与市场之间做出选择。而作为依靠传统纸面文学成名的作家，他们并不具备像后来的网络作家一样完全另起炉灶，无论是自身的成长路径还是作品的生产传播方式都与文坛彻底脱离。因此，"80后"作家们与文坛、与市场都有着天然的亲密关系，这种亲密关系，成为"80后"写作最为重要的特征之一，而张悦然，正是在文学场与市场之间"左右逢源"的典型。

布迪厄曾用图表的形式，描述19世纪末文学场中各个纯生产次场之间从属对立互相交叉的关系，他以"微弱的特定承认和强大的经济利益"与"强烈的特定承认和微弱的经济利益"作为集合，框定19世纪末文学场中的各个元素，拉通它们所占据的位置。于是他发现，强烈的特定承认和微弱的经济利益，倾向于一种高度的承认（老年），而微弱的特定承认和强大的经济利益倾向于一种低等的承认（青年）；也就是说，按照认可的程度表现出来的差别实际上区分了"艺术世代"。[①] "80后"的代际划分，恰恰是使用"特定承认"和"经济利益"的两重标准进行的代际划分。

---

① 皮埃尔·布迪厄. 艺术的法则——文学场的生成和结构[M]. 刘晖, 译. 北京：中央编译出版社, 2001: 150-152.

最早关注"80后"写作的重要批评家白烨在2004年曾对"80后"与文坛、市场的关系做过这样的论断:"'80后'似乎进入了市场,还没有进入文坛","他们的成功、他们的影响看来热闹异常,但又显然游移在文坛之外"。由此出发,他劝诫"80后"写作者,"在现在这个年代出几本书并不困难,成一点小名也比较容易。但这并不等于文坛的认可和文学上的成功,要取得文坛的认可和文学上的成功,需要在艺术与人生的结合上有个性又有分量的作品,并在文坛内外造成广泛的影响,甚至要与商业化写作拉开应有的距离,"80后"的写作者一定要对自己目前的状态有一个恰当的估计和清醒的认识,不要被媒体的炒作所迷惑,更不要被眼前的利益所困扰"。① 这篇答问,成为日后论者在讨论和研究"80后"写作时常常引用的资料。有趣的是,差不多就在白烨表达自己对"80后"能否获得文坛认可表示担忧的同时,"80后"已经迈开了进入文坛的步伐:《上海文学》2004年第8期"希望"栏目发表张悦然的《右手能干的事有很多》;《花城》"从花城出发"栏目2014年第4期发表李傻傻的《红》(长篇),2004年第5期发表张悦然的《谁杀死了五月》(短篇)、《吉诺的跳马》(短篇);《小说界》2004年第5期在"80后小说"专辑发表徐斯妤的《几乎被拯救》(长篇)、张悦然的《红鞋》《谁杀死了五月》(短篇);《青年文学》2004年第9期头条发表张悦然的《夜房间》(中篇)。以20世纪80年代以后,作家获得主流文学认可、获得象征资本的惯例而言,在权威文学期刊上发表作品,即可视为作家"进入文坛"的标志。按照这个标准来看,2004年可以说是"80后"进入文坛的"元年"。同年11月22日,由中国社会科学院主办、北京语言大学文学院承办了"走近80后"学术研讨会。这是学术界第一次正式直面并回应"80后"写作现象,随后,《南方文坛》2004年第6期、《文艺理论与批评》2005年第1期等核心期刊集中推出有关"80后"创作的研究文章。此时,距离"80后"写作在市场上风生水起、获得大量文学场外的经济资本已经过去了将近五年。② 对于处于文学边缘化的寂寞和焦虑当

---

① 白烨,张萍.崛起之后——关于"80后"的答问[J].南方文坛,2004(6):16-18.
② 1999年,《萌芽》杂志举办首届"新概念作文大赛",当时还在上高一的韩寒获得一等奖,次年发表长篇小说《三重门》,该书累计销售200万册,在当时是近二十年来销售量最大的文学作品。在韩寒之前,虽然也有销售成绩不错的"80后"作家作品,但没有形成规模,韩寒之后,郭敬明、张悦然、春树等"80后"作家相继登场,创造出惊人的作品销量,成为轰动一时的"80后"文学现象。

中，本应早早注意到这一难得的文学热点现象的主流文学界来说，反应的速度似乎过于迟钝了些。主流文学界的"慢热"，大约是因为以"校园文学""青春文学"为标签的"80后"文学，被主流文学界视作了昙花一现的"时尚读物"和小打小闹，认为他们缺乏文学价值，不值一顾。[①] 而背后更深层的原因，恐怕则是对在市场上得到认可、获得经济资本的作品一概以"通俗文学"论之，并投以冷漠乃至敌意的傲慢使然。

尽管如此，最终唤起主流文学界对"80后"文学重视的，却还是他们惊人的市场能力。单本书动辄百万的销量、长期盘踞各大畅销书排行榜的实力，在主流文学界的漠视中迅速成长的"80后"让文坛没有办法再视而不见。调查更是显示，"以'80后'为主体的青春文学图书约占据整个文学图书市场的10%，这个数量是惊人的，因为中国现当代作家作品在图书市场上所占份额也就在10%左右，这等于是说'80后'与现当代作家在目前图书市场的占有率上是平分秋色不相上下的。"[②]这里的"平分秋色"其实已经是对主流文学界的偏袒了，"80后"作家在队伍最庞大的时候，也不过几十人，用整个文坛的市场占有率与他们相比较可以说是"胜之不武"，更何况还加上了一些现代经典作家的作品。另外的数据则显示，从2001年到2004年的中外文学畅销书作者排行榜中，郭敬明、韩寒分别以5本和3本居第一（并列）和第三（并列）。[③]"80后"写作的影响力则更是令人生畏，与"80后"写作的门庭若市相比，传统主流文学则更显寂寥。在这样的形势下，2004年前后主流文坛忽然一股脑地对"80后"文学的正视，与其说是"认可"，毋宁说是"招安"更为确切，甚至未尝不带有"失去命名权的焦虑"[④]之后示好的意味，因此，早就有

---

① 白烨在前面提到的《"崛起"之后——有关"80后"的答问》中直言："作为整体的主流文坛对'80后'并未给予足够的重视。我觉得这可能有两个方面的问题：一方面是'80后'写作欠缺引人瞩目的重头作品，他们的文学活动与影响游离于主流文坛而更多地仰仗网络媒体和靠近图书市场；另一方面由于有'校园文学''青春文学'这样一些命名，主流文坛可能还在'少儿图书''时尚读物'这样的层面上看待他们。实际上以'小儿科'这样潜在的观念轻视了他们。"
② 白烨，张萍.崛起之后——关于"80后"的答问[J].南方文坛，2004(6)：16-18.
③ 邵燕君.由"玉女忧伤"到"生冷怪酷"——从张悦然的"发展"看文坛对"80后"的"引导"[J].南方文坛，2005(3)：38-44.
④ 邵燕君.由"玉女忧伤"到"生冷怪酷"——从张悦然的"发展"看文坛对"80后"的"引导"[J].南方文坛，2005(3)：38-44.

论者指出,"'80后'写作是挟市场之威叩击文坛"①。

时至今日,"80后"作者从出道时刚刚十来岁、一夜暴得大名的少年,成长成了三四十岁的青年作家,他们的写作,在这将近二十年的时间里成熟、变化,既经历了市场的追捧、筛选,也经历了主流文坛的批评、塑造。仍然活跃着的"80后"作家们,他们与市场和文坛的关系都发生了很大的变化,早在之前提到的那篇答问里,白烨就曾经说"他们中的一些人也在尝试着打通这两者(文坛和市场)的关系,但当他们真正深入进去之后我相信一定会出现分化现象"。今天看来,这个预言大约实现了一半。"80后"写作者当中的一部分,始终追逐经济资本,遵循市场的原则来写作,甚至建立了自己的商业帝国,这其中的杰出代表当然要数郭敬明;而另外一些更加贴近主流文坛的作者,却并没有刻意拉开与市场的距离。事实上,对于成长在市场经济环境下、一出道就与市场密不可分的"80后"作者们来说,文学资本与经济资本从来不是二元对立的,文学场内奉行的"输者为赢"的逻辑对他们而言几乎是失效的,文学价值和经济价值可以兼而有之,是他们信奉的文学场法则。在这一类作者当中,张悦然是其中的代表。在"80后"由市场进军文坛的进程中,张悦然的发展是最令人瞩目的。

在众多"80后"作家中,张悦然是最早得到传统文学界认可和背书的一位。她的第一本短篇集《葵花走失在1890》和次年出版的第一本长篇小说《樱桃之远》,都由莫言为之作序。彼时的莫言虽然还未获得诺贝尔文学奖,但也早已是文学场内有举足轻重地位的作家。在标志着作家进入文坛的主流文学期刊作品发表方面,张悦然表现也特别突出,仅2004年一年,几家重要文学期刊就在重要栏目、专题推出了她的六篇小说,其中,《谁杀死了五月》甚至由《花城》《小说界》同期发表。此外,她的长篇小说《水仙已乘鲤鱼去》发表于《人民文学》2005年第1期,散文《月圆之夜及其他》发表于同一刊物2008年第2期。老牌文学期刊《收获》似乎对张悦然格外青眼有加:2006年6月,发表她的长篇小说《誓鸟》,2008年第五期发表短篇小说《嫁衣》,2014年第五期发表《动物形状的烟火》,2016年第一期发表她的短篇小说《天气预报今晚有雪》,紧接着第二期又发表她的长篇小说《茧》。与张悦然在文坛的

---

① 邵燕君.由"玉女忧伤"到"生冷怪酷"——从张悦然的"发展"看文坛对"80后"的"引导"[J].南方文坛,2005(3):38—44.

斩获相映成趣的,是她在图书市场上的所向披靡。2004年,春风文艺出版社以"玉女作家"为形象包装,以金牌畅销书的规格推出张悦然的《樱桃之远》,与2003年推出的销量过百万的郭敬明的《幻城》《梦里花落知多少》相配合。张悦然确实也没有辜负出版社的苦心,《樱桃之远》以及后来的《十爱》《水仙已乘鲤鱼去》《誓鸟》都创下不俗的销售成绩,张悦然本人也登上2006年中国作家富豪榜。

如何在文坛与市场之间"两全其美",既做"实力派"又做"偶像派",一直是张悦然备受关注的焦点。事实上,自2003年《葵花走失在1890》发表,至2016年发表最新长篇《茧》,张悦然虽然始终在文坛和市场之间扮演一个"两厢情愿""左右逢源"的角色,但在十余年的写作历程中,她也经历着由一个与市场更为接近的畅销书作家向逐步靠拢文学场、进入文坛的纯文学作家的转变。以这一转变为线索,笔者将张悦然的写作分为三个阶段:

第一个阶段是青春文学阶段。

"青春文学"顾名思义,就是以青春、成长为主题的文学作品。在中国现当代文学史上,这类文学作品也不在少数。郭沫若的《女神》、郁达夫的《沉沦》、杨沫的《青春之歌》、王蒙的《组织部新来的年轻人》等,都体现出某些青春文学的特点。张悦然以新概念作家出道,获奖时刚刚19岁,发表作品则更早。新概念一代的"80后"作家们获奖即出道,大多都不过十几岁的年纪。囿于有限的生活阅历,他们的早期作品往往以书写青春感受,讲述成长故事为主,主题往往无外乎朦胧而单纯的爱情、青春的冲动、与成人世界的紧张关系、离家的叛逆、朦胧的性、敏感的内心世界,属于典型的"青春文学",他们当中作品销量最高的《三重门》(韩寒)、《梦里花落知多少》(郭敬明)都属于此类,张悦然的作品也不例外。

肇始于郁秀的《花季雨季》,被韩寒、郭敬明、张悦然等新概念作家推向高峰的青春文学风潮,始于20世纪90年代末,在21世纪初达到高潮,一度被文坛忽视,视之为"不成熟状态的少儿文学",却在市场层面获得了巨大的成功。此时的青春文学,虽然仍然是以青春书写为主题,但与前代作家的青春书写有明显的不同。从"出身"上讲,它们更接近于在国外出版市场上已经成熟了的青春文学畅销书,远的有20世纪80年代末村上春树的《挪威的森林》,近的则有差不多与中国的青春文学风潮同时期,在全世界火爆销售几千万册的斯蒂芬妮·梅尔的《暮光之城》系列小说。这类青春文学作品,实际上是资本推动下，由出版机构发动或挖掘的"定制产品"：特定的青春主题、题材；抒情感性的文字风格；中学生青少年这一特定的创作主体、接受主体，以及针对他们所定制的人生经历和人生观、审美取向。精准的定位和操作，使得青春文学作品在市场经济和消费主义的推动下创造出一个又一个的发售奇迹。

《黑猫不睡》是张悦然较早的短篇小说，发表于《萌芽》，后被《青年文摘》转载，两本杂志在当时都拥有相当精确的读者定位和庞大的读者群，在青少年特别是在中学生群体中影响很大。《黑猫不睡》的主题是青春文学中最常见的爱情题材。女主角"我"有着一位暴虐成性的父亲，在这样的家庭里成长，"我"敏感、胆小，唯一的朋友是一只"夜一般的黑，眼睛很亮，总是惊恐地睁大，很少睡觉"的名叫墨墨的黑猫，父亲视黑猫为不祥之物，常常虐待墨墨。隔壁的男孩晨木有着"威廉王子式的笑容"，对"我"如小公主般宠爱，承诺"把墨墨喂成走不动的小猪"。可是，当父亲将我和墨墨赶出家门时，晨木并没有践行他的诺言，而是也相信了黑猫带来厄运的传说，在雪夜将身受重伤又怀有身孕的墨墨赶出家门，成为害死墨墨的最终凶手，俩人的爱情也因此烟消云散。原本是青年之间最常见的聚少离多的爱情故事，却因为"黑猫"这一意象的出现而呈现出梦魇般的色彩。黑猫墨墨是"我""体外的灵魂"，被晨木赶出家门的墨墨，和被父亲赶出家门的"我"构成了彼此的镜像，墨墨的焦虑、战战兢兢实际上是少年时期的"我"在父亲的暴虐下长成的不安和忧郁。因此，作者用格外残忍的文字描写墨墨的死亡"她撑开身子躺在化雪后潮湿的泥土地上。周围是小桃花般的一串脚印。她的身体狭瘦，肚子是瘪的——她应该生下了孩子。她周身布满黑色的蚂蚁，在吃她。她的身子早已被掏空了。眼睛也空了，蚂蚁从她的眼窝里爬进爬出。她死的时候应该依旧睁大着眼睛，瞑瞑的。"身子和眼睛都被掏空的默默，只剩下黑色的皮囊，这样刻骨铭心的场景，实际上是"我"的青春葬礼。随着墨墨的惨死，原本就在不正常的环境下成长，性格阴郁、悲观的"我"，对于爱情的幻想，对于美好人性的期待，彻底死去了，以至于形成了"人的一生就是一场腐烂"这样绝望的生命体验。

《黑猫不睡》虽然在叙事的技巧上还比较稚嫩，但是已经呈现出张悦然特有的风格：抒情而诗意的文字、不断重复的意象、舒缓梦幻的叙事节奏、忧伤的情感基调、荫翳的氛围、冷血残忍的细节描写。

第三章 "区分"与文学等级的松动——"场外"作家的文学价值抵达

《樱桃之远》是张悦然的第一部长篇小说,也是张悦然笔下的青春故事的重要代表。小说有一个原文本,即克日什托夫·基耶斯洛夫斯基执导的法国爱情片《薇若妮卡的双重生命》,电影里的波兰少女和法国少女,一般年纪,同一个名字,她们有着一样天籁般的嗓音,音乐天赋,和心脏病。《樱桃之远》从电影里的经典台词"我有个怪异的感觉,我觉得我并不孤独,这世界上不止我一个"伸展开来,设置了一对女主人公,善良柔弱的孤女小沐和骄傲乖戾的小公主宛宛。故事从两个女孩儿的童年开始,她们在奇妙的心灵感应中各自而又共同的成长,遇见各自的爱情——邪恶暴虐的小杰子和温和柔顺的纪言,四个人之间的情爱纠缠成为故事的核心动力。

文学界给予《樱桃之远》的评价并不高,普遍认为较前作没有突破,故事单薄:"构成《樱桃之远》的写作资源其实只够写一个中短篇。它的内核仍然是张悦然反复书写的那个'海的女儿'的故事(这个故事在短篇《葵花走失在1890》和《霓路》里已经写过,以后在《白骨精》里还会再写)";"这些人物全部是从作者的意念中产生的,他们没有肉身,推动其行动的是作者的意念和情绪。在简单的情节构造和封闭的虚拟情境中,这些概念化的人物一个个疯魔般地走向极致。"①以今日的"后见之明"来看,当时文学界对于张悦然和《樱桃之远》的这些批评,实际上是站在精英文学的立场上而发论,虽然敏锐地指出了小说中存在的问题,却忽略了青春文学的本质——资本打造的畅销书。因此,小说的首要诉求本就不在于在文学上取得突破和成就,而是在于满足读者和市场的需求,追求的不是文学价值,而是市场价值。从这个角度来看,写作资源的单薄、重复就不再是问题。畅销书实际上是一种文化产品,而产品一定是复制的结果。它必须以市场为导向,迎合大多数人的需求,它要满足的读者,恰恰是被作者的前作吸引而来,希望读到符合自己口味的作品。他们期待被固定味道的"餐食"满足,就如同麦当劳的快餐,所谓"新品"只需在经典口味之上稍加调整即可。几乎所有的"80后"文学批评都会提及这代人的成长环境——生长在宽松富裕、衣食无忧的环境里的"80后"们,比他们的父辈们更有充裕的时间和精力感受小情小爱,而政治和社会结构的稳定也让他们不再关注于大有可为的广阔天地,而是更多地倾听封

---

① 邵燕君.由"玉女忧伤"到"生冷怪酷"——从张悦然的"发展"看文坛对"80后"的"引导"[J].南方文坛,2005(3):38-44.

闭世界里自我的内心感受。作为青春文学,《樱桃之远》无疑是成功的,成长的锐痛、少不更事的爱情、对父辈们的叛逆和逃离、残忍带来的莫名快感,遥远又清晰的死亡……所有的这些元素,无一不戳中当时青春文学的接受主体"80后"们的"痛点","80后"们从这些极端的幻想和故事里,读到的却是他们自己如同纸片一般虽然稚嫩、片面却真实、锐利的对世界和人生的感受。以传统文学的标准来要求青春文学这种文化产品,显然是某种"对牛弹琴",如孟繁华所说"用审美批评的方式对待消费文化,本来就是错位的批评"[1]。邵燕君本人也在她后来的著作中反省自己当时的批评"文不对题","是从精英体系出发的"[2]。

此后,张悦然又发表了《红鞋》《水仙已乘鲤鱼去》《十爱》等青春文学作品,也无一例外地获得了巨大的市场成功。值得注意的是,这些作品虽然仍然逃不脱青春文学的范围,但已经隐隐流露出对于人与世界的关系、对于人性的思考。《红鞋》里极度邪魅冷血的女孩,虽然被批评为"残酷叙述里什么都没有"[3],但笔者恰恰认为,这是刚刚经历了青春期阵痛、初涉世事的作者对人性思考的一种极端表达。小说的意象明显受到了让·雷诺和昆汀等大师电影的影响,也流露出她学习现代主义写作技法的痕迹。张悦然创作了一个完全脱离现实的虚构故事,小女孩女巫似的残忍和神秘力量,杀手冷酷和柔软的两面,将青春、死亡、人性的纠缠,做了一次极限的演绎。

2006年以后,以长篇小说《誓鸟》为标志,张悦然的写作发生了较大的转变。《誓鸟》的故事主体依然延续了张悦然以前小说中常常出现的"海的女儿"的故事母题,一边是为了爱人自虐般地奉献一切,另一边则是在无知无觉的状态里冷漠自私地享受着一切奉献。小说讲述了一连串"食物链"般施虐/受虐的畸恋:为了骆驼的一句"你想起从前的事了么"而亲手自毁双目、拔掉所有指甲,用尽一生心血打磨贝壳寻找失去记忆的春迟;一生成长中"唯一的事业就是迷恋和追随春迟"的宵行;而婳婳则以妻子和奴仆的双重身份一路痴恋宵行,为他牺牲了孩子和自己的生命……尽管故事主线依然是缠

---

[1] 孟繁华.众神狂欢——世纪之交的中国文化现象[M].北京:中国人民大学出版社,2009:125.
[2] 邵燕君.新世纪第一个十年小说研究[M].北京:北京大学出版社,2016:184.
[3] 邵燕君.由"玉女忧伤"到"生冷怪酷"——从张悦然的"发展"看文坛对"80后"的"引导"[J].南方文坛,2005(3):38-44.

绵痴绝的爱情故事，但与张悦然以前的作品不同，《誓鸟》的故事核心却不是情爱，而是记忆。

在休谟的学说里，记忆是一种自明意识。一个印象刺激感官，从而神秘地产生了冷热饥渴苦乐等观念，当这些观念再回到心灵中时，便产生欲望和厌倦、希望和恐惧等新印象。这些新印象被休谟称为"反省印象"。反省印象又被记忆和想象所复现，成为新的观念，如此发展。印象出现于心中之后，它又作为观念复现于心中，这种复现有两种方式：一是仍然保持初次出现时的活泼程度；二是完全失掉了那种活泼性，变成了纯粹的观念。前者称为记忆，后者称为想象。记忆的主要作用在于保存观念的次序和位置，是因果推论的重要组成。张悦然的小说其实常常能够契合休谟的理论（不管作者本人是不是有意的），一个触碰、一个眼神、一个画面，任何一个简单的印象，都可能成为故事主角穷尽一生追随的缘由。如前所述，张悦然的小说被论者诟病，认为人物过于偏执，叙事动力不足。而在《誓鸟》里，张悦然试图探寻这种偏执的源头——记忆。南洋的传说里，人破碎的记忆藏在海洋上一枚一枚色彩斑斓的贝壳之中，《誓鸟》的故事就从这则传说开始。在海啸中丢失了记忆的春迟终其一生收集贝壳，执着地寻找自己过去的记忆。《誓鸟》的封底上写道"记忆如此之美，值得灵魂为之粉身碎骨"。春迟为之粉身碎骨的不仅仅是记忆，更是今日之果的前日之因，是对今日存在的体验和反思。不只是春迟，小说中的每个人其实都被困在记忆里，春迟执着于寻找丢失的记忆，淙淙沉迷于和春迟共住的美好记忆，宵行则从一出生就注定和春迟共享着爱恨交加的记忆……记忆成为驱动人物行为的原动力，他们跟随着属于过去的记忆，走向不可知的未来，可以说，《誓鸟》是一次关于记忆的极致书写。

《誓鸟》另一个与前作大为不同之处，是它跳脱出了青春文学典型的"校园-家庭"的小环境，将故事放置在南洋华人历史的大背景之下。种族歧视与屠杀的血腥、荷兰和西班牙在东南亚的大规模殖民、郑和下西洋的辉煌、南洋土著部落的风俗、海上华人歌姬的漂泊生活、基督教在南洋的传播……当代文学中鲜少涉及的南洋华人史，在激烈的情爱纠缠里轻描淡写地展开。海上的贝壳负载着的记忆，在小说中以复调的形式出现：美丽的少女目睹荷兰人杀死所有的家人，又一日日地被强暴；被西班牙人抢走了橡胶地的男孩在往来世界各地的大船上晒制胭脂虫；抢劫中国商船的华裔海盗无人时小心翼翼地拼起三只青花瓷的碗；被荷兰人杀害了丈夫的寡妇，加入土著部落等待儿子长大为父报仇;看守三宝井的守井人自溺在井里,用生命迫使葡萄牙人放弃井水;预知海啸的华裔流浪少年好心警告西洋鬼子,却被打断了腿;屠华之后的马尼拉,一个土著小孩因为携带着一块"倭缎"被刺死……这些散落的"路人甲"们的个体记忆和春迟的记忆一起,拼合成了南洋华人的集体记忆,南洋华人的历史。然而遗憾的是,当时正在新加坡留学的张悦然虽然将笔触伸展到了南洋华人的血泪历史,本来有条件更加深入地开拓这一当代文学的处女地,却只是浅尝辄止,没能够更加深扎下去。所依据的史料、所讲述的故事没有挖掘出南洋华人史不为人知的侧面,而是停留在殖民、屠杀、郑和下西洋这样大的历史概念范畴之内,也没有触及文化冲突、民族、宗教、身份认同等更为深入的层面,而是仅仅试图以情爱作为消解和救赎的捷径,未免显得有失轻佻。但即便如此,对记忆的执着探寻和拷问、对历史书写的尝试,也足以让张悦然从青春文学作家华丽转身。青春、叛逆、商业,这些属于"80后"作家的帽子已经罩不住她,正如论者所言,《誓鸟》是张悦然表现出一个成熟作家风范的作品[1],初步展露出了她的文学抱负。她已经不再满足于畅销书作家的身份,曾经孕育她、成就她的青春文学,如今逐渐成为她的束缚,可以看到她呼之欲出的破茧成蝶的愿望。

　　杂志书《鲤》的编辑出版是张悦然转型时期的另一重要产出。2008年前后,国内出版界掀起杂志书风潮。杂志书(Mook)诞生于日本,是Book和Magazine的合称,其性质介于书和杂志之间,也称墨客或墨客志。与普通图书相比,杂志书往往较定期地连续出版,具有一定的连续性和时效性;而与一般意义上的杂志相比,则相对"纯而不杂",文章篇幅更长,作者、主题相对单一、更个性鲜明。杂志书在中国风行的契机,则是"80后"作家们的自立门户。2006年,长江文艺出版社与郭敬明合作推出杂志书《最小说》。这个看似漫不经心的尝试,首期便大卖30万册,此后一路凯歌高奏:2008年获得正式期刊号[2];2009年改为半月刊,每期销量达40万~50万册。如此庞大的

---

[1] 邱华栋.一只穿越时间的凄美之鸟[N].大众日报,2006-11-10.
[2] 2008年,新闻出版总署公布《图书出版管理规定》,其中第28条称"图书出版单位不得以一个中国标准书号或者全国统一书号出版多种图书,不得以中国标准书号或者全国统一书号出版期刊。中国标准书号使用管理办法由新闻出版总署另行规定。"许多以书代刊的杂志书因此停刊,若想继续出版,必须获得正式刊号。

发行量,不但令日薄西山的传统文学期刊望尘莫及,对一直处于低谷的整个传统出版行业都是不小的震撼。看到了市场前景的"80后"作家们纷纷行动起来,继《最小说》之后,饶雪漫主编的《最女生》、落落主编的《文艺风象》、笛安主编的《文艺风赏》、明晓溪主编的《公主志》等相继推出,这些杂志书的共同特点,就是以"80后"青春文学作家固有的读者影响力和市场号召力为基础,由他们担纲主编并深入地参与到杂志书的编辑、写作当中。张悦然主编的《鲤》也适时推出,但《鲤》却呈现出与前述青春文学杂志书颇为不同的风貌,而与张悦然这一时期的风格相呼应,呈现出向纯文学靠拢的趋势。

《鲤》每期一个主题,除了固定刊发主编张悦然和文字总监、同是"80后"作者的周嘉宁的作品以外,收集国内外与此主题相关的文字,既有小说,也有散文、随笔,作者既有"80后"的畅销作家,也有近年来在纯文学领域颇为活跃的作者张楚、路内、葛亮等写作者。以 2009 年 3 月的《鲤·暧昧》为例,收录了"《萌芽》作家"周嘉宁、苏德的小说,香港作家黄碧云的随笔《薄荷,玫瑰,冠兰,西红柿》,廖伟棠、葛亮、于是的评论,路内的小说《无人会跳华尔兹》,美国作家杜鲁门·卡波特的小说《关上最后一扇门》等。

比起创作虚构文学作品可能出现的心手不一和力所不逮,编辑工作有时更能体现和贯彻编者的意志。从《鲤》的编辑,我们清楚地看到张悦然对纯文学的偏爱。张悦然在接受采访时曾说过,"自己现在有一种内疚感。当年青春文学影响了很多读者,但是和读者形成的关系是一种青春契约,青春结束了,阅读就结束了。很多读者结束这个时期之后,不只不再读青春文学,而是不再读书了……青春文学商业浪潮过去后,留下了贫瘠的阅读土壤,希望自己继续做下去,会让文学的土壤变得好一些"。① 显然,张悦然不但不再将自己看作是青春文学作家,而且对红极一时、自己也置身其中的青春文学风潮有所反思,并且自觉地试图承担起改良文学土壤和阅读环境的责任。或者可以说,她期待能够通过自己的努力,重塑当年的青春文学读者们的阅读习惯和阅读品味,带领这一代人在精神上重新出发。这样的担当,无疑是相当精英的。但张悦然的精英,与先锋作家的那种"背向读者"式的精英是泾渭分明的。20 世纪 80 年代的先锋作家们,选择的是"躲进小楼成一统"的道路,

---

① 谢方.张悦然:我们的青春结束了,但愿阅读没有结束[EB/OL].长江商报电子版,(2013-10-14)[2022-01-05]. http://www.changjiangtimes.com/2013/10/459057.html.

为了保护文学的纯粹性不受市场洪流的侵害,他们将文学小心翼翼地放进形式革新的包裹之中,但副作用却是把正在边缘化的文学彻底变成了少数人自说自话的游戏。而恰恰相反,张悦然们选择的是面向读者、面向市场的道路,尽管她没有选择简单地维系和讨好青春文学时期的大众读者,但在对待读者方面,她的态度并不是高高在上的傲慢和启蒙,或是道不同不相为谋的摒弃,而是相当谦逊的。一方面,从市场的角度出发,张悦然很清楚不论对于她的小说作品、对于杂志书还是对于她自身而言,经济资本的获得必须依靠读者;而另一方面,从自身的文学抱负出发,她所希望的纯文学,也绝不是自命清高的自娱自乐。

《鲤》特别能见出张悦然试图"左右逢源"的良苦用心。每一期话题的选择,从"孤独""暧昧"到"谎言""不上班的理想生活"都非常贴近理想读者——都市年轻知识者的兴趣、品味和生活,在文章的选择上,她也很注重文学性与可读性的结合。甚至在装帧设计上,都体现出对读者上帝般的尊重。《鲤》的视觉总监颜禾曾这样谈论《鲤》的装帧设计:"《鲤》之前用的都是铜版纸或白卡,虽然结实,但这两种纸对色彩的表现力差,触感硬冷,覆膜之后色彩更显得灰暗。覆膜的原理就像包一层塑料膜,能够极好地保护书,但同时完全丧失了质感,因为手能触摸到的不再是纸张的表面,而是塑料膜的表面。因而,《鲤》后来采用价格贵、残损率高的特种纸,为了给读者最大的阅读享受。"[1]

虽然在与张悦然相关的评论文章中,《鲤》并不常常被提及,但笔者认为它实际上非常重要,不仅仅是因为在2006年的《誓鸟》出版之后,到2016年的《茧》出版之前这长达10年的时间里,张悦然的绝大多数作品都发表在《鲤》上,对她的创作谱系而言具有重要意义,更是因为《鲤》每一辑的编辑和选稿,实际上都是张悦然不断修正、确认自己文学观念的过程,在这一过程中,她脱离了青春文学时期不成熟的写作态度,完成了精英身份的自我指认,也试探着修正和商业性之间的关系——既要摆脱过去过度商业化的影响,又要在文学性和商业性之间找到平衡。

2016年,暌违十年,张悦然出版长篇小说《茧》,全文首发于《收获》2016

---

[1] 颜禾. 鲤的设计和纸张——回复读者对纸张的质疑[EB/OL]. 豆瓣网,(2011-01-31)[2022-01-05]. https://site.douban.com/widget/notes/236064/note/132627222/.

年第二期。笔者认为,《茧》开启了张悦然写作的第三个阶段。对于这十年,张悦然不愿意用"十年磨一剑",而是老实承认"写作遇到了困难"。阅读《茧》,不难明白张悦然口中的困难,正是指转型的艰难。

《茧》讲述了"文化大革命"时期的一桩悬案,以及由这桩悬案引发的两个家族、三代人之间的恩怨情仇。在《茧》里,张悦然不再执着于青春和情爱的浅唱低吟,不再是汲取自己内心的情绪、卖梦为生的"呓人",而是将眼光和笔触调向外部,去触碰、书写现实和历史。对"文化大革命"这一题材的挖掘,虽然在近年来当代文学的长篇小说中颇为火热,但写作者往往是20世纪50—60年代的作家,对年轻的"80后"作者来说,还是鲜有涉猎的题材。

可以说,《茧》是对伤痕文学的一个遥远的回声。伤痕文学的主将们多是"文化大革命"的过来人,四十年前,他们愤怒、悲伤地舔舐自己和同代人的伤口,而四十年后,未曾有经历过"文化大革命"的"80后"们,忧伤、冷静地揣摩和思索着那场劫难带给自己这辈人乃至整个民族的印迹。在心理学领域,有一个概念叫作"创伤的代际传递"(tansgeneration transmission of trauma),是说上一代的创伤会被传递到他们的后代身上,这正是《茧》所讨论的问题。小说里的父辈们是集体性创伤事件的亲历者。他们的故事轻而易举地让作为子辈的年青一代哭泣、暴躁、愤怒,但是他们又不可避免地在自己身上看到父辈们的影子。于是,年青一代最终发现,不管是否愿意承认,他们最终或多或少地理解和认同了父辈们,无法一味简单地对他们感到怨恨和愤怒。

这是《茧》的故事,也是"80后"作家"破茧"的故事。成长在市场经济环境下的张悦然们,曾经以为自己与前辈作家们所"织造"的文学场毫无关系,甚至厌恶、憎恨它,以为可以完全脱离它的影响自立门户,最终却发现没有办法完全摆脱文学场的影响,必须深入其中,才能获得自我确证,这是"80后"作家所必须面对的"影响的焦虑"。于是在小说里,张悦然反复论证"80后"介入历史的合法性:"你找不到自己的存在价值,就躲进你爸爸的时代,寄生在他们那代人溃烂的疮疤上,像啄食腐肉的秃鹫。"回到现实社会,在采访中她也多次直陈"完成与父辈的对话,我们才能真正长大"[①]。小说内外不

---

① 王淑蓟.张悦然:完成与父辈的对话,我们才能真正的长大[EB/OL].腾讯网,(2016-07-30)[2022-01-05]. http://cul.qq.com/a/20160730/010024.htm.

断地自我剖白，显示出"80后"一代的作者在告别青春之后，对成长、转型、建立自身合法性的迫切和焦虑。小说的题目《茧》就小说情节而言，意指历史、恩怨、往事、爱恨一层层织就了厚厚的茧，将当事人的灵魂、命运缠绕其中，作茧自缚、无法脱身，而就张悦然本人而言，这个题目未尝不带有"抽丝剥茧""破茧成蝶"的期许和渴望。

《茧》采用的是双视角的复调叙事，故事的起点是两个主人公李佳栖和程恭在十八年后的重逢，以"李佳栖"和"程恭"作为每一节的小标题，让两位主人公交替漫谈，用来回轮换的第一视角，喃喃自语，一点点探入祖辈父辈的真相中去，同时重返自身的成长磨难与残酷青春。小说的时间横跨了祖孙三代人、中华人民共和国成立到新世纪的几十年中国当代史，关涉三个家庭，出场人物众多，涉及"文化大革命"、改革开放等重大历史节点，这样的深度和野心，作为张悦然彻底迈进纯文学领域的"投名状"应当说是颇具分量了。更为难得的是，尽管转型艰难而决绝，《茧》却并没有丧失掉张悦然的个人风格。如论者所言"近年来，中国文坛上一个引人注目的现象，便是诸多青年小说家为跳出青春语调和私人经验的囹圄，开始在写作中尝试涉及历史题材。在这个过程中，也容易产生一些问题，比如巨大的题材和架构盖住了作者自己的声音，辨识度下降；再比如写作者也容易'为历史而历史'，尽管在时空跨度上颇显宏阔，却无法将这种宏阔的背景榫合于人物的内心纹理"。①但《茧》没有陷入这样的困境。对于青春文学时期的创作经验，张悦然在反省之后，有着清晰的继承和推进，不仅仅是冷艳缥缈的语言风格，文中的"80后"主人公程恭和李佳栖，以及他们的父辈李牧原、汪露寒，构成他们生活的要素诸如漂泊、酗酒、性爱、恋父、虐待、颓废，都承继自青春文学的构成要素，而小说中对暴力残忍的超乎寻常的冷酷描写，也是从《黑猫不睡》就一以贯之的张悦然风格。祖辈的生死仇怨、父辈的情欲纠缠，这辈人交错、疏离的克制，小人物不断上演的情感纠葛，将大历史虚化成了远处的幕布。这是在青春文学的轨迹上书写的伤痕文学，也是在伤痕文学的底色上涂抹的青春文学。这正是张悦然的底牌，是她在困境中思索十年的结论，也是她在《鲤》的编辑过程中不断磨砺的结果。

---

① 李壮.凌晨四点的引力波——评张悦然长篇《茧》[EB/OL].《收获》公众号，(2016-04-03)[2022-01-05]. https://mp.weixin.qq.com/s/VtvewFR3_Hw9f4MIgSNqSw.

第三章 "区分"与文学等级的松动——"场外"作家的文学价值抵达

当众多的"80后"作者们大张旗鼓地上演着文字和资本的买卖游戏时,张悦然选择了自己的文学坚持,没有"做一个大IP",甚至"让出版商很失望"。① 但如前所言,张悦然不会是一个背对读者写作的人。一个时代有一个时代的文学,一个时代也有一个时代的文学理想。如果说20世纪80年代的先锋派,他们的文学理想是用形式主义守护文学之"纯",让文学成为隔绝在物欲横流的俗世之外的世外仙姝,那么张悦然代表的"80后"的文学理想,恐怕正是用青春文学留下的余音让文学"还俗",将文学还给读者,在这个众声喧哗的全媒体时代给式微的文学争得一席之地。这样一种引渡而非决裂的方式,并非被动和解,而是主动选择。其实,在《收获》2016年第二期发表《茧》之前,还在同年第一期发表了张悦然的一个短篇《天气预报今晚有雪》,在这篇小说的一开头,男女主角有过一个对话:"'你和他们不太一样,'他说,'不像她们那么焦躁。你看起来——很平静。''那是因为我比她们大很多,已经过了那样的年纪。''你是说你以前跟她们一样?''年轻的时候总归会浮躁一些,对吧?''有些东西是骨子里的,相信我'。"这显然是张悦然的一个自我刻画,既有对年轻时"总归浮躁一些"的自己的自嘲,也有"骨子里和他们不一样"的自负。小说的结尾处,女主人公决定放下一切顾虑,去爱一个一无所有的男人,却因为前夫的突然离世失去了她认为"理所当然,不值一提的东西",这场重返青春的告别式,就在大雪里无疾而终了。这是张悦然对青春的一个别开生面的告别和祭奠,她在告诫自己和读者,青春结束了,无法回头,但青春带给你的一切,无可否认,也必须珍惜。如同《鲤》的编辑一样,张悦然不会放弃青春文学带给她的经济资本,青春文学时期的读者也好,粉丝也好,是他们簇拥她扣响了文学的大门,也将继续为她保驾护航,而张悦然除了继续享受他们带来的经济资本的同时,也自觉有责任支付给他们更好的、更有价值的文学。

根据布迪厄的场域理论,场域不是固定不变的,而是流动和交互的,在社会元场之内,子场和子场之间既存在着联系也存在着斗争。它们一方面各自为营地恪守着自身的逻辑法则和原则,但它们又处在同一个相互作用关系网中,彼此之间相互影响、作用和融合。但与此相矛盾的是,对场的自主性"最坚决的维护者在基本的评价标准方面构成了迎合公众的作品和造就自己

---

① 张悦然.写《茧》如换笔,艰难而必要[N].中华读书报,2016-07-25.

的工作的作品的对立"①。在此基础上,他分析了"纯"艺术与"商业"艺术之间的联系,他认为作为两种截然不同的文化生产方式,"纯"艺术和"商业"艺术在原则上是完全对立的,但它们通过它们的对立本身而相互联系起来,这个对立既以一个对立位置的空间形式作用于客观,又以认识和评价模式的形式作用于精神,认识和评价模式组成了生产者和产品空间的一切认识。坚持艺术生产的对立特性和坚持艺术家的身份的人之间的斗争以决定性方式推进了信念的生产和再生产,这个信念既是场运行的一个基本条件,也是场运行的一个结果。② 在中国当代文学场中,由于启蒙主义的余韵和长期一体化的组织管理等方面的原因,这种对立显得尤为决绝。而对于文学场中的每个个体而言,想要获取更多的资本,就必须在各个场之间闪转腾挪。在青春文学盛极一时的2009年,张颐武曾对青春文学在不同场域的价值提出过设想。他认为,青春文学成为产业是有积极意义的,这种发展给文学带来新的机会和可能,而从文学角度来观察青春文学是见仁见智的。青春文学的主流是相当积极的,但文学应该直面人生的更多丰富性,而当下的青春文学主要是在为压抑的孩子们提供幻想和抒发情感的渠道。③ 而到了《茧》,我们看到,"青春"终于承担起"文学"的分量,至少在张悦然这里,经济资本和文学资本终于实现了自洽,这未尝不是"80后"文学能够给予这个时代的最好的报答。

---

① 皮埃尔·布迪厄.艺术的法则——文学场的生成和结构[M].刘晖,译.北京:中央编译出版社,2001:266.
② 皮埃尔·布迪厄.艺术的法则——文学场的生成和结构[M].刘晖,译.北京:中央编译出版社,2001:203.
③ 张颐武.当下文学的转变与精神发展——以"网络文学"和"青春文学"的崛起为中心[J].探索与争鸣,2009(8):18-20.

第二节

安妮宝贝:"小资"阶层的"纯文学"写作与消费

安妮宝贝是最早在网络成名的作者,她1998年即开始网络写作,最初在地下文学网站"暗地病孩子"发表文字,而那几乎还是中国互联网的婴儿时期①。后来她的写作转入当时著名的网络文学网站"榕树下",她也就成为中国第一批"网络出身""网络成名"的作家。与现在在成熟的类型文生产机制下动辄日更万字、在成熟的商业模式下大红大紫取得巨大经济收益的"典型"网络作家们不同,安妮宝贝的写作除了具备网络文学与读者的交互等特点之外,更接近于传统的文学创作,更为节制和内敛,并且她于2001年离开网络,不再在网络上发表任何文字。但这并不影响安妮宝贝成为"当今把纯文学与流行读物结合得最为恰当且成功的作家"。②

尽管有着不俗的发行、销售成绩③,但是与张悦然从属于通俗文学的"青

---

① 虽然1994年中国就开通了互联网,但互联网真正进入寻常百姓家并开始飞跃式的发展,是在1997年,那一年称得上是中国互联网元年。1997年中国电信面向国内推出了价格较为低廉的163网和169网,让普通用户从电信局就可以申请到上网账号。163网的开户费只有100多元,而169网不用申请,直接拨通某个电话号码就能上网,非常方便。当时对于普通用户来说费用仍然相当昂贵。

② 陈晓明.中国当代文学主潮[M].北京:北京大学出版社,2009:427.

③ 安妮宝贝的作品大多销量可观,2006年《莲花》首印60万册迅速告罄;2007年的《素年锦时》版税高达200万元,首印40万册;2011年《春宴》首印110万册,地面店发行320万册。《春宴》发行时,出版人路金波高调宣称:"我出版3本安妮宝贝作品《莲花》《素年锦时》《春宴》都是100万册以上销量。"

春文学"历经十年逐步向"纯文学"靠拢不同,安妮宝贝是一开始就具有相当明确、清醒的写作观念的作者。从2000年首部作品《告别薇安》出版以后的十余年时间里,安妮宝贝的写作技巧和方式逐渐成熟,内容和重心也历经调整,但"为什么写作""为谁而写作""写什么样的作品"这些对于一个写作者来说最为重要的创作指向和精神内核却是一以贯之的,几乎没有明显的变化。这也许与她身为"70后"、年长张悦然们几岁的年龄、生活阅历更丰富有关,但更重要的是,安妮宝贝的"浓妆淡抹两相宜",主要原因并不是她"长袖善舞"、在经济资本与文学资本之间的成功周旋,而是因为她成功地捕获了新世纪中国社会的新兴群体"小资"的品位,成了他们在文学领域的代言人。

在上网所费不赀的年代里,网民,恰是正在形成的"小资"群体的后备力量。① 职业曾涉及金融、编辑、广告、文化策划、专栏作者等标准城市白领工作的安妮宝贝既是他们中的一员,日后也将成为中国"小资"文化的建设者和标杆。对此,安妮宝贝有相当清醒的意识和自觉。2006年,安妮宝贝在新浪微博上宣布将笔名改为"庆山"并以新笔名推出新作《得未曾有》。不论是"安妮宝贝"还是"庆山"笔名的更换,背后都有一个不变的逻辑,即她所面向和代表的"小资"群体的品位和趣味。在安妮宝贝发表作品的2000年前后(安妮宝贝的首部小说《告别薇安》出版于2001年),正是互联网形成的初期,"××宝贝"是最为常见的女性网名,而"安妮"(Annie)也是中国加入世贸组织后外企进入中国的最初阶段,宽敞明亮的写字楼里衣着光鲜的女性白领们最常用的英文名。可以说,在2000年前后,"安妮宝贝"正是新兴的都市白领阶层的抽象能指。而到了21世纪的第二个十年,"安妮宝贝"的笔名则显得过于"低龄"和矫情,不再符合"小资"们的文化审美趣味。关于"庆山"的笔名,安妮宝贝自己这样解释:"庆是有一种欢喜赞颂的意思——我现在比较喜欢这样的一种基调——它对事物或者对周围的世界,对每一个人,有一种赞美

---

① 根据中国互联网络信息中心(CNNCI)的历次统计:年龄在18~35岁,学历在大专以上的人占上网人口统计数字的四分之三;在地域上,北京、上海、广东、江苏、浙江和山东这些沿海发达地区集中了最多的上网人口。分析显示:在上网费用还较为昂贵的情况下、都市年轻的较高收入阶层与使用校园局域网的在校大学生是网民的两个主要群体。这两个网民群体构成了"小资"的主力。

敬仰的方式,而不是消极的、灰暗的态度。山是因为我自己旅行,我爬过非常多的高山。山有时候是从海洋变出来的,它看起来很结实,好像是大地上特别稳定的东西。事实上它是有神性的,它跟天地都是联结在一起,它是一个中间的过渡部分。"①"生活在别处",在旅行中自我休憩也正是"小资"群体时下最流行的生活方式,而"庆山"这个名字本身,也很带有异域的色彩。总之,不管是有心还是无意,安妮宝贝从笔名开始,都浸润着"小资"文化的影响,忠实地扮演着"小资"代言人的角色。正如安妮宝贝自己所言,从"安妮宝贝"到"庆山",并非断绝,而是枝叶的成长。

"小资"成为流行词是 20 世纪 90 年代以后的事情,似乎并不需要特别的定义和说明,人们便开始心照不宣地用它指代具有某种特定的文化趣味的一个群体。这大约是因为"小资"对于当代中国而言并不陌生。

"小资"即小资产阶级,原本是社会学、政治学的概念,但对于政治话语空前强大、在一段时间内政治话语就是全民话语的当代中国,则是人们耳熟能详的概念。从 20 世纪二三十年代开始,伴随着政治场对文学场的超强影响,"小资"成为中国现当代文学领域一个重要的范畴。马克思主义学说中将小资产阶级定义为介乎资产阶级/资本家及无产阶级之间的阶级形态,主要包括广大知识分子、小手工业者、小商人、自由职业者等。小资产阶级占有一小部分生产资料或少量财产,一般既不受剥削也不剥削别人,主要靠自己的劳动为生。马克思和恩格斯在《共产党宣言》中为小资产阶级做了定性——处于资产阶级和无产阶级两大阵营之间的灰色地带,具有两面性。作为劳动者,在思想上倾向于无产阶级;作为私有者,又倾向于资产阶级,极易受资产阶级思想的影响。因此,在反对封建主义的斗争中既具有革命性,同时也存在政治上的动摇性、斗争中的软弱性和革命的不彻底性。于是,从毛泽东的早期著作《中国社会各阶级的分析》到 20 世纪二三十年代左翼作家的言论,再到对中国当代文学产生了决定性影响的《在延安文艺座谈会上的讲话》,小资产阶级虽然被定义为可以争取的革命同盟军,但在无产阶级革命和左翼文学的大背景下,对于小资产阶级的分析通常伴有程度不同的讽刺、挖苦和贬低,其革命性往往被忽视,而在无产阶级和资产阶级之间摇摆

---

① 王鹤瑾,许心怡.安妮宝贝揭改名"庆山"真相:我与 20 多岁时不同了[EB/OL].(2014-06-25)[2022-01-05].http://culture.people.com.cn/n/2014/0625/c87423-25197178.html.

不定、犹豫不决似乎成为小资产阶级最被注意和诟病的属性。而到了五六十年代频繁的批判和斗争时，虽然"城市小资产阶级"也是五星红旗四颗小星中的一颗，但却在消灭了资产阶级之后，在激进的、越来越"左"的形势和运动中成为斗争的主要敌人之一。而"小资产阶级"也因为其摇摆软弱的文化性格，逐渐成了知识分子的代名词，其中以萧也牧的《我们夫妇之间》引起的关于小资产阶级情调的批判最具代表性。这部本来意在批判小资产阶级出身的知识分子进城以后"忘本"的作品，却因为表现了农民妻子的一些缺点而被认为充满了小资产阶级的低级趣味而受到猛烈的批判。

有趣的是，尽管历经贬义、批判乃至于驱逐，"小资产阶级"文化在中国当代文学当中不但没有消失，反而隐秘地存活下来，一有机会便生长、繁衍起来。从20世纪20年代郁达夫的《沉沦》、丁玲的《莎菲女士的日记》，到20世纪30年代巴金的《家》、茅盾的《子夜》，再到中华人民共和国成立以后被树为"小资情调"的典型加以批判的《我们夫妇之间》，以及50年代杨沫的《青春之歌》、茹志鹃的《百合花》，小资产阶级的话语、文化虽然始终被压抑，不断被批判，却还是萦绕着当代文学史的进程，甚至因为它的暧昧不明和温情脉脉成为奇特的文学景观。这就不奇怪，当20世纪80年代政治的高压有所松动、90年代市场经济的发展带来更为丰厚的经济基础之后，小资产阶级话语迅速地完成了去政治化，作为一种审美、品位、情调，在21世纪迅速成长为繁盛的社会景象。

在马克思的著作里，小资产阶级、资产阶级和中产阶级的概念之间常常有着复杂含混的交集关系。雷蒙·威廉斯在《关键词》中解释说，bourgeois（资产者、资产阶级分子）"这个词的基本定义是：生活稳定、没有负债的可靠居民、市民（citizen）。"① 显然，这一定义与中国当代政治语境下所理解的资产阶级有很大的差异，而更接近于通常意义上所说的小资产阶级（小布尔乔亚）和城市中产阶级。而在社会主义中国的语境下，由于政治话语中"资产阶级"长期是与无产阶级水火不容的阶级敌人和对立面，加上资产阶级的"富有"被严重地夸大，即便是在20世纪90年代以后，敢于贸然"认领"资产阶级头衔的群体也并不存在。因此，20世纪90年代以后，"小资产阶级"便更

---

① 威廉斯.关键词——文化与社会的词汇[M].刘建基，译.北京：生活·读书·新知三联书店，2005：26-27.

第三章 "区分"与文学等级的松动——"场外"作家的文学价值抵达

多地指代正在形成的城市中产阶层或中产阶级，它的主要构成是生活稳定、衣食无忧、教育良好的城市居民和白领。需要注意的是，正如布迪厄在"区分"这一概念中所指出的，当今社会阶级共同体的形成，更多地有赖于各种特殊的文化趣味，它们之间的界限不再由占有生产资料的多少、经济资本的多寡简单决定。于是布迪厄引入了"文化资本"的概念，文化资本的占有程度，成为分割社会阶级的主要决定因素。文化资本与经济资本之间存在着秘密的兑换率，二者在多数时候是成正比的，比如教育的投入就是经济资本转化为文化资本、实现文化资本传承的一种可靠方式，而家庭背景（这里主要是指家庭的经济能力）对受教育的程度产生决定性的影响。除此之外，收藏同样也可以实现文化资本的累积。经济资本具有造就和生产文化资本的能力，最终对文化资本起着决定作用。如此一来，各种所谓文化品位、生活趣味等等文化消费均是由文化资本占有的多寡所形成的，而文化资本实际上是各个阶级或者阶级内部各个阶层的经济资本在文化领域的转化和兑换，是经济资本斗争、转化和作用的场域，所以特定的经济资本转化为特定的文化资本，特定的文化资本又训练和培育出特定的文化趣味和文化消费，而这种文化消费和文化趣味又再生产了这种区分和差异。不同的文化资本形成不同的文化趣味，从而制造出种种"区分"。在日常生活越来越审美化的当下，文化资本形成的文化趣味不仅主宰人们评判艺术品、欣赏音乐、阅读文学作品，而且全面介入每个人的日常生活——服装款式、室内装修、体育运动形式乃至家里种什么样的绿植，养什么样的宠物，一盘一碗、一菜一饭，甚至"美图"时滤镜的选择。一个小资产阶级分子，他与资产阶级暴发户、与刻板的中产阶级、与进城务工的农民、与流水线工人之间的"区分"，最为显要的特征往往是文化趣味，而他所持有的文化资本经历着"家庭出身－教育水平－文化趣味"的形成路径。

"小资"文化在中国的风行，以两本书的流行为标记。一本是大卫·布鲁克斯的《Bobos》，中文译作《布波族：一个新社会阶层的崛起》（后面简称《布波族》），少了原著题目的俏皮和辛辣，多了几分四平八稳的学术气。另一本是保罗·福赛尔的《Class》，中文标题译作《格调》，反倒是回避了原题的"阶层""阶级"之意。布鲁克斯在《布波族》一书中要做的是通过文化来指认一个新的阶层的产生——这个阶层的文化是"布尔乔亚"和"波西米亚"的合体。在20世纪，一丝不苟、脚踏实地的布尔乔亚（代表雅皮士，指西方国家中年轻能干有上进心的一类人)和蔑视传统、率直任性的波西米亚(代表嬉皮士，在20世纪60年代美国反"越战"的运动中诞生)一向泾渭分明，而到了21世纪，信息时代的文化影响将它们融合在一起，文化弥合了社会矛盾、阶级差异，甚至形成了布波族这一新的权势集团和精英阶层。《格调》则十分露骨地将情调、品位与阶级联系在一起，强调不同的社会等级产生不同的格调，而格调也成为标识社会等级的徽章。虽然原著的写作意图迥然有别，但这两本书在中国实际上都是以"小资产阶级生活指南"的形式风行的，正如《布波族》封底上刊出的《波士顿周日环球报》的书评所说的："凡曾经光临过星巴克咖啡的人，应该会对这篇文章心有戚戚。"新兴的城市中产阶级和准中产阶级迅速地对号入座，如饥似渴地学习着书上告诉他们的他们阶层应有的品味、格调、消费。于是，一个以文化为标识的"小资"群体迅速形成："'小资'即'小资产阶级'的缩写，经常被用以描述具有浪漫激进气质的城市知识分子。"如作者在《二十一世纪文化地图》中所描述的那样："90年代后期，'小资'重新成为流行文化的褒义关键词，以取代过于激进的'前卫'，用来指称起源于上海的都市青年白领(准中产阶级)，成为流行趣味的最高代表，并与白领丽人、旗袍、个性时装、酒吧、卡布奇诺咖啡、孤独、忧伤、经典、格调等语词密切联系。某个网站在其主页上这样描述小资群体：'他们享受物质生活，同时也关注精神世界；他们衣食无忧，同时也梦想灵魂富裕；他们追求情调、另类、高雅，他们钟情品位、精致、浪漫；他们是时尚的先行者，是文化消费的主力军。'"①

费瑟斯通在《消费主义与后现代文化》中提及了日常生活审美化的三个方面的表现：一是达达主义、历史先锋派等艺术亚文化的兴起，他们追求消解艺术的神秘感，打破艺术和日常生活之间的界限；二是将生活转换为艺术作品的图谋，具体来讲就是生活方式的审美化、风格化；三是日常生活日益地符号化、影像化。"小资情调"就是日常生活审美化的典型代表。"小资文化"以格调、品味的形式卷土重来，成为寄居于主流消费文化之下的亚文化，而且不再局限于文学、艺术的空间，而是渗透到日常生活的方方面面，整个城市成为"小资"们的大型"梦想照进现实"式的演艺场所或者展览馆。"今天

---

① 凌麦童.身体符号的文化解码[M]//朱大可,张闳.二十一世纪文化地图：第三卷.桂林：广西师范大学出版社,2005：60.

第三章 "区分"与文学等级的松动——"场外"作家的文学价值抵达

的审美活动已经超出所谓纯艺术/文学的范围,渗透到大众的日常生活中,艺术活动的场所也已经远远逸出与大众的日常生活严重隔离的高雅艺术场馆,深入大众的日常生活空间,如城市广场、购物中心、超级市场、街心花园等与其他社会活动没有严格界限的社会空间与生活场所。在这些场所中,文化活动、审美活动、商业活动、社交活动之间不存在严格的界限。"①。

"小资"文化在中国更大范围的风行,则是在2005年以后。校内网(后更名为人人网)、开心网的先后上线,让向朋友、同学、同事乃至陌生人展示生活状态成为可能。而2009年新浪微博和2011年微信朋友圈两个主要定位为移动社交的社交媒体的先后上线,以及手机摄像技术的不断提高使得记录生活更加方便。刷新浏览、"点赞"评论别人的生活,"云社交"成为当下中国社会最重要的社交手段。于是,在美图软件的帮助下,"小资"们时刻不忘拍下照片,记录自己的旅行的风景、精美的食物、精致的器具、阅读和观看电影的独到品味,他们以精致优雅的生活状态,细腻温婉的生活情调在社交网络赢得大量的关注和赞许,并吸引着大量的模仿者。模仿者们在文化情趣上竭力向"小资"群体靠拢,以文化资本和文化趣味为区分的"小资"群体如滚雪球一般越来越大。正如卡林内斯库在《现代性的五副面孔》中所指出的那样,"小资产阶级和部分民众,他们试图模仿古老贵族阶级及其消费方式,包括消费美的方式,他们所喜爱的艺术,主要是作为社会地位的标志被创造和购买的,不再需要去发挥它们难于把捉的审美功能"。②

去政治化以后的"小资"话语,十分无害地成为新世纪消费社会图景中的一个小板块。但是,当我们陶醉于"小资"文化温柔可亲、精致细腻的"小清新"表面时,容易忽视的一点是,"小资"文化的精神内核并不是驯顺的,而恰恰是反叛的。如果我们回顾现当代文学史上的"小资经典",就不难注意到,林道静式的"革命+恋爱"曾经是"小资"们的标配。"小资"们绝不愿意承认他们是如何沉迷于有格调有情调的物质生活,沉醉于你侬我侬的风花雪月,尽管这种贪恋实际上在字里行间如影随形地透露出来,这也就是后来被不断批判的"小资产阶级趣味""小资产阶级情调"。"小资"们更愿意强调自己的革命激情,粉碎旧世界的行动,尽管这种激情很可能只是力比多驱动下

---

① 陶东风.日常生活的审美化与文化研究的兴起[J].浙江社会科学,2002(1):36.
② 卡林内斯库.现代性的五副面孔[M].顾爱彬,李瑞华,译.北京:商务印书馆,2002:244.

冲破家庭束缚的渴望，或者是过于浪漫的狂欢节式的革命想象——在革命当中，他们有时候甚至表现得比一无所有的工人阶级、被剥削的农民阶级表现得更为激进和狂热。后革命时代，不再有革命的血与火的洗礼，"小资"们退回到生活和器物，也将他们叛逆的冲动带回到了日常生活的审美当中。尽管他们事实上属于后现代社会主流消费文化的一部分，不断地模仿或者被模仿，但他们竭尽全力地标识自己与主流审美的不同，他们所标榜的"格调"，一定是不同凡俗标新立异的，一定是独一无二的，最好是"手作""订制"，一定要与机械化大生产拉开距离。这构成了"小资"美学的主要精神气质：一面延续着革命时期的叛逆气质，一面又收敛了激进主义的锋芒而与生活达成和解。

通过对"小资"文化的分析来反观安妮宝贝，我们就可以毫不费力地发现她的作品是怎样忠实地在为这一阶层代言的。随便翻开一本她的作品，触手便是 espresso 咖啡、意大利软质奶酪、香艳和烈性酒、三文鱼、哈根达斯冰激凌，欧洲艺术电影、帕格尼尼、赤脚穿球鞋的女子、旧棉布衫、白玉簪、斑驳却艳丽的口红、危险诱人的刺青、木百叶窗、搪瓷茶罐、旧照片、双盘珈趺坐的石雕佛像……她事无巨细地想象和描绘小资生活的一切衣食住行的细节，用漫不经心的语调诱惑和怂恿着读者成为下一个模仿者和跟随者，加入"小资"的阵营。正如她在《春宴》中所说的那样，"她教会我对物品的审美和尊重之心，不是简单的金钱衡量，也不是粗暴的占有，那更应是一种温柔和敏感的彼此探测"。[①] 她和她的读者们用文化资本和文化趣味来建立同盟，确认彼此属于同样的"区分"之内，而又怀着"小资"的叛逆情绪，小心翼翼地把自己的情趣和简单的物欲区分开来。他们识别彼此，寻找"区分"，建立身份认同的意愿是如此强烈。于是我们在《告别薇安》里看到这样的文字，林和薇安在一个深夜里邂逅于网络聊天室，开启了他们的第一次对话：

他：不睡觉？
安：不睡觉。
他：帕格尼尼有时会谋杀我。
安：他只需要两根弦。另一根用来谋杀你的思想。[②]

---

① 安妮宝贝.春宴[M].长沙：湖南文艺出版社，2011：71.
② 安妮宝贝.告别薇安[M].北京：十月文艺出版社，2015：2.

如同两个接头的地下工作者一样，他们迅速地确认着"自己人"的身份，林急不可耐地向对方展示自己的文化身份，而安的回应则表明了自己持有着同样的文化资本。帕格尼尼起到了接头暗号的作用，这样类似的暗号还会反复出现，咖啡、西方音乐、酒。同样的，在《春宴》里，庆长对许清池的一见钟情，来自他为她挑选的食物："他带她到餐台，拿过白色盘子，挑选三文鱼、意大利软质奶酪、橄榄、数颗新鲜树莓，又倒一杯白葡萄酒给她。这些食物，每一样正中她的心意"。对于"小资"们来说，文化资本和文化趣味是如此重要，是超越世界观、人生观、价值观的存在，似乎审美不同比"三观"不同更难兼容。正如劳伦斯·克伦斯伯格在他著名的论文《这屋里有粉丝吗？——粉都的情感感受力》中提及的"超级消费主义"——"消费活动本身作为文化关系的场所，比消费对象更为重要、更惬意、更活跃"。①

于是我们看到，文化资本和文化身份在事实上构成了一种身份政治，安妮宝贝们将文化身份无限强化和夸大，超越现实身份，构造出一个由文化资本而划分出的"区分"，而这种"区分"并不是平面的，而是已经如标签般鲜明地标示着身份等级。在安妮宝贝的大部分作品里，特别是她所有的小说里，工作、家庭生活这些实际上占据普通人生活重头的内容始终是无关紧要的，它们几乎不进入作者的视野，即便提到也是云淡风轻的笔调，似乎在安妮宝贝的主角们那里，永远不会存在冷酷的职场碾压、琐碎烦恼的人际关系，更遑论广阔的社会现实。安妮宝贝的主角们是没有肉身的，她直接将读者引入一个飘散着古龙水和咖啡味道的影像化、符号化的物质世界，让读者在那里审美、消费、幻想。她省略了生活的真实性，让一种审美的假象在这里无限膨胀。

2016年6月，安妮宝贝以庆山的笔名出版随笔集《月童度河》，这可以说是安妮宝贝最"接地气"的作品。已经身为人母的安妮宝贝，在新书里记录了与女儿以及家人生活的点滴，但更多的，还是旅行、寺院修行这些完全自我的经验，而书写这些经验的笔调，仍然是安妮宝贝式的"不食人间烟火"。出版社为《月童度河》所写的宣传通稿中这样的一段话很耐人寻味："这几年，庆山不看电视，不读报纸、杂志，不接触任何让她认为对心灵无益的东西。

---

① 克伦斯伯格.这屋里有粉丝吗？——粉都的情感感受力[M]//陶东风.粉丝文化读本.北京：北京大学出版社，2009：139.

她为自己构建了一层过滤的屏障，在与外界置换信息的过程中，自动屏蔽掉那些会干扰她思考、阻碍她清扫心灵的成分。因此，'这本书里出现的只是我自己，我的思考、我的生活、我的观察、我看到的、我想到的。'她试图以某种清修式的体验，写出当下每个人都可能经历的心境转变。"[1]在这段文字中，我们看到，安妮宝贝的世界是"不及物"的，她的"心灵"只与"我自己"有关。当然明眼人一看便知，这样的生活其实没有可实现性，然而出版社和安妮宝贝本人乐于塑造这样一个现代版的大隐于市的隐士形象，其实还是将她打造为"小资"们追捧的文化"icon（偶像）"。旅行、寺院清修都是时下正为火热的"小资"生活方式的组成部分，排除尘世，清扫心灵更是"小资"们乐于标榜的精神追求，尽管他们旅行和清修的目的实际上可能都是为了在朋友圈中展示自己的"小资"文化趣味。应该说，安妮宝贝的作品很好地展现了新世纪"网络文化+消费文化"的特质，她所代表的"小资"文化正是互联网消费文化的一部分。人们可以尽情地在网络上展示一个"部分真实"的自己，随手点开朋友圈，里面都是让人羡慕的人生——插花、烘焙、旅行、新入手的包包和口红、体贴入微的男女朋友，所有人都自动略去工作的烦心，恼人的家务，心照不宣或者自欺欺人地展示给别人轻松优雅的生活。只是安妮宝贝也好，她的继任者、朋友圈的众人们也好，可能很难自觉地意识到这种"愚人愚己"。《春宴》里她借庆长之口抒发自己作为一个写作者的内心独白："我觉得自己老了，喜欢旧的逝去中的食物，喜欢复古的端庄和单纯，不接受新兴改造、科技、俗世愉悦、衍变中的价值观、时髦、流行口语……所有被热衷被围观被跟随的一切。也不信服于权威、偶像、团体、组织。周遭种种，令人有错觉，貌似精力充沛更新换代，内里却是被形式重重包装的贫乏与空洞。"[2]可见，即便到了《春宴》这部比较新近的作品，安妮宝贝依然也毫无察觉或是故作不觉，自己正是这"被形式重重包装"的一部分和合谋者，所谓的"老了"和"不接受"，无非是换了一种包装的形式而已。

好在安妮宝贝并不仅仅是"贫乏而空洞"的，在某种程度上，安妮宝贝特别像是20世纪八九十年代的陈染与20世纪的"小资"消费文化奇异媾和的产物，一方面是非常"小资"的对所谓"优雅"物质、氛围、品味的苛求和沉

---

[1] "安妮宝贝"蜕变为"庆山" 新书《月童度河》首发[N].南方都市报,2012-06-30.
[2] 安妮宝贝.春宴[M].长沙:湖南文艺出版社,2011:53.

溺,另一方面则是陈染式的对"个我"形而上关注的"虚无""绝望""拉上窗帘,低声歌唱"。从小说的形式来看,她的文字流畅、具有鲜明的个人特色,叙述风格是杜拉斯式的跳跃的短句、意义不确定的语言,大量刻意制造的充满节奏感的反复。再加上文中不时出现的哲理式警句:诸如"人要抵达彼岸,必须得先经历黑暗和痛楚";"在人做过的事情中,最终可产生意义的,是向远处山岭跋涉步行心怀热忱迈出的每一个步伐,而不是暴饮暴食后从食道里传出的几声沉闷饱嗝",还有破碎的爱情、自虐乃至自杀、漂泊和居无定所,使得她的小说形式充满了现代主义风格。

而从小说的内核来看,安妮宝贝的精神气质也非常接近于陈染、林白在20世纪90年代的写作。陈染们的写作在当时即颇受争议,批评者认为她们"注重文本、文字、文辞,对社会与人类不承担任何责任,主要面向形式,在极度个人化的表述中获得大快乐";"这些女作家的小说有日本人文学中的'私小说'的一些特征,放弃对社会的认知,把私人生活写得很差,把个体生命感受加以诗化,形式上也很精雅"①;也有支持者称"其作品以对个体生存的反复表现与思考保持一种执着的超越性精神关注","执着地表现个体的生存境况并将写作视为生存方式和精神的必需"②。在今天回顾这些争论,我们会感叹日光之下并无新事,这和21世纪以来围绕着安妮宝贝的争论何其类似。从这些争论出发,我们也窥见了安妮宝贝写作的另一血缘,现代主义。也许有人还记得,李劼在向整个文坛隆重推出陈染的时候,赠予她的称号正是"现代主义童话作家"③。而陈染曾多次宣称:"我努力使自己沉静,保持着内省的姿势,思悟作为一个个人自身的价值,寻索着人类精神的家园。"④这与安妮宝贝对自己作品的定位"关注人与外界和自我的关系,注重内心关照,有较多人性和哲学上的探讨"也十分相似。

从个体经验出发,探寻自我、人性,这是二者类似的写作姿态。其中,最接近的则是对"孤独"的执着体验和书写,陈染这样描述自己的生活状态:

---

① 刘心武,邱华栋.在多元文学格局中寻找定位[J].上海文学,1995(8):73-79.
② 贺桂梅.个体的生存经验与写作——陈染创作特点评析[J].当代作家评论,1996(3):62-66.
③ 李劼在1988年第4期的《当代作家评论》上发表他写给陈染的书信《致现代主义童话作家陈染》,向文坛隆重推出陈染,称她为"当代中国文坛上相当鲜见的一位现代主义童话作家"。
④ 贺桂梅.个体的生存经验与写作——陈染创作特点评析[J].当代作家评论,1996(3):62-66.

"按照常情来说,我已经是一个孤独而闭塞的人了,我极少外出,深居而简出。到别人家里去做客,常常使我慌乱不堪,无所适从——平日我在自己家中,在自己的房间里胡思乱想,清理太多的这个世界上的人和事的时候,我也是习惯拴上自己的房门,任何一种哪怕是柔和温情的闯入(闯入房间或闯入心灵)都会使我产生紧张感。"①而安妮宝贝则在《春宴》中借人物之口述说自己与世隔绝的状态:"在被长久的孤独冲击和与之默默依存的过程之中,我看到面容呈现的变化。眼神、唇角、表情、举止、线条和轮廓,一种持续的缓慢的最终鲜明确凿的凸显:郁郁寡欢、格格不入、对峙、退却。有三年时间我无法写作,无法在电脑里打出完整的一行字。远离人群,也几近被世间遗忘。"②在陈染和安妮宝贝的作品里,孤独是一种生存状态,一种从间断隔离的文字开始散发出的弥漫性的生存氛围,于是,作者和她们笔下的孤独人物以及读者们就具有了建立在这种孤独之上的亲和性、同构性与互文性,形成了共同的孤独情境。安妮宝贝最早发表作品的网站"暗地病孩子"在纯黑色的背景下显得格外耀目的白色 slogan(标语)"我们病了/寄居在腐烂且安逸的城市之中/彼此孤独/却/心心相印"正是这种孤独情境的自我表述。正如安妮宝贝的书迷们反复诵读的《告别薇安》中的金句"我们始终孤独,只需要陪伴,不需要相爱"。孤独是他们共同的生存体验和生命表征。

对陈染笔下的"黛二小姐"们和安妮宝贝笔下的"薇安"们而言,孤独是现实的生存世界对个体生命施加压迫的产物。个体与社会和他人的对抗乃至敌视某种程度上正是孤独感的深刻源头。于是我们回到了"小资"们的叛逆性。事实上,现代主义与"小资"有着天然的亲密关系。对于现代主义如何在 19 世纪末赢来一场空前绝后的大爆发,至今仍然论者芸芸,其中的至少一种与小资产阶级有关的观点是:"这是小资产阶级的歇斯底里发作。一大批作家无力掀翻资本主义文化的全面压抑,他们不得不采用非理性的手段进行破坏式的亵渎。"③换言之,现代主义是小资产阶级的叛逆在文学领域的一次淋漓尽致的表达。尽管我们很难从杜拉斯或者安妮宝贝的作品当中读出现代主义当年所具有的革命意味,但是我们还是不难找到现

---

① 陈染.灵魂的安息日[J].文艺争鸣,2003(3):59.
② 安妮宝贝.春宴[M].长沙:湖南文艺出版社,2011:84.
③ 南帆.小资产阶级:膨胀、压抑和分裂[J].文艺理论研究,2006(5):2-12.

代主义的影子：放浪形骸、孤独并自我陶醉、晃晃于世的形象，至少是表面看来对世俗所推崇的名誉、金钱、体面、声望不屑一顾或有自己的准则，推崇自己特立独行的艺术趣味，看不起从众的故作高雅……事实上，卡夫卡、伍尔芙、乔伊斯，又何尝不都是被小资们奉为代表呢？陈染们和安妮宝贝们的孤独，正是现代性的颓废在20世纪90年代末到21世纪的表征。卡林内斯库在其名著《现代性的五副面孔》中说道："（颓废）从根本上属于资产阶级的现代性，以及它关于无限进步、民主、普遍享有'文明的舒适'等等的许诺。在'颓废'艺术家们看来，这种许诺蛊惑人心，人们借助它们纷纷逃离日益精神异化和非人化的可怕现实。恰恰为了抗议这种伎俩，'颓废派'培养了他们自己的异化意识"。他还引用了泰奥菲勒·戈蒂埃为波德莱尔的《恶之花》所写序言的一段话："一种精细复杂的风格，充满着细微变化和研究探索，不断将言语的边界往后推，借用所有的技术词语，从所有的色盘中着色并在所有的键盘上获取音符，奋力呈现思想中不可表现、形式轮廓中模糊而难以把捉的东西，凝神谛听以传递出神经官能症的幽微密语，腐朽激情的临终表白，以及正在走向疯狂的强迫症的幻觉"。① 在这些描述当中，我们能够看到19世纪的颓废者们与20世纪、21世纪的孤独者们在精神上幽微却明确的内在联系。

在这个众声喧哗的时代，颓废不再能够带来19世纪那样强烈的回响，于是"小资"们选择本来就隐含在颓废当中的退缩、逃避，成为"孤独"的一群。与陈染们的孤独不同的是，安妮宝贝们的孤独加入了网络大时代下个体孤独的特殊性：在网络的链接下，人们似乎更加亲密，实际上却更加疏远。对此，田颖有过精辟的分析："网络是一把双刃剑，带来丰富信息的同时也使得个人脱离群体，独自面对网络世界的孤独和混乱。一个人在封闭的空间里，深夜，用手指在键盘上和网络另一端的陌生人倾诉，一脸漠然，这大概是每个青年网民共同的经验。丧失语言和团体的感受，却用网线把自己连入无数孤独个体狂欢的虚拟世界。面对网络铺天盖地的信息，孤独并混乱。而现实中，这一代人并没有父辈身上坚定的信仰，他们是在过度自由下滋生的无信仰一代。缺乏理想的光辉，犹如一个个脱离了群体的原子在世界上游荡。网络把这样一个个原子联系起来，创造虚拟归属感的同时，更加深这种孤独

---

① 卡林内斯库.现代性的五副面孔[M].顾爱彬,李瑞华,译.北京:商务印书馆,2002:173-175.

感。无聊的情绪需要武器反抗，心中的孤独需要呼应，笼罩在这种网络孤独的情绪下，他们渴望脱离平庸的日常生活，寻求心灵里期盼的丰盛的生活。"①郭敬明曾在散文里讲述过安妮宝贝对他的影响："安妮宝贝和苏童却给予我文字上的囚牢，犹如波光潋滟的水牢。而我站在水牢深处，仰望天空疾疾掠过的飞鸟，口袋里装着坐井观天的幸福……安妮宝贝。我不知道应该怎么去写她。一个异常漂泊的灵魂，一个可以将文字写成寂寞花朵的灵魂。安妮宝贝在水中编织了一座空城，而我仓皇地站在这个城中，像个迷路的孩子。安妮说她的掌心是有空洞的，而我看看自己的掌心，干燥而温暖，掌纹虽然错综但脉络清晰，我想我最终还是一个好孩子。我只是需要安妮以尖锐的姿态在适当的时候用适当的力度对我的灵魂进行必要的穿刺，好证明我并不麻木，证明我是个好孩子。"②也许若干年后，这段文字可以成为非常有趣的文学史资料，但笔者在这里引用这段材料，并非因为郭敬明成名作家的特殊身份，而是成名前的郭敬明，作为一个普通的"80后"读者，他和其他读者一样，用安妮宝贝的文字寻找同伴，治愈孤独。

米歇尔·德·赛托的《日常生活实践》曾对消费提出一种颇有新意的分析，他认为对艺术符号的消费实际上也是一种生产，在阅读当中，读者是积极的活跃的，他们进入并侵犯文本，"使文本变成了可以居住的文本，就像一个出租的公寓，过客通过暂时借住把个人的财产融入这个空间。租客的活动和记忆修饰了公寓，使它发生显著的变化"。③ 新世纪的"小资"消费进入个人写作当中，于是陈染们的个人写作最终完成了与"小资"消费的"合谋"，形成了新世纪的"小资写作"，这就是安妮宝贝的书写。它通过现代主义的个体写作之路，构建了新世纪境况下的自我意识，完成了"小资"们的自我建构和塑形。

---

① 田颖.安妮宝贝：路为什么越走越宽——网络时代的个人化写作与传播[J].南方文坛，2010(1)：111-117.
② 郭敬明.一个仰望天空的小孩[M]//郭敬明.左手倒影，右手年华.上海：上海译文出版社，2003：43.
③ 赛托.日常生活实践——实践的艺术[M].方琳琳，黄春柳，译.南京：南京大学出版社，2009：序言.

第四章

"丛林法则"与文学场的极限：超越"价值"的文学写作

第四章 "丛林法则"与文学场的极限：超越"价值"的文学写作

第一节

郭敬明："粉丝"写作与文学商业化的极限

在"80后"青春写作群体当中，郭敬明是为数不多的在青春期之后仍然坚持"青春写作"的作家。2003—2005年，是青春文学的黄金时期，从2006年开始，随着市场的大幅萎缩和作者年龄的日渐增长，大部分作者或者从青春文学转向其他类型的写作，或者干脆停止了文学创作。而郭敬明则始终高举着青春文学的大旗，并且逐渐成为青春文学写作的领军人物。郭敬明的"坚守"，当然不是因为固守什么文学理想，而恰恰是因为这"坚守"背后，有着他远远超出文学场运行规律以外的其他逻辑。郭敬明曾经在各种场合表示过这样的观点：对于他而言，写作只是生活的一小部分，他的人生有更大的版图。2013年《南方人物周刊》的郭敬明专访以《新时代的淘金者——郭敬明的文学金矿》为题，可谓精准地概括了文学对郭敬明的意义。文学是他的原点，但他不是文学的守护者，他将文学视为埋藏着无尽宝藏的金矿，而他是挖矿人，他从文学创作出发，不断地"淘金"，经营着他的商业帝国。

成就郭敬明"文化商人"身份的，是他对"粉丝经济"的充分利用，这也是他与前辈作家们的最大不同。新世纪，文学期刊时代形成的作者与读者之间的亲密关系解体了，这是新世纪文学陷入危机的重要原因之一。而对于以郭敬明为代表的青春文学作家而言，他们建构了一种新型的作者与读者之间的关系，即"偶像-粉丝"的崇拜关系。对于他们的读者而言，郭敬明和"小鲜肉"的演员歌手并无区别。上面提到的《南方人物周刊》的专访是这样开篇的："会客厅的柜子里放着很多摆成金字塔状的蓝瓶巴黎水，一侧的墙上有一面巨大的镜子，接受访问前，郭敬明会在这里化妆。他会事先告诉化妆师,'要深邃一点,让五官浮现出来',然后喝下助理拿来的一小罐燕窝,这是他接近中午吃的唯一的食物。"①对于外形修饰如此地看重,显然不是作家的追求,也不是读者对作者的要求,而精致的穿着打扮、细腻唯美的面庞,对于"偶像"来说则是必需的,这正是"偶像"郭敬明给他的粉丝们营造的形象。

粉丝文化产生于大众文化的工业化生产,高度发达以后的大众文化,像其他商品一样,需要通过品牌营销来实现更高的商品附加值,偶像就充当了大众文化中品牌的作用。约翰·费斯克认为,粉都(fandom)是工业化社会中大众文化的一种强化(highlighted)形式,"从批量生产和批量发行的娱乐清单(repertoire)中挑出某些表演者、叙事或文本类型,并将其纳入自主选择的一部分人群的文化当中。这些表演者、叙事或类型随后便被整合到一种极度愉悦、极富指义性(signifying)的通俗文化中去,这种通俗文化与那种较为'正常'的大众受众的文化既相似又有明显的不同"。粉丝是过度的读者(excessive reader),"所有的大众受众都能够通过从文化工业产品中创造出与自身社会情境相关的意义及快感(pleasure),但粉丝们却经常将这些符号生产转化为可以在粉丝群中传播,并以此来帮助界定该粉丝社群的某种文本生产形式。粉丝们创造了一种拥有自己的生产及流通体系的粉丝文化"。②

在21世纪的中国,粉丝文化虽然是舶来的,但却异常发达。新浪微博是当下粉丝和明星互动的最重要平台,也是观察粉丝文化的一个重要窗口。在这里,粉丝们创造出一系列惊人的纪录,2014年8月,歌手鹿晗的单条微博以13163859次的评论量,获得吉尼斯世界纪录"微博上最多评论的博文"的称号,2015年6月22日,年仅15岁的中国人气少年偶像组合TFBOYS成员、队长王俊凯2014年9月21日发布的一条博文,获得吉尼斯世界纪录"转发最多的一条微博信息"的称号,截至2015年6月19日中午12点共产生42776438条转发。③这样的数据,每时每刻都在被刷新着。惊人的数字背后是庞大的粉丝群体。粉丝文化在中国当代的高度发达,与人群的心理结构有

---

① 邢人俨,王玥.新时代的淘金者——郭敬明的文学金矿[J].南方人物周刊,2013(20):30-38.
② 费斯克.粉都的文化经济[M]//陶东风.粉丝文化读本.北京:北京大学出版社,2009:1-10.
③ TFBOYS王俊凯微博转发获吉尼斯世界纪录[EB/OL].(2015-06-23)[2022-01-05].http://www.chinadaily.com.cn/micro-reading/ent/2015-06-23/content_13873380.html.

关。大众文化的主要消费群体是 15 到 35 岁之间的少年、青年群体，在新世纪的当代中国社会，这些人是计划生育政策下的独生子女一代。2015 年 10 月 29 日，中共十八大五中全会公报宣布中国将"全面实施一对夫妇可生育两个孩子政策"，宣告中国实行了 35 年的独生子女政策结束。这意味着这一批生于 20 世纪 80 年代初到新世纪初年的青少年，可能是人类历史上唯一的一批具有社会集群性质的独生子女。他们没有兄弟姐妹，从小成长于只有父母的三口之家，而他们的成长又伴随着中国高速的现代化和城市化进程，父辈们"远亲不如近邻"、田间地头一群孩子一起嬉闹玩耍的生活对于住在楼房里的他们而言也无福消受，缺少陪伴的他们内心十分孤独。走入社会以后，他们又承担着上有老下有小的压力。随着二孩政策的放开，就小家庭来看，两个处于劳动年龄的独生子女夫妇，要照顾四个退休的老人和养活两个孩子，而在整个社会的大范围来看，虽然可能在长期内会扭转人口抚养比下降的趋势，但在短期内反而造成了人口抚养比的恶化，社会老龄化程度加剧，劳动人口要负担更多的 GDP 增长，一线城市不断高企的房价和其他生活成本便是其中一例。繁重的生活压力和大城市的交通成本又直接或者变相地挤压了他们的娱乐时间，在巨大的城市里，人与人之间的距离如此遥远，这种遥远既是地理上的，也是心理上的，与亲友聚会变成可望而不可即的奢侈……所有这一切无不在加剧他们内心的孤独和惶恐，寻找归属感对他们来说就显得尤为重要，而粉丝文化恰好可以提供这种归属感。朱莉·詹森把粉丝文化的勃兴和社群的衰落联系起来，"社群被想象为支持和保护性的……由于这些社群纽带的松弛或丢弃，个体也随之被视为脆弱的……在世界中失去了稳固和可靠的方向。稳定的身份和关系的缺失使得个体易受非理性诉求的影响……'大众人'似乎很容易就变成'大众信仰'的受害者"。[①] 她还援引霍顿和沃尔的观点，将粉都看作是一种替代性关系，是对正常关系的不恰当模仿。劳伦斯·克伦斯伯格则使用"要义地图"的概念来分析粉丝的情感需求。所谓"要义地图"就是指人们对事物、事件投资的情感、情绪的形式、数量、级别的分布图。这一概念其实与布迪厄的"区分"和文化资本的概念血脉相通。他认为，"对粉丝来说，流行文化的某些形式被看成是理所当然的，甚至

---

① 詹森.作为病态的粉都——定性的后果[M]//陶东风.粉丝文化读本.北京：北京大学出版社，2009：129.

是必要的投入对象,其结果就是,对粉丝来说,特定的文化语境渗透了情感的色彩。而且作为一种情感性联盟,机制本身也发挥着要义地图的功能,在地图内部,各种行为、实践以及身份都可以确定其位置"。"对于粉丝来说,流行文化就成了他或她建构要义地图的至关重要的场所。在这些要义地图内部,可以进行各种投入,并从各方面为个体赋权。他们可以建构身份的相对稳固的时刻(moments),或识别那些因自身的重要性而拥有权威的位置……粉丝赋予自己投入的对象以权威性,让这些投入的对象/代表为自己说话。粉丝让它们来组织自己情感的和叙事的生活与身份。用这种方式,他们把自己情感投入的场所用作构建自己身份的众多语言。"①

郭敬明的文学创作从青春文学起步,并始终以青春文学作为创作方向,他的读者以及后来由他的小说改编的电影的观众也就相对固定地限制在青春文学的受众群体,初、高中的学生以及低年级大学生中。这些读者在阅读小说之后成为郭敬明的粉丝,自称"四迷"或者"锅巴"。这个群体极其庞大,如果将郭敬明的微博粉丝数大体视为"四迷"的人数的话,几乎可以相当于一个中等国家的人口总数。能够拥有如此庞大的粉丝群体,证明了郭敬明的创作很好地符合了他的受众群体的情感结构。

"情感结构"的范畴最早由雷蒙德·威廉斯在《电影序言》中提出,他认为"情感结构即是一个时期的文化"。② 作为"80后"独生子女的一员,对当时十来岁、正值青春期的同代人情感结构的细腻描摹是郭敬明的拿手好戏,也是他出道和热销的第一资本。《爱与痛的边缘》中他塑造了这样的自我形象:"我是一个在感到寂寞的时候就会仰望天空的小孩,望着那个大太阳,望着那个大月亮,望到脖子酸痛,望到眼中噙满泪水。这是真的,好孩子不说假话。而我笔下的那些东西,那些看上去像是开放在水中的幻觉一样的东西,它们也是真的。"③ "仰望天空的小孩"是郭敬明为自己塑造的经典形象,也是后来虽然被不断调侃,但也被不断模仿的郭敬明形象。在他的散文中,

---

① 克伦斯伯格.这屋里有粉丝吗?——粉都的情感感受力[M]//陶东风.粉丝文化读本.北京:北京大学出版社,2009:141-142.

② 杨击,叶柳.情感结构:雷蒙德·威廉斯文化研究的方法论遗产[J].新闻大学,2009(1):137-141.

③ 郭敬明.一个仰望天空的小孩[M]//郭敬明.爱与痛的边缘.上海:东方出版中心,2008:3.

第四章 "丛林法则"与文学场的极限:超越"价值"的文学写作

"小孩"是他最常使用的自我指认:"孤独的孩子在风中悄悄地长大了";"那些伤口就像我一样,是个倔强的孩子,不肯愈合";"一个永远也不肯长大的孩子也许永远值得原谅";"你是个天生寂寞可是才华横溢的孩子";"这个寂寞的姿势令我像个受伤的孩子";"我仓皇地站在这个城中,像个迷路的孩子";"但我是个任性的孩子,从小就是";"我是个会在阴天里仰望天空的好孩子,我真的是个好孩子"。他不断地强调自己的"孩子"身份,这种"自我幼化"曾经在港台流行文化中颇为流行,在大陆文化语境下,已经接近成年的青年自称"孩子""男孩""女孩"未免过于矫情,但对他的青少年读者来说,"不想长大的孩子"却是最真实的心灵写照,他们想逃离家的束缚又怕失去家的庇护,他们将成人世界想象成尔虞我诈的黑暗空间而拒绝进入。所以,郭敬明不但强调"我是个孩子",还要更进一步地强调"我是个好孩子",他的"好"即是相对成人世界的"恶"而言的,他的"好孩子"善良、纯真、不说谎、容易受伤,所有的这些属性都与成人世界的工于心计、铁石心肠针锋相对。而拒绝成长的背后,其实是在不断地提示读者,你正在成长,你终将进入可怕的成人世界。因此,他的作品里有非常多的关于成长锐痛、时间流逝的感伤描写:"这个三月将成为我对于痛苦的一种纪念。很多蝴蝶就是在破茧的一刻被痛得死掉了,卡在那儿,死在羽化的途中,死在展翅飞翔的前一步——这就有点像我们的成长";"我站在岸边,看着组成我整个青春的一个个零散的日日夜夜像流水一样从眼前以恒定的速度不可挽回地流走"。于是,读者与作者之间"不愿长大"的情感共鸣得到了往复式的加强,不愿长大而又不得不长大,于是只能躲进作者营造的世界里,在与自己心意相通的伙伴那里,和自己交谈,"沿着时光脚印退回来,抱着膝盖蹲下来小声唱歌"。

"寂寞哀伤"是郭敬明捕捉青少年心理结构的另一个特点。早在2003年出版的散文集《左手倒影,右手年华》中,他就在题目中准确地点出了他散文的两个关注点,右手年华,即是成长的自哀,左手倒影,即是孤单的自怜。这本散文集选用了黑色为封面的颜色,而以玫红色印刷题目,充满了忧郁而华丽的色彩。封底上则选摘了他作品中的话——"这个忧伤而明媚的三月,我从我单薄的青春里打马而过,穿过紫堇,穿过木棉,穿过时隐时现的悲喜和无常",仍然突出了青春成长中的寂寞和哀伤。如前所述,独生子女一代成长在一个人的青春期里,他们内心深藏着空前的寂寞,而"年少不知愁滋味"的"为赋新词强说愁"又使得他们不断品味自己内心的寂寞,将其放大为无穷无尽的哀伤——郭敬明所言的"青春是道明媚的忧伤"可以说是切中了他们的心结。郭敬明是一位有着极为细腻的感受力的作者,他的散文抒情性非常强,读者几乎可以看到文字之下单薄敏感的少年和他忧郁的表情,而这正是花季雨季的少年们的内心镜像。

华丽唯美的意象是郭敬明的另一个杀手锏。早在他的第一本著作《幻城》出版之时,曹文轩就曾盛赞他掌控语言的能力:"在语言网络,他居然将自己当成了幻雪帝国的年轻之王。词语的千军万马,无边无际地簇拥在他的麾下。他将调动他的词语大军当成了写作的最大快意。他更多的时候是喜欢词语大军的漫山遍野,看到洪流般的气势。"①从早期的《爱与痛的边缘》开始,郭敬明就非常擅长营造唯美而感伤的意象。配合他一以贯之的寂寞哀伤而又容易逝去的青春主题,他笔下的意象都是美丽而脆弱的:"孔雀迷恋自己的羽毛,飞蛾迷恋灼热的火焰,水仙迷恋清澈的倒影,流星迷恋刹那间的坠落";"一个阴天散开来,一片树叶掉下来,一座秋天塌下来"。而到了后期,有了名声的积累和读者的鼓励,郭敬明越发大胆地玩弄他拼贴意象的能力。

2013年,郭敬明出版了三卷本的散文集,收录了他从出道起的大部分散文作品,值得关注的是他为三卷"新瓶装旧酒"的散文集所新起的题目。《守岁白驹》《愿风裁尘》《怀石逾沙》,三个题目都是郭敬明化用典故而来。"守岁白驹"化用"白驹过隙",用"守岁"这一除夕送别过去一年的习俗对应表示时光飞逝的"白驹",一慢一快,表达对旧时光的不舍和留恋。"愿风裁尘"化自"不知细叶谁裁出,二月春风似剪刀",郭敬明解释说意指"愿风裁取每一粒微尘,愿灵魂抵达记忆的尽头,愿一切浩瀚都归于渺小,愿每身孤独都拥抱共鸣。愿衣襟带花,愿岁月风平"。②"怀石逾沙"化自成语逾沙轶漠,成语的原意是经历艰难的历程,而辅以"怀石",则具有一种负重前行、志向远大的意味。三本书的书名虽然艰涩,但品读之下却还颇有意趣。

而郭敬明的另一些题目,则颇受论者诟病,如《陈旧光墨与寒冷冰原》《雾时之森》《翅影成诗》《绘日行》《浪名前少年嬉戏》《虚构的雨水与世界尽头》《灰蒙地域与萤火之国》等,常被批评"不知所云""读完全文以后,依然

---

① 曹文轩.喜悦与安慰[M]//郭敬明.幻城.沈阳:春风文艺出版社,2003:3.
② 郭敬明.愿风裁尘[M].武汉:长江文艺出版社,2013:封底.

无法揣摩出作者的用意""词句的生硬嫁接"①等。其实，造成这些题目令人费解的原因，是因为郭敬明的文字始终是为他所摹写的青少年的情感结构所服务的，因此这些题目是意象先行、情感先行而不是意义先行的。他选取符合作品氛围的意象，拼贴成题目，他的题目营造的是符合内容感觉的"氛围感"，比如"雾时之森"，营造的就是在茫茫白雾的森林中迷路的孤独感，"翅影成诗"则是观察生活的微小细节，如同观察蜻蜓的透明翅膀的"小清新"文艺感。对于他的读者而言，意义并不重要，重要的是这些经过拼贴的意象能够触动到他们某一处内心的感受，能够引发他们的情感震动。当然，从这些题目可以看出，比起《左手倒影，右手年华》，郭敬明似乎在矫饰情感、堆砌辞藻方面已经走得太远，甚至脱离了语词应有的基本限制。

  郭敬明的许多追随者都有一个精美的小本子，或者是精心装饰的blog（博客），专门摘抄"小四"的"名句"，更多的人把这些句子作为自己QQ或者微信的签名。对于"碎片化"阅读时代的读者而言，一刹那的触动比意义的完整深刻更有意义。准确把握了读者心理结构的郭敬明，非常擅长用精致而感性的语言来触动读者，不但他的散文几乎是这种"名句"的堆积，他的小说里也时时散落着这样极富抒情性的"金句"，如"凡世的喧嚣和明亮，世俗的快乐和幸福，如同清亮的溪涧，在风里，在眼前，汩汩而过，温暖如同泉水一样涌出来，我没有奢望，我只要你快乐，不要哀伤"（《幻城》）；"当时我们年纪小，你爱唱歌，我爱笑，有一回并肩坐在大树下，梦里花落知多少"（《梦里花落知多少》）；"你泼墨了墙角残缺的欲言，于是就渲染出一个没有跌宕的夏天"（《1995—2005夏至未至》）；"很多我们以为一辈子都不会忘掉的事情，就在我们念念不忘的日子里，被我们遗忘了"（《小时代》）②。总的来说，情感结构的共鸣是郭敬明俘获粉丝的最重要原因，因此，即便是在小说中，他也将大部分力气花在缔造唯美感伤的诗意化语言来承载青少年独有的情感体验，即便为此牺牲叙事的完整性也在所不惜。

  对于郭敬明的80后、90后读者们来说，郭敬明的小说是陪伴他们长大的青春童话。南京大学王笛的传播学硕士论文《消费文化和粉丝经济影响下的"英雄神话"——郭敬明流行现象个案研究》中采访了一些郭敬明的粉丝。

---

① 霍艳.长不大的孩子和他的欲望——郭敬明解析（上）[J].上海文化，2015(1)：19-33.
② 郭敬明.小时代1.0折纸时代[M].武汉：长江文艺出版社，2013：3.

在采访中，他们普遍表示郭敬明的小说记录了自己的青春，他的文字表达了自己所不能表达出来的自己。25岁的在读研究生小如的言论很有代表性："你读《围城》《边城》《骆驼祥子》《呼兰河传》《黄金时代》，它们都是很好的作品。可是它们是别人的故事，是海归，是湘西农民，车夫，老上海的女人，团圆媳妇，知青，他们很感人，但是谢谢，他们不是我。只有郭敬明为我写了这一本书，他写的是我这个20出头的年轻人的感情。好像是一个生日礼物一样，这礼物也许没有什么价值，也许没有经过时间考验（不像鲁迅的《呐喊》），也许没有引起全民关注（不如金庸的武侠作品），但是他是给我的。读完之后，我发现原来有人了解我的感情，我的悲伤，我的不知所措。他写的那些人就好像是我的同学，老师，家人。"①

郭敬明拥有数量庞大的粉丝的另一个原因则是他从小镇青年到成功人士的励志故事。郭敬明出生于四川的一个小城，新概念作文大赛让他第一次有机会走进上海这座国际化大都市，从那时起，他通过不断的个人奋斗成为站在金字塔尖的人群中的一员。对于无数身处小城市的读者而言，郭敬明的经历正是他们渴望能够实现的人生轨迹。郭敬明曾经数次描述过他刚到上海时的窘境："我经历过和你（林萧）一样的屈辱——当我穿着廉价的球鞋走进高级酒店时，服务员用那种眼光对我打量；出席某一些高级Show的时候，被负责宣传企划的人毫不客气地对着身上已经精心准备好的衣服问：'我带你去更衣室吧，你把便服换下来。我们这里是正式场合。你带来的礼服呢？'我经历过第一次逛名牌店的时候，店员眼睛都不转过来看我的情景。我鼓起勇气问了一下其中的一件衣服，询问是否可以拿下来试穿。店员依然没有回过头来，她对着空气里不知一个什么地方，冷冰冰地说：'你不适合那件衣服。'真的，那个时候我看着那些衣服上的标签，我一直都觉得它们的价格是不是多打了一个零。"正是那时候的屈辱经历，让成名后的郭敬明在现实和小说中都报复式地炫耀金钱、财富和名牌。而他逐渐发现，那些当初与他一起体味青春的明媚忧伤的少年们，现在也和当初的他一样刚刚步入社会，仰望金字塔尖，也和当初的他一样自卑，一样急切地隔着玻璃橱窗看着大牌店里"多打了一个零"的衣服、鞋子和包，一样遭受着售货员的冷眼。于是他开始

---

① 王笛.消费文化和粉丝经济影响下的"英雄神话"——郭敬明流行现象个案研究[D].南京：南京大学,2014.

第四章 "丛林法则"与文学场的极限：超越"价值"的文学写作

为他们构筑另一个童话。这个童话里，塞满了高端大气的街景，琳琅满目的名牌，男女主角们穿着来自法国或者意大利的大牌衣着，住着装修华丽的别墅，流连在光可鉴人的高档商场和饭店，言必称上亿的资金交易。这也成为《小时代》等郭敬明后期作品备受诟病的一点。

《人民日报》曾经专门发文批评《小时代》对物欲的大肆宣扬："电影《小时代》以及主创者接受采访时的胸臆直白，无比真切地表达了思想解放、物质财富迅速积累之后，个人主义和消费主义的虎视眈眈和一往无前的力量。""文艺作品对于物质和人的关系的探索是必要的和有价值的，但探索如果仅仅停留在物质创造和物质拥有的层面，把物质本身作为人生追逐的目标，奉消费主义为圭臬，是'小'了时代，窄了格局，矮了思想。"①《人民日报》作为党报，从精神文明建设的高度，批评《小时代》等作品误导青年，倡导追名逐利的社会风尚无可厚非，但对于郭敬明而言，他从来也不以"人类灵魂的工程师"自居，他并没有想启蒙和引导他的读者，恰恰相反，他的创作是为他的读者定制的。《小时代》里对奢侈生活不遗余力的描写，是结果而不是原因，"名牌=金钱=地位=成功"是郭敬明和他的读者们的逻辑，他对消费主义不加掩饰地大加吹捧，正好证明了消费文化已经成为青年亚文化的一个重要组成部分。郭敬明从不认为自己笔下的奢华生活有什么不妥之处，他认为这是努力奋斗所应当收获的回报。出道时被欺负的经历，被他在各种采访里反复提及，他将原因归结为"自己没那么牛，别人才敢那么对你"；"你绝对不能说这是什么东西，我要自己写一个规则。这是不可能的。你琢磨自己就行了。你是没有办法靠一己之力改变这个社会的，但是你可以去学懂它的规则，然后去玩死他们"。成功以后的他以中世纪的骑士炫耀战利品的方式进行着报复，"我疯狂地买各种奢侈品，带着一种快意的恨在买"。而郭敬明的粉丝们，所想要实现的，正是如同他们的偶像郭敬明一样的"逆袭"，成长在市场经济环境下的他们，与他们的父辈相比没有道德背负，完全认同成王败寇、优胜劣汰的市场逻辑。他们是"丛林法则"的信奉者，正如郭敬明借顾里之口所宣称的那样，"我不知道什么叫年少轻狂，我只知道什么叫胜者为王"。这正是郭敬明为他的粉丝所讲述的另一个"童话"，如果将郭敬明的《小时代》系列作品与同一时期或稍晚流行的"修仙"系网络小说放在一起看

---

① 刘琼.小时代和大时代[N].人民日报，2013-07-15(24).

就不难发现，这无非是"逆袭"故事的不同讲述方式罢了。

以庞大的粉丝群为基础，郭敬明构建了他的商业帝国。2003年以新概念作家出道；2004年8月在春风文艺出版社支持下成立岛工作室，创办《岛》系列杂志并任主编；2006年10月，与长江文艺出版社合作成立柯艾文化传播有限公司，由岛工作室原班人马创立《最小说》杂志；2008年成为天娱传媒有限公司的文字总监，2010年7月成立上海最世文化发展有限公司，任董事长兼总经理，《最小说》衍生出《最映刻》《最漫画》《最幻想》《ZUISILENCE》等出版物；2011年《最小说》做了拆分，同一刊号下又有了《文艺风象》和《文艺风赏》两本杂志；2012年执导由自己作品改编的《小时代》(四部)、《爵迹》等电影。在十余年的时间里，郭敬明不断地在转型、跨界，从作家到出版人到导演，他成了一个肩负多重身份的文化商人。

杂志书《最小说》的创办是郭敬明通向文化商人之路的一个重要里程碑，此前的郭敬明大多数情况下以年轻作家的身份活动，而创办《最小说》前后，他开始从单打独斗转型为"青春文学领袖"，着手塑造郭敬明这一青春文学的第一品牌，网罗和团结更多的青年作家，形成以他为旗舰的青春文学舰队。郭敬明曾在许多场合称，创办《最小说》的目的是要构建一个更有亲和力的青少年文学平台。《最小说》以郭敬明的号召力，培养写作新人和稳定的读者群。《最小说》的"最"字，便体现出了郭敬明一贯的"自恋"，而其中永远不变地刊登郭敬明的各式照片，更是将"自恋"的批评座实了。但其实，这就是郭敬明的大幅广告画，用以维持和吸引更多的"粉丝"。此外，郭敬明本人常常在"主编手记"中不无得意地描绘其旗下作者全国签售情况的热销与火爆。曾经因为炫耀名牌服饰而备受诟病的郭敬明，已不再动辄炫耀自己衣服的价码，而是常常提起他公司员工薪水有多高，缴纳了多少税，又推出了多少新人——这便是他及他的公司对郭敬明个人品牌的塑造，一名成功的商人，一位青春文学的领袖，一个逆袭的神话。关于作家品牌，郭敬明的认识极为清醒，甚至有自己的品牌宣言："大家最后记住的只是'郭敬明'这三个字。这个品牌的核心是郭敬明给大家带来的审美取向，无论是我自己的作品，还是我出版主编的杂志、我主办的比赛，'郭敬明'这三个字就代表了一种高的水准。无论属于哪个范畴都是被大家所喜欢所接受的，而且同时也是经得住市场考验的，这是我目前努力的方向。"①

《小时代》系列电影的成功则是郭敬明商业版图扩大的重要一环。尽管自己的小说和杂志销售都相当火爆，但精明的郭敬明显然不打算将赌注全部压在日薄西山的出版行业，投身资本大量涌入的影视圈是他的必然选择。郭敬明执导的《小时代》系列电影，是在骂声中一路走来的。"拜金""浅薄"是被批评者们使用最多的词语，甚至连郭敬明自己也承认电影有点浅薄，更适合小朋友们聚会。但是在郭敬明的承认里，更多的恐怕是"so what（那又怎样）"的意味，我的电影就是浅薄，可是就是有观众，我的小朋友们爱看，这就够了。在上海电影节上，郭敬明曾经回应过《小时代》"过于物质"的指责，他说："2009年的时候观影的（平均）年龄是25.7岁，但是到了2013年的时候已经变成21.7岁。21岁，就是一个大学生，而且是一个平均数字。如果还用上一代的想法拍电影的话，那会出现问题的。""上一代的人生里面不存在物质这个概念，大家吃住行都一样，他们面对的是生存。但现在已经2013年了，大部分的人会经历生存的极限状态吗？不会的，人们不会面对这样的东西。"②可以看出，《小时代》的"过于物质"并不是导演本人生活状态和价值观世界观不经意的流露，而是他刻意为之的。他很清楚他的观影群体是21岁左右的年轻人，他们不需要思考极限的生存状态，不需要终极关怀，他们需要的就是直接具体的感官刺激，直接戳中他们渴望的观影体验，而《小时代》里随处堆积的名牌，满足的就是他们这种简单的诉求。

尽管对于普通观众而言，《小时代》里人物极尽奢侈的生活仿佛是遥不可及的空中楼阁，但它又刻骨真实地描摹了我们所处的时代。电影还没有开场，导演就360度地展示着外滩东方明珠、金茂大厦、环球金融中心、上海中心大厦这些象征着上海财富与魅力的摩天大楼，而弄堂里走出的林萧，被外滩背景下巨型的、从天而降的"小时代"片名衬托得如此渺小。卑微的普通上海少女林萧，仰望着鳞次栉比、繁华无限的大上海，她要走进它、融入它。在影片中，林萧一步一步地被上海这座资本之城征服。她最好的朋友顾里、老板宫洺、恋人周崇光都是资本的代言人，他们有着令人羡慕的容貌、财富。与前辈导演带着对资本主义惯有的警惕将这些身家巨富的人塑造成为富不

---

① 烈日.文化商人郭敬明[J].出版参考,2008(25):50.
② 穆晨曦.小四叫板大导演:你们过时了[N].半岛晨报,2013-06-20(9).

仁、巧取豪夺、面目可憎的形象不同，《小时代》里年轻的富豪们，不但富贵逼人、青春靓丽，而且勤奋努力、自律极严。林萧们与他们的差距不仅仅在财富上，在能力上的差距更是惊人。他们毒舌，但是刀子嘴豆腐心；他们冷酷，但是他们永远能以超人的镇定和执行力完成"最后一分钟营救"。从小说到电影，作者毫不掩饰对他们的赞美："我们永远都在崇拜着那些闪闪发亮的人。我们永远觉得他们像是神祇一样的存在。他们用强大而无可抗拒的魅力和力量征服着世界。"①在他们的完美之下，林萧们何其平庸。于是有别于一般青春电影所演绎的主角逐渐独立和强大的历程，《小时代》里的林萧始终是弱小的，而且越来越弱小。她如此理所当然地臣服于顾里、宫洺、周崇光等人的脚下，膜拜着，努力着成为他们中的"一员"，努力地谋求着一个成员的身份，哪怕并不是平起平坐的。于是我们看到在整个《小时代》电影的四部曲中，叙事逻辑发生了奇怪的断裂——作为主角的林萧，始终没有办法成长，一直隐没在闺蜜顾里和恋人周崇光的光环之下，没有办法成为推动故事进程的核心人物。为了解决这个矛盾，导演不得不制造出一系列的离奇死亡，让林萧以幸存代替成长，勉强地完成主角光环的加冕。

琳琅满目的高级时装是《小时代》系列电影的一个有趣症候。从第一部《小时代》开始，就有人批评它不像电影，而像是一场华丽的时装秀。巧合的是，"时装"也始终是《小时代》电影中的重要元素，顾里是有着无数红底鞋和爱马仕的时尚女魔头，宫洺的《M·E》是顶尖时尚杂志，《小时代》第一部的情节更是围绕着一场时装秀展开。正如杰姆逊早就明确指出的那样，"美感的生产已经完全被吸纳在商品生产的总体过程当中"②。时装秀原本就是资本的最佳象征，由此观之，前述"巧合"也许并不是巧合。"时装秀"正是这部电影的绝佳延伸能指。或许我们会想起二十多年前电影《顽主》里经典的时装秀桥段，请不起时装模特的3T公司请来了话剧团、京剧团，于是在窄小的T台上，前现代、现代、后现代遭遇了，他们互不相让、互相侧目而又不得不擦肩而过，这是关于20世纪90年代的绝妙隐喻。而《小时代》的时装秀则非常纯粹，美被等同于昂贵的华服所象征的丰裕的金钱，这正好是后现代主义

---

① 郭敬明.小时代1.0[M].武汉：长江文艺出版社，2008：87.
② 本雅明.发达资本主义时代的抒情诗人[M].张旭东，魏文生，译.北京：生活·读书·新知三联书店，2012：351.

第四章 "丛林法则"与文学场的极限：超越"价值"的文学写作

消费文化的集中展示。从这个角度而言，这也是关于当下中国的精准表达。

即便是再尖刻的批评者都不得不承认，至少"小时代"这一片名非常具有文学价值。风起云涌、家国天下的20世纪过去了，尽管在新的世纪历史并没有停下它更迭的脚步，但却不再以革命、改革这样彪炳史册的激烈方式发生，而是隐藏在以全球资本流动为背景的生产消费、后冷战时代以国家利益为主导的合纵连横之中。对于普通的个体而言，大的历史淡化了，一切都是"小"的，不再有现代性的宏伟蓝图，有的只是后现代的日常消费。郭敬明精准地把握住了这种"小"，而又将它不断地放大、不断地极端化。在大时代里人们信奉的"彼岸世界"变成了小时代里漂浮于现实世界之上的天空之城，它是顾里宫殿一般的别墅，更是宫洺的《M·E》办公室，这座完全由金属和玻璃构成的建筑就是后现代主义的消费圣殿——它逻辑透明，骨骼冰冷。而大写的"M·E"又如此明确地指向"我"，这就是郭敬明的"小时代"，也是所有年轻一代冰冷刺骨的"小"时代，也是对我们曾经拥有过的80年代的"大写的人"的绝佳讽刺。

笔者无意通过《小时代》论证郭敬明的深刻，因为它所有的深刻或许都并非在原著作者郭敬明的主观意料之内，而之所以它确有深刻之处，就是因为它几乎是讽刺式地符合了"源于生活而高于生活"的社会主义现实主义创作原则。无论是从艺术角度出发的批评家，还是从意识形态角度出发的"喉舌"报刊，他们被电影《小时代》刺痛，不是因为它的脱离现实，而恰恰是因为被它的"真实"戳中了痛点。在这一点上，邵燕君的评论显得尤为恳切："人类毕竟走出丛林多年，在丛林法则之外，还进化出一套文明法则。在那个文明层次更高的社会里，人们可以更幸福地生活，更合理地做人。只有在一个理想彻底覆灭的时代，丛林法则才会堂而皇之地傲然于世。彼岸世界坍塌了，世界被压成单向度的平面，在这里，金钱是最大的怪兽，唯一的真神。人们只好退入黑暗森林，如原子般孤零零地漂泊，连梦想都那么 Tiny (微小的)，只关乎个人利益，只闪烁着金钱的光芒——这就是'小时代'，我们生活的时代。从这个意义上说，《小时代》不是普通的为迎合青春期少女制作的'小妞电影'，而是相当准确地折射了社会现实，尽管可能是无意识的。从观片感觉来讲，我觉得两部《小时代》都不难看。公平来说，作为一部年轻外行导演的处女作，应该说是比较成功的。我只是感到难过，因为我在美男俊女鲜衣美食的缤纷画面下，看到了赤裸裸的金钱奴隶制；更让我难过的是，让我感到屈辱的屈服,在影片内外,无论是创作者、角色人物还是观众都浑然不觉,或者觉得理所当然。"①

影视之外,郭敬明的商业版图还拓展到了游戏领域。郭敬明的成名作《幻城》就是对游戏的模仿。第一章《幻城》相当于RPG游戏里的开场动画,介绍游戏的故事背景:幻雪国的两位王子卡索和樱空释相依为命长大。樱空释为了让哥哥卡索获得被王位束缚的自由,学习火族魔法与哥哥争夺王位。不知内情的卡索杀死了弟弟后,在樱空释的回忆里看到了真相。痛心的卡索决定闯入幻雪神山夺取能够复活的隐莲。第二章《雪国》进入游戏的主线情节:卡索就是RPG游戏里的玩家,在游戏进程中收获队友月神、皇柝、片风、辽溅和潮涯。在幻雪神山方面,则有东西南北四方护法,相当于游戏里的各个关卡。只有全部关卡通过之后才能见到大boss(头目)渊祭,夺取宝物隐莲。2015年8月,由郭敬明授权同名小说改编的大型多人在线角色扮演网游《幻城OL》上线。游戏以小说《幻城》的故事为背景并保留了一些主线剧情。2016年上线的幻城手游则更多地还原了原著的情节,而最吸引玩家的则是玩家可以有机会阻止卡索杀死樱空释。

2003年的《幻城》只是郭敬明对游戏的模仿,而2011年的《临界·爵迹》(2016年改编成电影《爵迹》)则可以说是郭敬明为改编成游戏而写的"脚本"。郭敬明设计了一个架空的"世界观":这个世界的名称为奥汀大陆,整个世界由水、火、风和地四种元素构成。奥汀大陆上有四个国家,每个国家对应一种基本元素,它们分别是西方的水源亚斯蓝帝国、东方的火源弗里艾尔帝国、北方的风源因德帝国和南方面积最大也最神秘的地源埃尔斯帝国。此外,这个世界被一种名为"魂力"的力量推动运行。围绕着上述核心设定,郭敬明又构造了分别名为王爵、魂兽、魂冢、使徒、白银祭司、棋子、天格、阵等多种或是角色等级、或是奇异生物、或是战争规则的一系列外围设定。在上述规则设定的影响下,小说的个体人物也完全按照常见游戏中的角色"基本属性"进行设定:每个角色被赋予了不同方向的属性和不同强度的法力,每个角色还拥有各自不同的武器、魂器和宠物魂兽等作为"装备"来获得额外的加成属性。这些角色根据基本属性和装备的互补关系组成队伍,队伍之间不断发生冲突和争斗,而争斗的目的则是为了获得对方的"魂力"和"装

---

① 邵燕君."小时代"与"金钱奴隶制"[N].文汇报,2013-09-12.

备"。以核心人物银尘为例,作者给银尘设定的档案是:

银尘(七度王爵)上代(天之使徒)

年龄:24

魂兽:雪刺(无限魂兽)

魂兽形态:蝎子

生日:8月26日

星座:处女座

血型:A型

使徒:麒零

魂器:湮灭、细长刺剑、护心镜、云决、女神的裙摆(碎片)、定身骨刺、聚魂玉、黄金源泉等

天赋:无限魂兽魂器同调以及被封印的一度天赋四象极限①

《临界·爵迹》上市之前,郭敬明亲自进行了新书包装、宣传方面的详细策划。新书发售当天,郭敬明带领公司知名的签约作家落落、笛安、王欢等人一同参加在上海举办的《临界·爵迹》首发仪式。仪式当天不仅无数"四迷"蜂拥而至,其他作家的粉丝也出现在活动现场,如同明星见面会一般,场面十分火爆。《临界·爵迹》还发售了限量版礼盒,装帧采用精致考究的复古金属镶嵌工艺制造的包装礼盒,与小说神秘古老的气氛相呼应。礼盒中除了书,还包括了特制古典纯质皮革地图、限量塔罗牌、特制角色海报、金属书签等近 10 件附属品。价格仅为 19.8 元的普通版本经过这一系列包装,奢华版的售价竟高达 268 元,甚至超过了许多名家全集的价格。这已经不是按照图书的方式来出版销售,而是按照明星效应下的粉丝文化产品来售卖。即便价格如此高昂但销售仍异常火爆,不少粉丝提前预订、加价购买。在郭敬明的着力宣传运作之下,首印 200 万册刷新了全国书籍印量纪录,限量版也创了他本人作品销量的新高,光限量版的销售额就超过一千万元。

《临界·爵迹》完全是一部突破性的小说,尽管它在文学上很不像话,缺

---

① 郭敬明. 爵迹——雾雪零尘[EB/OL]. (2016-09-30)[2022-01-05]. https://baike.baidu.com/item/%E7%88%B5%E8%BF%B9/16997856.

乏"基本功",全是"恶趣味"①,但却是一种新型的实验文本。作为一个文化商人的精明,使得郭敬明不允许自己错过任何一个资本的热点。《临界·爵迹》既是郭敬明学习网络小说中的最大热门——网络玄幻小说进行的写作,也是他将文学、影视、动漫、游戏打通的尝试,可以说是一个真正意义上跨越多种文化输出形态的"大文学"文本。他想通过一部小说,"通吃"所有流行文化的消费群体,ACG(Animation,Comic,Game)的粉丝,影视的观众,流行小说的读者,网络文学的受众……郭敬明并不是把它作为一本小说来写,而是作为一个产业来运作。在推出《临界·爵迹》的同时,郭敬明旗下公司的作者张喵喵、消失宾妮就推出了本书设定集《爵迹·燃魂书》,作为《临界·爵迹》的说明书,全面解读《临界·爵迹》的神秘大陆、世界观、史实背景、战斗力分析、角色性格、伏笔解析、悬念提示等。同步发售限量版,联合出版社制作了一批限量版礼盒。2016年,《爵迹》改编的真人CG电影上映,收获4亿元票房。而后,郭敬明又策划出版并主编了《爵迹梦鉴记——电影全记录》。这一系列动作,可以说是通过一层层的文化生产,将小说的商业价值开发到了极致。

在无意之间,郭敬明或许参与了一场全球性的文学实验。在纸质书江河日下的当下,全世界的出版人都在尝试着用纸质书容纳除了文学之外的更多内容。2014年,美国鬼才导演J.J.艾布拉姆斯和知名作家道格·道斯特联合推出小说《S.》(中文译名《忒修斯之船》,中信出版社2016年版),被媒体评价为是纸质书对电子书的漂亮还击。小说是一部图书馆流通借阅的旧书模样。"她"在图书馆拾获一本《忒修斯之船》,作者石察卡身份成谜,据译者柯岱拉描述,他尚未写完便人间蒸发,生死未卜,留给世人一宗悬案。有人用铅笔写下批注,追寻石察卡真相,"她"也忍不住拿起笔加入讨论。书里,失忆的男人被掳上一艘神秘的船,怪异的船员带着他进行毫无目的的却又屡屡预示他命运的航行;书外,石察卡笔下的每一桩背叛、争斗、屠杀都在真实世界中一一发生,而柯岱拉看似颠三倒四、漏洞百出的译注,竟也个个暗藏玄机。两人交换批注,资料越积越多,也越来越走进彼此内心。当他们以为终于快要接近真相,竟发现第三人笔迹,书中人物、作家命运,连同两人的

---

① 郜元宝.灵魂的玩法——从郭敬明《爵迹》谈起[J].文艺争鸣,2010(6):49-52.

第四章 "丛林法则"与文学场的极限：超越"价值"的文学写作

生死，早已一起卷入迷局之中。《S.》包含精装古书《忒修斯之船》和 23 个材质各异的附件，这是两人穿越时空留下的一手资料，也是读者参与这一趟冒险的重要线索。读者成为悬疑事件的一分子，和两人一同揭开文坛危险的秘密。读者是在读小说，更是在玩互动游戏。这样一部完全打破纸质书界限的"互动文本"，在热销的同时引发了欧美文坛的剧烈讨论。尽管与《S.》形式不同，但通过《爵迹》的创作和销售，郭敬明在以另一种方式试探着文学的极限：文学到底有多大的容量，能够包容多少文化形态。同时他也在试探文学商业化的极限，一部文学作品，到底可以多么趋近于商品，多么可以用商品的逻辑和法则来操作。尽管对于"作家"郭敬明的争议从未停止，但没有人能否认，他是当下中国最成功的文化商人，从《幻城》时代的纸质书写作，到《最小说》时代的青春文学平台的搭建，到《小时代》时期对时代心理的精准把握，再到《爵迹》对多种文化产品形态的借鉴和包容，他为当代文化产业的发展提供了一套成熟的运作模式。

如此商业的郭敬明却并没有失去主流文坛的青睐。2007 年，他和"80 后"作家张悦然、李傻傻、蒋峰等一起加入中国作家协会，获得了官方和文学场认可的作家身份，而这甚至是在郭敬明的"剽窃案"之后。早在 2006 年，郭敬明《梦里花落知多少》对庄羽《圈里圈外》抄袭案就由法院判决抄袭成立，法院认定《梦里花落知多少》剽窃了《圈里圈外》中具有独创性的人物关系的内容，而且在 12 个主要情节上均与《圈里圈外》中相应的情节相同或者相似，在一般情节、语句上共 57 处与《圈里圈外》相同或者相近似。法院判决之后，郭敬明愿意赔偿但长时间拒不道歉，直到 2020 年，他才终于通过微博承认抄袭并向庄羽道歉。在长达 15 年的时间里，郭敬明的粉丝们始终维护自己的偶像，坚称"小四就算抄了也比原著抄得好"。粉丝原本就是"着魔的个体和歇斯底里的人群"[①]，这样的表现并不算出奇，而中国作家协会居然能接受郭敬明入会则比较意外——原创原则原本是对作家而言最基本的操守，也是精英文学最基本的底线。而这一"底线"被郭敬明所挑战和突破甚至不止一次——2009 年，《小时代》登上《人民文学》总第 600 期的特刊（2009 年第 8 期），2010 年，《爵迹》被《收获·长篇专号》（2010 年春夏卷）刊载，而这两部

---

① 朱莉·詹森.作为病态的粉都——定性的后果[M]//陶东风.粉丝文化读本.北京：北京大学出版社，2009：131.

作品同样摆脱不了模仿、拼贴的嫌疑，《小时代》的模仿对象是2006年风靡全球的电影《穿Prada的女王》，而《爵迹》则被指与日本知名动画《Fate/Stay Night》(《命运长夜》)在背景设定等方面惊人相似。除了在原创性问题上受到质疑，这两部作品不符合主流文学期刊一贯的选稿原则的地方还很多，比如《小时代》拜金奢靡的价值观与《人民文学》作为"国刊"倡导的社会主义核心价值观截然对立；比如《爵迹》里频现的"语文基本功"问题。无论是《人民文学》还是《收获》，都是传统主流文学期刊的顶级刊物，选稿、刊登标准严格，可以说代表着一段时间内严肃文学的最高标准。"不文学""很商业"的郭敬明，在这样的刊物上获得刊载，自然引起了极大的争议，不少人视之为纯文学向商业化妥协的表现。对于此，两家刊物的负责人都予以否认，表示这是对文学场僵化的绝对标准的调整和扩展，是打破纯文学的封闭系统，调整文学跟时代关系，对接当下生活之举。① 事实上，有郭敬明作品刊登的这两期杂志，确实一扫文学期刊一向的低迷销量，使得两本刊物收获了许多年轻读者，不少郭敬明的粉丝打电话订购，刊物甚至脱销。

其实郭敬明对主流文学期刊的突破，并不是郭敬明个人已经强大到传统文学期刊必须吸纳他，而是经济场的影响已经强大到文学场不能不"门户开放"。主流文学期刊是传统文学生产机制的代表。文学生产机制既受到文学场外部多方势力的牵制、作用，也与文学场内部各种力量的此消彼长息息相关。而一段时间内文学生产机制的变动和革新，更会对这一时期文学作品的形态、质素产生影响，甚至在一定程度上，决定了该时期文学的整体风貌。可以说，文学生产机制，是文学场外部与内部之间的"内燃机"，各种外部场域的力量作用于文学生产机制，文学生产机制对其进行消化吸收，转化为文学场内的力量，最终影响文学生产的产品即文学作品，而文学作品也通过文学生产机制，反作用于社会元场。而郭敬明则是市场化的文学生产方式的代表，如谢有顺所言："前面几代作家，几乎都是通过期刊、评论家和文学史来塑造自己的文学影响、文学地位的，可如今，这个由期刊、评论家和文学史所构成的三位一体的文学机制，在'80后'这代作家身上，似乎解体了，代之而起的是由出版社、媒体、读者见面会所构成的新的三位一体的文学机制。

---

① 夏榆.一个郭敬明不会使殿堂倒塌——专访《人民文学》主编李敬泽；"郭敬明不会伤害我们"——专访《收获》执行主编程永新[N].南方周末，2010-06-24.

而出版社、媒体和读者见面会背后，活跃着的是消费和市场——正因为这一代作家不回避作品的市场问题，所以，他们的写作，多数是读者在场的写作，他们不是关在密室里写，而是注重读者的感受，也在意和读者的互动；通过博客、读者见面会或媒体报道，他们能时刻感受读者的存在，这个存在，也从正面肯定他们的写作价值。"①

　　郭敬明进入主流文学期刊，是新世纪文学生产方式"分制"与"融合"的总体风貌的一个集中反映。在20世纪90年代的市场化转型之中和之后逐渐坐大的市场化文学，与随着互联网、移动互联网的迅速普及而蓬勃发展的网络文学，在新世纪与传统文学渐成三分天下之势。一些敏锐的研究者在世纪之初就已经观察到这种格局的形成，时至今日，这种分制格局更加明确并且趋于稳定。② 新的格局带来了文学生产机制新的变化和挑战，"市场"这只看不见的手，远比看得见的文学的组织管理更充分也更有效地在文学生产中过程中发挥着影响与调节的作用。

　　而新世纪产生的新的文学文化现象基本上处于一种"三无"状态。由于新的作家们年龄上的高度年轻化，存在方式上的普遍民间化，运作方式上的网络化、资本化、自由化，使他们既游离于主流文坛，又不在文学文化组织管理的范围之内，还不在文学批评的视野之中，这使得他们实际上处于一种"无管理，无批评，无引导"的"三无"状态。③ 与此同时，文学场内的传统文学日益清醒地意识到自身的危机。与20世纪80年代到90年代选择"闭关锁国"、力图维持旧有的审美标准和文学理想不同，新世纪的传统文学经过二十年的斗争和反抗，已经明确察觉到固守旧有的生产机制不但不可能，而且

---

① 谢有顺.那些坚固的东西都烟消云散了——新世纪文学、《鲤》、"八〇后"及其话语限度[J].文艺争鸣，2010(3)：19-23.

② 参见白烨主编《中国文情报告》，这一关于中国文学现状的宏观研究报告，自2003年开始每年连续出版，2008年前后，报告中首次出现文学格局"三分天下"的提法："过去基本上以专业作家为主体队伍，文学期刊为主要阵地，作协、文联为基本体制的一个总体格局，经由20世纪80年代、90年代的不断演进与剧烈变异，已经逐步呈现出一种'三分天下'的新的格局，这就是：以文学期刊为主导的传统型文学、以商业出版为依托的市场化文学(或大众化文学)、以网络媒介为平台的新媒体文学(或网络文学)。以往大一统的文学格局已经分化，传统文学、市场化文学、新媒体文学各占其一的提法，此后每年的报告中，几乎都会重申这一提法。

③ 白烨.新的裂变与新的挑战[J].文艺争鸣，2006(4)：40-43.

不可取，不但无法维护文学的"纯洁性"，更会加速文学的边缘化。因此，传统文学的生产机制，在新世纪与市场化文学、网络文学的生产断裂、分制的同时，也不断地吸纳、整合，呈现出交锋与融合并重的特点。

　　根据布迪厄的场域理论，社会元场的各个"子场"之间既存在着联系也存在着斗争。它们一方面各自为营地恪守着自身的逻辑法则和原则，但它们又处在同一个相互作用关系网中，彼此之间相互影响、作用和融合，子场之间的流动和角力随时随地都在进行。而在新世纪中国这样一个大变革的时代，各个子场之间的斗争、变化必然更加剧烈和频繁。尽管文学场内部进行的调整、斗争在原则上是相对独立的，但在起源上，内部斗争往往由外部因素来制约和仲裁。外部变化为各种新的生产者及其产品提供了消费者，这些消费者在社会空间中占据了与他们在场中相似的位置，因此拥有配置和按照供给他们的产品来调整的趣味，而这样的等级变化影响了场的结构，甚至能够产生决定性的影响，从而直接影响了文学价值的认定。于是我们就不难理解《人民文学》和《收获》杂志对郭敬明的态度。对郭敬明也好，对纯文学期刊也好，并不存在谁向谁低头的问题，双方是一种合作、共赢的关系，郭敬明通过主流文学期刊的发表获得文学象征资本，而文学期刊则将郭敬明视作通向当下年轻读者的桥梁。

第四章 "丛林法则"与文学场的极限：超越"价值"的文学写作

第二节

冯唐：写作的"强度"与文学场的"解构"

冯唐或许是当代中国文坛最难被定义的"作家"。尽管他曾在《人民文学》杂志主办的"未来大家·TOP20"评选中问鼎榜首，尽管他的新浪微博认证是"诗人"，但"作家"这一称谓实在没有办法框定住冯唐，他是协和大学的医学博士，是麦肯锡公司全球董事合伙人，是华润医疗集团创始CEO，是中信资本控股有限公司高级董事总经理……如果说郭敬明的跨越文学场之路是从文学出发，从知名作家起步，在资本运作的过程中成为一名"文化商人"，那么冯唐则不需要跨越文学场，他本来就是玩弄资本的人，对于文学而言，他始终在场外。但他的写作又如此高调而且独特，让文学场没有办法忽略他的存在，更遑论他在媒介场中业已形成的惊人的影响力。正如陈晓明所言，"其实大陆文学界一直想谈谈冯唐，只是无从说起，全部让给媒体去炒作。怎么接过媒体的话题，媒体的腔调，对传统评论界来说，这都是吃力不讨好的事情。然而，现在，谈论冯唐已经变得如此紧迫，评论界如果再视而不见的话，那就要错过一场精彩的文学大戏"[①]。

冯唐17岁便写出了长篇小说《欢喜》，而他的成名作则是长篇小说《十八岁给我一个姑娘》《万物生长》《北京，北京》，合称"万物生长三部曲"。

"万物生长三部曲"是典型的青春成长小说，主人公是一个叫"秋水"的男孩。《十八岁，给我一个姑娘》发生在秋水的中学时代，那时少年晴朗，姑娘辉煌，用作者自己的话来说，是"一个早恋的故事"。而《万物生长》和《北

---

① 陈晓明.冯唐的冒犯：虚脱的《女神一号》[N].新京报，2015-06-13(10).

京,北京》的故事里,秋水进入了大学时代,在北京王府井附近的著名医科大学读书,荷尔蒙和才华比翼齐飞,青春和爱情一起落花流水。

在《十八岁,给我一个姑娘》的开头,冯唐称这部小说是"纯虚构作品,不能再假了。写作的两大作用是自欺和欺人"。但在采访中,冯唐却说"如果说真实,书里写的全是真实。因为我的写作没有其他负担,所以剩下唯一的负担就是还原真实。当然里面有夸张,有选择,有对照,但是这些赋比兴都为了还原真实。里面的人、物、事件都是真实的,但是不一定按照当时的顺序和轻重,这些改变也是为了更好地还原真实。如果说不真实,书里写的全是虚构。写作本身就是虚构"。[①] 出版了无数青春小说的著名出版人路金波曾说,"所谓青春小说,定义就是:不为老实讲故事,但求爽气吹牛"。[②] 但冯唐的"万物生长三部曲"虽然"爽"得酣畅淋漓,但并不纯然是一部"不老实"的作品。在这套小说里,冯唐在某种程度上遵从发生过的事实:《北京,北京》的后记里,冯唐说"历史不容篡改,即使知道自己是个混蛋自恋狂,也不能穿越时间,抽那个混蛋一个嘴巴"。姑且不论冯唐是否现在仍是一个"混蛋自恋狂",但由此可见冯唐忠于过去事实的几分诚意。然而小说毕竟是小说,首先是虚构,然后才是有限度的真实。这样一种还原真实的虚构作品,自然会让我们想起福柯的"异托邦"——既存在又不存在,既真实又虚幻。就如同一面镜子:"在镜子中,我看到自己在那里,而那里却没有我,在一个事实上展现于外表后面的不真实的空间中,我在我没有在的那边,一种阴影给我带来了自己的可见性,使我能够在那边看到我自己,而我并非在那边:镜子的乌托邦。但是在镜子确实存在的范围内,在我占据的地方,镜子有一种反作用的范围内,这也是一个异托邦;正是从镜子开始,我发现自己并不在我所在的地方,因为我在那边看到了自己。从这个可以说由镜子另一端的虚拟的空间深处投向我的目光开始,我回到了自己这里,开始把目光投向我自己,并在我身处的地方重新构成自己。"[③]"万物生长三部曲"的故事骨架当然真实存在,那就是冯唐关于那个"白衣飘飘的年代"的青春记忆,那里有"同桌的

---

① 刘玮.冯唐:我的坏在书里用完了[N].新京报,2010-05-19.
② 路金波.我读冯唐[EB/OL].(2012-10-22)[2022-01-05]. https://www.zhiqiu.net/sanshiliuda/rckaxeakaz/
③ 米歇尔·福柯.另类空间[J].王喆,译.世界哲学,2006(6):54.

你",也有"睡在我上铺的兄弟"。

　　青春记忆是"万物生长三部曲"内在的叙事动力。冯唐在《北京,北京》的后记中说,这三部小说参考了他曾经的21本日记和450封书信,是"讲述我的认知中,人如何离开毛茸茸的状态,成为社会中坚"。因此我们或许可以大半将这三部曲看作是冯唐本人关于那段时期的回忆录。从《十八岁,给我一个姑娘》里中学生单纯的幻想,到《万物生长》里少年人的情感,再到《北京,北京》里年轻人的野心和无奈,从题名开始,都有着回忆里镜花水月一唱三叹的味道。这种咏叹调式的吟唱贯穿在整个三部曲中,如同一波波海浪,起伏着,涌动着,缓慢却持续地推动着小说的情绪和故事,使得小说具有一种虚空朦胧的别样浪漫;这海浪在波澜不惊的表面下蕴藏着强大的诉说一切吞没一切的力量,小说的叙事仿佛是现在时,又仿佛是过去时,甚至还好像是将来时;仿佛特别近,又仿佛很遥远。比如他写他和女朋友在北大做爱:"我们会想念燕园那些看得见月亮和星星的隐秘所在,那种阴阳不存在阻碍的交流,天就在上面,地就在脚下,我们背靠大树,万物与我们为一……那里春天有荠菜,夏天有珠子,秋天有落叶,冬天有干枯的芦苇和满湖的白茅……月亮星星再多的时候,也有隐秘的地方,可以在头发的帐篷里、军大衣里仔细拥抱。"这种感觉是回忆特有的"第一视角",极清楚又极模糊,周围的一切都是清晰的,唯有自己的感受倒是混沌的,仿佛电影演员,看得清所有的道具、布景,唯独看不见自己的表演。仿佛时空都定格在那一刻,仿佛那一刻就是永恒。又因为源自记忆,三部曲就像是记忆碎片的一个集锦,十分具有画面感。他写中学的男孩儿,"这时间的男孩,疯长。疯长的东西大多粗糙,这时候的男孩没法看。从儿时拖起的鼻涕还没有干,不软不硬的胡须就从嘴里蔓出来。仿佛惊蛰一声雷后,各种虫类纷纷开始骚扰人类,不知哪天身子里一声惊雷,五颜六色的疥包从脸上涌出,红的、白的、黄的、紫的,夺人眼目。在雨后的竹林,可以听见竹子拔节的声音,这时候的男孩,有时一觉醒来,会发现裤子短了一截……相反,女孩子们却一天天莹润起来。春花上颊,春桃涨胸,心中不清不楚的秘密再将周身笼罩神秘……这个时候的女孩各个可看。即使最丑的姑娘也有动人的时候。"冯唐对画面的还原,就是这样色香味俱全,使虚构的想象和真实的记忆融在一起无从分辨,有体温、有嗅觉,鲜活可触又妖孽生姿。回忆的迷人之处还在于不管故事的主角多么留恋不舍或者多么悔恨交加,都再也无法走进那段记忆,于是"三部曲"里始终弥漫着一种望洋兴叹的忧伤。

因为这种"异托邦性",冯唐的小说难以提炼出特别鲜明的思想,也分析不出如何精巧的结构,连情节都可称散漫随意。正如李敬泽所言,"冯唐的小说无故事,冯唐的小说甚至无人物"。①《北京,北京》的英文书名译作"*Once Upon A Time in Beijing*",这个译名显然来自著名电影"*Once Upon A Time in America*"(《美国往事》),《北京,北京》乃至于整个"万物生长三部曲",写的就是在过去的某个时间段,在北京有那么一群人,他们生活着、生长着,缓慢地。而生活本身,就是没有什么离奇的情节,也没有什么精妙的结构的,对于每个身处其中的人来说,生活只是一种不断延展着的状态,"交值得交的朋友,喝值得喝的烈酒,活在每一天里",②就是这么简单却实实在在。

尽管故事大半来自冯唐真实的青春记忆,但经过"镜子"形成小说这个"镜中像"以后,从"镜中像"审视作者,在更高的叙事者层面,看见的却是中年人的沉淀和老辣。如前所述,冯唐说他在创作"万物生长三部曲"时参考了积攒的 21 本日记和 450 封书信,这些日记和书信作为那个逝去的年代的痕迹,给作者最大限度地复现那个时期的心理特征提供了很大便利。这些私密的日记和书信是青春岁月里自我乃至本我的诉求,被加工为小说时虽然受到已经成为中年成功人士的作者本人的删减和改写,但作者重新描述青春状态的决心使得超我的更高层面的诉求在与本我的内心私密渴望的斗争中时常处于下风。于是,正如冯唐自己所说,"我本来想写出一个过程,但是只写出一种状态,本来想写出一个故事,但是只写出一段生活"。③ 正因为这种"非虚构性","三部曲"很能打动人,很容易引起共鸣。那些喝酒打屁的口无遮拦,对某些人某些事无止境的思念,"落花无言,人淡如菊"的姑娘,鲜衣怒马、放荡不羁的少年,冬日里刺透寒冷空气的哈哈大笑、夏日蝉鸣中酩酊大醉后的泣不成声,正是每个人青春的样子。从这个角度来说,"万物生长三部曲"是彻头彻尾的现实主义小说。然而就叙事方法而言,读者感受到的却并不是现实主义的叙事方法,反而会感受到很强的实验性。作者似乎信马由

---

① 李敬泽.冯唐文集序[M].天津:天津人民出版社,2013:1.
② 冯唐.《北京,北京》后记[M].//冯唐.北京,北京.天津:天津人民出版社,2013:228.
③ 冯唐.《万物生长》后记[M].//冯唐.万物生长.天津:天津人民出版社,2013:226.

第四章 "丛林法则"与文学场的极限：超越"价值"的文学写作

缰、上天入地的文字，带着某种随意，却又是极为谨慎的。文字错落的排列，并非由时间、空间为线索的组合，使得人物和事件这时成为真正的主角。青春年少的张狂心性和终将长大老去妥协的命运所构成的秋水（抑或冯唐）的灵魂成为一切文字出发的源流和最终的归宿。这和王小波的打破时间空间界限、重新整合排序的创作手法不同，从本质上讲更类似于意识流小说。而冯唐在《万物生长》中借"赵同学"之口提出的"二维理论""宇宙实际上只有二维空间，世界实际上是一个平面，像一张白纸，捅破一个洞，就可以到另一面去，另一面就是各种宗教在不同场合反复描述的天堂"，或许可以提供我们窥视冯唐小说创作的另一个途径，冯唐的作品就仿佛是这样一个打通二维世界的"洞"，"洞"的一边是浩瀚的宇宙和繁杂的现实，而另一半则是文字铸就的虚构世界，"虚构"和"真实"原本只在一念之间。有意思的是，在小说的临近结尾处，秋水挣扎着给远在美国的赵同学写电子邮件，"告诉他，他说得完全正确，世界是个平面，像一张白纸，但是千千万万不要捅破那个洞，千千万万"。在那个喝醉的夜里，"初恋"到底有没有来过？床单上的血迹到底说明了什么？为什么秋水忽然确认了"二维世界"的真实性？又为什么说"千千万万不要捅破那个洞"？从这个意义上讲，"万物生长三部曲"仿佛也具有了后现代小说的意味。

冯唐小说最有特点的莫过于他旖旎的语言，"杂花生树，群英乱飞"或许最适合用来形容冯唐热闹纷繁的语言世界。对于语言，冯唐一向非常狷狂自负，提到语言天赋，他常常用一句颇带江湖色彩的话"祖师爷赏饭吃"，认定自己是那个"欠上天十个长篇小说的人"；李银河甚至夸他"从文字上讲，他文笔比所有人好，除了王小波，也就冯唐了"。即便是不喜欢他的人，往往也不得不承认他"只是文墨功夫了得"。

冯唐的文字有痞气，那是北京人特有的一肚子坏水满脸坏笑的侃大山，这种痞气很熟悉，王朔有，王小波有，石康也有，既粗俗又精妙，带着一种皇城根儿底下见过大世面的大大咧咧的幽默。这种痞气又非常有个人的特点，如果说王朔的痞气是带着大院儿气息的调侃，王小波的痞气是文人骚客式的反讽，那么医学博士出身的冯唐，他的痞气则是带着智性理性色彩的荷尔蒙冲动。《北京，北京》里他写小红的乳房："我同样固执地认为，小红的奶是最好的，比它挺拔一些的比它短小矮钝太多，比它肥大一些的比它呆傻痴荼太多……我想，如果在石器时代，我们四个土人穿着草裙遮挡私处，一边聊天一边等着其他土人烤熟野猪，一阵风出来，小红的草裙挡不住她的乳房，我们三个眼睛都红了，腰下都硬了，按照当时的行事习惯，应该如何处理？有三种可能，第一种，排队，一个一个来，谁排前面靠抓阄决定。第二种，三个人往死里打，打死一个，打跑一个，剩下的一个就和早就等烦了的小红走进树林。第三种，三个人用三头野猪换一块玉琮，让小红双手捧在双乳之间，小红就做了部落的女神，谁不同意就打死谁。"人到中年的冯唐语言里的痞气仍带着少年人的幽默、滑稽、调皮、欲色撩人，夹杂着高知阶层的智识，又透出中年人洞察世事的聪敏、智慧、成熟和老到。

冯唐的语言有诗意。冯唐本身也写诗，并且自认"杂文第三，小说第二，诗歌第一"。冯唐的众多诗句清新隽永，早就已经成为文艺青年们的必备金句，特别是他的一些与爱情有关的诗句更是流传颇广，如：春水初生／春林初盛／春风十里／不如你（《春》）；你大于我大于眼前大于王国／你小于森林小于井底／你等于道等于爱情等于生命（《算术》）；六九冰开／七九燕来／你是立春之后一树一树的花开（《还在》）。"春风十里不如你"后来也成了《北京，北京》所改编的电视剧的片名。冯唐的诗意语言带有含蓄蕴藉的中国古典韵味，这是冯唐的"幼功"，这来自他十三四岁时苦读司马迁、曹雪芹、劳伦斯，来自他的40多箱子书。《万物生长》里有这样的段落："我的房间是一只杯子，屋里的书和窗外的江湖是杯子的雕饰。我的初恋是一颗石子，坐在我的椅子上，坐在我的杯子里。小雨不停，我的眼光是水，新书旧书散发出的气味是水，窗外小贩的叫卖声是水，屋里的灯光是水，屋外的天光是水，我的怀抱是水，我的初恋浸泡在我的杯子里，浸泡在我的水里。她一声不响，清冷孤寂而内心狂野，等待溶化、融化、熔化，仿佛一颗清冷孤寂而内心狂野的钻石，等待像一块普通木炭般的燃烧。这需要多少年啊？我想我的水没有温度，我的怀抱不够温暖。"少年人对自己心上人浓得化不开的潺潺爱慕，近乡情怯的生涩，被水的意象包裹着，抽象的情感变得具象，变得似乎触手可及。在《北京，北京》里，他写他们四个坐在马路牙子上等待："还没到下班时间，自行车还不多，各种车辆或快或慢开过去，没什么风，云彩慢慢地飘，比自行车还慢，除了公共汽车，包括云彩，也知道从哪里来，要到哪里去，也不知道来来去去都是为了什么。"类似这样极富文学感染力的诗化语言，在"万物生长三部曲"中俯拾皆是。冯唐仿佛是带着一个诗人的灵魂在写作小说，随时都准备吟唱、准备抒情。特别是每当主人公秋水处于静态的时

第四章 "丛林法则"与文学场的极限：超越"价值"的文学写作

候，那些旖旎的、散漫的文字便涌将上来，歌舞一番。整个小说便常常被这种长袖善舞笼罩着，氤氲着，有一种散文诗式的缓慢和优美。

冯唐的小说语言最为难得的是"痞气"与"诗意"的结合，这两种绝对违和的语言，在冯唐的小说里偏偏能相得益彰，暗通款曲。读冯唐的小说仿佛是欣赏一场语言的盛宴，他的语言是丰腴的、灵动的，展示着汉语的无限可能。优美韵致的书面语言与粗俗鄙陋的口语乃至流氓话生动地组合在一起，却偏偏不生硬、不吊诡。小说里仿佛有两个冯唐，一个是鲜衣怒马的翩翩公子，一个是绸衫纸扇的乡间恶少，一个来自书本，一个来自窗外的江湖。他写他和女友在北大"犯坏"："在很长的一段时间，我总感觉北大是个淫荡的地方。在这样一个美丽的园子里，有那么多老北大才子的铺垫……我能够想象的地方，他们也都能想起来，在那些地方犯犯坏，这就是历史。我在我能够想象的地方'犯坏'，写下'到此一坏'，感觉今月曾经照古人，无数至情至性的前辈学长就躲在这些地方的阴暗角落里，替我撑腰"；他写他和初恋共同回忆中学时光，发现自己就是彼此曾经爱慕的那个人："我想，如果这时候，我伸出食指去接触她的指尖，就会看见闪电。吐一口唾沫，地上就会长出七色花。如果横刀立马，就地野合，她会怀上孔子。"大俗和大雅在冯唐这里没有界限，他的语言仿佛语言的飞地，他的痞气不属于鄙俗，要通过诗意才能得心应手；他的诗意也不囿于雅致，要借道痞气才能修成正果。他最擅长用少年人放荡不羁的口无遮拦把相互敌对的语言风格熔于一炉，修炼成独具冯唐特色的语言质感。在冯唐这里，优雅可能沦为调侃反讽的对象，登不得大雅之堂的事反倒有可能写出几分清雅。青春的反叛和迷茫，少年人的冲动和敏感，通过杂糅的语言传达出来。

冯唐的"万物生长三部曲"带有一种狂欢化的效果。冯唐给自己的主人公起名秋水，《秋水》是《庄子》中的名篇，"秋水时至，百川灌河，泾流之大，两涘渚崖之间，不辨牛马"，这种奔涌而来、一发而不可收的感觉，确实极类似冯唐小说的风格特点。轰轰烈烈的情爱、张牙舞爪的语言，何等的热闹辉煌。然而以一个过来人的笔调去写这些热闹辉煌，终究带着一种惋惜，因为知道它终将散场，知道它已经散场，有一种"浮生着甚苦奔忙，盛席华筵终散场"的落寞。冯唐的回忆异托邦和语言飞地最终都指向了这场狂欢，为这场狂欢服务——他基于自己的回忆，虚构了一场亦真亦幻的狂欢，又极尽所能地用诗意和臭痞的繁华语言至死方休地去堆砌和塑造这场狂欢。找到了这

151

一点，我们便找到了理解冯唐的核心——青春的狂欢。巴赫金的狂欢诗学用在这里恰如其分。巴赫金这样描述欧洲中世纪狂欢节上的加冕和脱冕仪式："加冕和脱冕，是合二而一的双重仪式，表现出更新交替的不可避免，同时也表现出新旧交替的创造意义……加冕本身就蕴含着后来脱冕的意思。加冕从一开始就有两重性……在加冕仪式中，礼仪本身的各方面也好，递给受冕者的权力象征物也好，受冕者加身的服饰也好，都带上了两重性，获得了令人发笑的相对性，几乎成了一些道具。他们的象征意义变成了双重的意义……狂欢式里所有的象征物莫不如此，他们总是在自身中孕育否定的（死亡的）前景，或者相反，诞生孕育着死亡，而死亡孕育着新的诞生。"①青春就是人生的狂欢式，它是人生中最绚烂快乐的刹那芳华，然而从开始的那一刻开始就注定着结束，就注定着往后几十年里无穷无尽伤感的回忆和追思。规训和叛逆、青涩和成熟、成长和老去、明媚和忧伤、得意和失意、希翼和失落、激昂和苦闷……在这个人即将告别"毛茸茸"的状态走向"社会中坚"的节骨眼上，无数对立的、不和谐的因子在这里遭际、龃龉，它熙熙攘攘、它颠三倒四、它杯盘狼藉。冯唐对正统的、优美的语言的挑战和僭越，其实便是语言上的青春叛逆，那些痞里痞气的诗意语言既寻找权威又反抗权威，是青春敢于"对一切神圣物的亵渎和歪曲"，是带着不知天高地厚的激情和破釜沉舟的破坏秩序的力量。

而狂欢式里最重要的道具，在冯唐这里是由"肿胀"来承担的。肿胀本来是一个医学术语，指的是肌肉、皮肤或黏膜等组织由于发炎或淤血充血而体积增大。而学医出身的冯唐，如他自己所言，几乎再造了这个词。在冯唐的定义里，"肿胀"有两层意思，一层是身体也就是下体的肿胀，一层是内心的肿胀。

下体的肿胀在三部曲里随处可见，有人评价"万物生长三部曲""到处都是生殖器"，是"荷尔蒙小说"，说冯唐"阴癖自恋"，甚至说"骟也骟不干净"。确实，冯唐的小说里充满了各式以下体为核心的黄色段子，他把"社会主义精神文明建设"这门政治课简称"社精课"，他把刚刚考完期末考试的"怅然若失"比作"拔出悔"，更遑论他话痨似不厌其烦地详细叙述秋水与小红、女朋友、柳青等一干女孩的床上经历，这样的秋水或许很容易让人想起贾平凹

---

① 米哈伊尔·巴赫金.诗学与访谈[M].白春仁,译.石家庄：河北教育出版社,1998：163.

笔下的庄之蝶——一样是来自《庄子》的名字,一样是因为才情而颇为女孩所青睐。

使"万物生长三部曲"高出其他荷尔蒙冲动的恰恰是另一种肿胀,即内心的肿胀。冯唐非常喜欢肿胀这个词,他说他常常感受到肿胀,于是去写作。这种"内心肿胀"在小说之外或许就可以理解为难以抑制的创作激情。而在小说之内,内心的肿胀则是内心深处涌动着却又克制着的青春情感,在"万物生长三部曲"里,"内心肿胀"有一个具象的化身,就是秋水的初恋,也就是朱裳。和各种姑娘上床的秋水,唯独跟初恋在一起的时候坐怀不乱(至少是行为上的)。秋水对初恋和对其他女孩的态度是截然不同的,对他多年的女友,冯唐甚至吝于给个名字,只是称她为"女朋友",对她的描写也多半是调侃型的,"我的女朋友是我见过的最健康的人,她饭前便后洗手,饭后便前刷牙。她每天早起,小便后喝一杯白开水。她天天从东单三条开始,绕金鱼胡同跑一圈。她为了增加修养阅读名著,以一天十页的速度研读《钢铁是怎样炼成的》"。她虽然是秋水的"第一次",但秋水对她始终只有下体的肿胀而没有内心的肿胀,因此对她的描述也充满调侃甚至缺乏尊重:"对于和她的恋爱经过,我只有模糊的记忆""对此(女朋友读《钢铁是怎样炼成的》)我常常感到阴风阵阵,不寒而栗,甚至担心她念完最后一页的时候天地间会有异象出现,仿佛数千年前干将莫邪被练成之时。"而对于初恋朱裳,他的态度完全不同,他用诗品里的句子形容她"落花无言,人淡如菊";他和她在整个夏天"在床前细细的拥抱,却没有一丝一毫兴风作浪的欲望";他对她的记忆永远是鲜活的,"我闻得见她的味道,那是一种很综合的味道,包括她使得香皂、擦脸油、衣服上残留的洗衣粉,漏在外面的头发、手臂,还有包裹在衣服里的身体。我听得见她玩纸牌的声音,她手上总要玩点什么,比如把一张不大的纸片叠来叠去……我知道,这空气里,有朱裳呼出的气体,我用嘴深吸一口,我慢慢咀嚼。"仿佛一遇到朱裳,那个腰间横着生殖器的少年,下体的肿胀就消失了,代之以内心的肿胀,那种澎湃的情感,那样难以抑制却又温柔细腻地流出来,让人无比动容。甚至在秋水和他女朋友第一次发生关系的时候,只要想起初恋"海立刻没浪了,蜗牛缩回了壳"。正因为有了这样温润精致的内心肿胀,下体肿胀才有了依托,才不浅薄、不任性,才没有仅仅流于生殖器的冲动。归根到底,"肿胀",就是青春少年从心灵到肉体的双重觉醒。在青春时代这一人生最重要的狂欢式上,人即将结束蒙昧无知却无限美好的幼年时代，变得智识冷静、内心冷酷、任重道远。而正如所有的生理课本上写的那样，这个时期的重要标志就是第二性征的成熟和对异性的好感。因此，肿胀的生殖器无疑是青春狂欢式上最合适的道具，如同加冕的王冠或者权杖。"它"成熟于青春期，整个青春期在生理和心理上都围绕着它打转，"它"是青春期的证明，是童年结束的表征，是成年人的符号。而后，"它"便成为身体的一部分，履行其繁衍生息的任务。"它"最惊世骇俗、最具有破坏的力量，却也最隐含着被驯服的必然、隐含着青春的终将逝去，隐含着一切狂欢必将黯然收场。于是秋水内心和身体的肿胀被夸张、被放大，那些粗俗、直白的性爱场面、满纸的下体和乳房，都是放荡不羁的青春狂欢的一部分。

有趣的是，《庄子·秋水》一篇，本来也充满了辩证法的哲学思辨，"以道观之，物无贵贱。以物观之，自贵而相贱。以俗观之，贵贱不在己。以差观之，因其所大而大之，则万物莫不大；因其所小而小之，则万物莫不小；知天地之为稊米也，知毫末之为丘山也，则差数睹矣。"以冯唐的幼功而言，既然从《秋水》中选择自己主人公的名字，想必也是熟读这篇无疑。物无贵贱，下体的肿胀也好、臭痞的语言也好，既然真实地存在着，就并不卑身贱体、并不败俗伤化。相反地，毫末可以为丘山，痞气和肿胀亦可以和诗意的语言、精致的回忆一起构成青春的狂欢、构成欲望的异托邦，甚至可以起到更重要的作用。

其实"肿胀"不仅仅是"万物生长三部曲"的叙事动力，冯唐的所有小说都是以"肿胀"为核心的。2015年冯唐在大陆出版《女神一号》（原题为《素女经》，并以《素女经》为题在香港出版，大陆出版时改题为《女神一号》），这是他在大陆出版的第五部长篇小说。《女神一号》其实可以看作是"万物生长三部曲"的续篇，大学里独一无二的文艺范儿的"秋水"，变成了进入社会以后芸芸众生的田小明。但"肿胀"仍然是贯穿《女神一号》的核心。"70后"作家们似乎对身体格外感兴趣。这大约与他们世界观形成时期身处"文化大革命"结束后、改革开放前的"历史空场"有关。大历史被抽空了，新的时代还未到来，乌托邦破灭了，精神无处皈依，欲望和身体成为支撑灵魂的柱石。

"肿胀"的生物工程学博士田小明，从中国到美国又回到中国，经历了读书、留学、创业，成为少数办公室在"写字楼把角，两面落地窗户，窗外是无敌海景"的人，在这过程中，他跟两名女性白露露和万美玉肉体厮磨、情爱纠缠，最终深深堕入欲望的深渊，设计出完美的性爱体验机器"女神一号"，丧生于性爱的地狱/天堂。冯唐自己这样介绍《女神一号》："写的时候，我把故事尽量简化，人物尽量简化，两女一男，一女，理科北京女，一女，文艺北京女，一男，小镇理科中年屌丝男，天才科学家，精神病倾向，潜在传道士，天生色情狂，相见、相吸、相互纠缠，相互纠缠到恩恩怨怨，生生死死，苦乐如此长，不动如大地。希望通过这种简化，凸显背后的大毛怪，牵它出来，问问它，情为何物。"冯唐在各种采访中反复提到"大毛怪"，"大毛怪"住在他心里，也住在每个人的心里，所指的就是弗洛伊德的本我，也就是普遍的人性，他要一直"调戏"它，而写小说，应该就是冯唐最重要的"调戏"方式，冯唐的性爱描写，正是他试图洞见人性的手段。

冯唐将阿多诺的"工具理性"引入性爱，当上帝赋予的身体成为利益交换的工具，那么身体和机器就不再有区别，当性爱，人类最原始、最本真的东西都可以被机器所取代，被物化，那么人除了自我毁灭别无选择，所以王大力在"女神一号"那里"经历了他这辈子最好的性爱"，因为当性变得不再原始和天然，没有其他任何目的，只有机器"女神一号"能够提供最纯粹的性爱体验。有了大规模批量生产的机器，男人和女人不再相互需要，而建立在爱情之上的婚姻、家庭都将破灭，随之而来的是整个人类社会的塌陷和崩溃。正如阿多诺所言，"被充分工具化的推算（Ratio），与因而所缺乏的自我反省及已遭排斥的沉思，应当找寻自身被压抑丧失的意义。但是，在必然引起这一问题的情况下，除了虚无这一既存的回答形式外，任何的答案都不可能存在"。① 不过冯唐最终并没有走向彻底的虚空，他还给人性留了一点希望之光，田小明和"女神一号"用了二十四种姿势，而"每种姿势中的女神都像极了万美玉，钢蓝色的头发仿佛某种巨大鸟类的羽毛"。

这里的冯唐还明显受到巴塔耶的影响，在巴塔耶堪称色情史上最伟大的小说的《眼睛的故事》里，他极尽所能地描述了各式各样的虐恋体验，并将所有的欲望引向极致，引向死亡的边界，性爱和欲望在极致处发出神圣的光辉，所以冯唐笔下的田小明的尸体可以在深圳潮热的天气里腐烂而不腐朽。《女神一号》淫词艳曲了一整本，最后的冯唐忽然变得很纯情，对于田晓明而

---

① ADORNO TW. Trying to Understand Endgame[M]//O'CONNOR B. The Adorno Reader. Oxford: Blackwell, 2000: 348.

言,女神只有一个,竭尽欲望之后,冯唐竟然选择了相信爱情,这成为人类精神最后的救赎。对于通过性来洞悉人性,冯唐不但自觉而且自负,在《女神一号》的"跋"里,他写道:"我能感受到、又能写出来,是一种幸运,对于感受不到、写不出来的不幸的人,我有写的责任。我写的不是性,是人性,不是黄书,是纯文学。"①

巴塔耶在尼采之后,沿着尼采"上帝死了"的命题继续追问:如果上帝已死,那么人到底面临怎样的处境?于是他认为上帝并没有真正死去,只不过是目的理性和科学理性占据了神的位置。因此,他划分出世俗世界和神圣世界,世俗世界最大的特征就是科学理性造就的同一性空间,而要摆脱世俗世界这个同一性空间的束缚,就要打破连续性进程,摒弃科学的知性统治,沿着尼采的酒神精神提倡"非知"。欲望是理性的他者,也是"被诅咒的部分"(The Accursed Share),它通过与理性和道德相违背的邪恶的力量来反抗世俗世界,在不断的僭越中突破禁忌,在消解自我的瞬间中不断地逼近自由自为的意志。因此巴塔耶依靠欲望这一"理性的他者"来对抗理性和主体,试图在不断的僭越中抵达神圣世界。

于是我们想到了德勒兹所提出的写作的"强度"(intensity):"强度"是德勒兹差异哲学(theory of difference)的实现方式。德勒兹的差异哲学试图通过对知性、感性、理性、欲望的重新发明,形成"无像之思"。它特别反对形而上学内部的同一性思维。当差异哲学作为一种文学方法被应用时,"强度"指的是如下的文本属性:它始终具有生成性(becoming),是对既定的文学经验、文学概念和文学体制的抵制。它的生成性使之具有解放的维度。而在阅读体验上,它提供给读者紧张而活跃的状态。② 冯唐通过他对性的冒犯,达到了德勒兹所说的"强度",成为德勒兹所说的"少数文学"(minor literature),但这丝毫不耽误冯唐同时成为一种"多数人的文学"。

在新浪微博上,冯唐拥有891万粉丝。891万,对于作家而言无疑是个天文数字,对比其他作家,莫言凭借诺贝尔文学奖获得者的身份,有410万

---

① 冯唐.女神一号[M].北京:九洲出版社,2015:跋.
② 参见 V BOUNDASM C. Intensity [M]// PARR A. The Deleuze Dictionary. Edinburgh: Edinburgh University Press, 1994.

第四章 "丛林法则"与文学场的极限：超越"价值"的文学写作

粉丝，不到冯唐的一半，刘震云有 10 万粉丝，格非有 8 万粉丝。① 可见冯唐的这 891 万人，不可能都是冯唐的读者，他们当中的大多数人其实是慕"名"而来。伯明翰学派的代表人物费思克曾指出，文化产业的产品并不代表大众文化本身，这些产品不过是大众进行意义生产和流通活动时所需要的资源和材料。受众并不是只能消极被动地接受文化商品及其所期许的意识形态内容，他们在观看时可以而且不可避免地从自己的经验、环境和知识背景出发加入生产和流通中去。这种由大众主动参与的社会意义的生产和流通才是真正意义上的"大众"文化。因此，大众文化的创造性不体现在文化商品本身的生产上，而是体现在大众消费者对文化商品的创造性的运用上②。作为文化符号的冯唐就是这样一个被大众创造和加工着的"文化产品"。

作为文化符号的冯唐，有着多重的身份。"出生于 1971 年 5 月，1998 年获中国协和医学院临床医学博士学位，2000 年获美国艾默里大学 Goizueta 商学院工商管理硕士学位。1990—1998 年就读于协和医科大学，获临床医学博士，妇科肿瘤专业，美国 Emory University Goizueta Business School 工商管理硕士。曾就职于麦肯锡公司，从事旧时被称为军师、幕僚或师爷的工作。现居香港，曾为华润集团战略管理部总经理。2009 年 7 月—2011 年 5 月任华润(集团)有限公司战略管理部副总经理(主持集团战略部工作)；2011 年 5 月—2011 年 10 月任华润(集团)有限公司战略管理部总经理；2011 年 10 月，当选为华润医疗集团有限公司 CEO。供职于中国历史最悠久的国企，为国效力，为自家稻粱谋。2011 年 10 月—2014 年 7 月任华润医疗集团首席执行官。2013 年 12 月 5 日，荣登"2013 第八届中国作家富豪榜"，引发广泛关注。2014 年 7 月，张海鹏离任华润医疗集团 CEO 和华润集团战略管理部总经理。2015 年 9 月 1 日，中信资本控股有限公司私募股权投资(PE)部门在香港宣布任命资深投资人张海鹏担任高级董事总经理，主管医疗领域投资。这是最大中文百科网站百度百科里冯唐的"主要经历"。在这个推崇成功学的社会里，单是这份简历便足以让冯唐成为许多人的人生偶像。但更有趣的是，这份主要经历却和词条下他的简介"诗人、作家、医生、商人、古器物爱

---

① 以上粉丝数据截至 2017 年 2 月 1 日，数据来源：新浪微博 weibo.com.
② 约翰·费斯克.英国文化研究和电视[M]//罗伯特·艾伦，编.麦永雄，柏敬泽等，译.重组话语频道.北京：中国社会科学出版社，2000：300.

好者,2013第八届中国作家富豪榜上榜作家"这几个身份相关度非常低,但却正好印证了"冯唐"这一文化符号的丰富和吊诡。"人生赢家"冯唐的履历+作家冯唐的作品和成就+"流氓"冯唐的痞气,"文艺、不羁又多金"的冯唐形象十分符合主流的女性审美,笔者在采访身边的冯唐粉丝时,就收到了这样的回答:"他怎么那么贱呢,越贱我就越爱他。"

关于"人生赢家"的身份,冯唐并不谦虚,还以杂文集《三十六大》(2012)"出任""青年导师""心灵导师"。这本随笔集是冯唐写给这个世界的36封公开信:写给小师弟、唯一的外甥、90后、文艺男女青年同志们;致司马迁、马拉多纳、韩寒、唐玄奘并梁思成;甚至写给自己的公文包……就世间有所感悟的人、事、物们,讲四十不惑的人生观与世界观,传授"金线"之上的俗世生活。所谓《三十六大》,就是冯唐眼中,人生全面达到金线的降龙三十六掌。这本书的编辑推荐直截了当地点明了这本书的"心灵鸡汤""成功学"性质:"出了这本书,冯唐也算青年导师了。如果你情窦初开,应读'大欲',听听姑娘是用来做什么的;如果你受困于职场,可读'大行',学学麦肯锡式的生涯战略规划。如果你居然爱好文学,也许该知道什么是好的文学。莫言是地上长出来的,好结实。冯唐是天上掉下来的。他能飞得很远。"①

而冯唐本人对于"冯唐"这一符号的塑造和维护,也颇为用心,他所着力打造的"冯唐",不但是占有文学写作所带来的文化象征资本的"文化符号",还是具有主动生产力的"消费符号"。鲍德里亚曾提出"消费生产力"的概念,指出在后现代消费社会里,"生产主人公的传奇已到处让位给消费主人公"②,即在后现代消费主义主导的社会里,消费不仅主动地作用于生产,而且成为一个体系并发挥结构性的作用,构成了生产体系的替代性体系,从而成为当今社会的主导逻辑。"冯唐"就是一个被读者和粉丝不断生产和创造的消费符号。冯唐在其随笔集《在宇宙间不易被风吹散》中,他这样写道:"人是群居的生物,越是在通灵的时候,越希望有知己在旁边起哄架秧子,一杆进洞,四下无人,人生悲惨莫过于此。"③可见他绝不是一个甘于寂寞的人,而是非常在意和注重自己的关注度和影响力的。他不遗余力地调动网络时

---

① 冯唐.三十六大[M].天津:天津人民出版社,2014.
② 让·鲍德里亚.消费社会[M].刘成富,全志钢,译.南京:南京大学出版社,2001:8.
③ 冯唐.活着活着就老了[M].杭州:浙江文艺出版社,2013:32,84-85,16.

代的一切资源，让传统纸面文学中隐藏在作品之后面目模糊的作者，走到台前，满足后现代主义消费时代的读者想象。

费瑟斯通早就言明"培养自我表现的生活方式，发展自恋和自私的人格类型，这一切，都是消费文化所强调的内容"。[①] 冯唐近乎全方位地向读者和粉丝展示他的生活：《在宇宙间不易被风吹散》就是一本全面展示他个人生活趣味的"冯唐生活指南"，他的书房、他在后海的海棠小院，他收藏的器物古玩，他热衷的运动方式，他喜欢的茉莉花茶，乃至他观看AV的体验……书的封一封二和底页都是16开的冯唐照片，封面的折页和封底甚至是他亲自出镜和美女拍摄的海报，内文中夹杂40幅冯唐的摄影作品，9幅冯唐的钢笔字。与粉丝频繁互动是他打造"活色生香"的冯唐的另一个重要方式，在新浪微博上，他不时转发粉丝们与他作品的合影，转发语用统一的暗语式的"今宵欢乐多"，他还和网络名人罗永浩、和菜头、柴静等人是不错的朋友，常常互动互捧，和菜头的评语，甚至代替一般小说的名家推荐印在他的书《北京，北京》的封底上。而在他的微信公众号上，除了发表文章和宣传新作，他分享自己的日常生活，他的书法作品，他拍摄的风景，他的聚会酒局。更让粉丝们尖叫不已的是他常常在公众号里给粉丝们读诗，有他自己的作品，也有古今中外的名作。而他还开设了叫"不二堂"的微店，"由冯唐使用经年后与大家分享美物带来的快乐"，如"冯唐诗七子饼茶"，限量36饼，由冯唐亲笔题字，每饼售价高达7500元。实际上出售的就是一些带有冯唐标记的限量版商品，远远超出商品本身的使用价值。正如鲍德里亚所言，在后现代消费社会，商品失去自身的本真存在，被抽象的符号所代替，符号的价值是商品被消费者赋予的意义，以及意义的差异，商品的价值是由消费者所创造的，取决于消费者的地位和观念。这正是建立在粉丝文化基础上的粉丝经济能够成立并兴旺的根源。关于粉丝文化，本书已经在上一节关于郭敬明的章节中有过详细的论述，此处不再赘述，但在利用粉丝文化方面，冯唐虽然比郭敬明来得隐晦，但甚至比郭敬明走得更远。

冯唐还非常善于利用网络媒介的猎奇属性制造话题。在网络上，冯唐乐于表演的形象是"口无遮拦"的"狂人"。2012年春节前后，方舟子质疑韩寒代笔的"代笔门"事件一时成为网络上最热议的话题，冯唐在风口浪尖上写了

[①] 迈克·费瑟斯通.消费文化与后现代主义[M].刘精明，译.上海：译林出版社，2000：165.

关于韩寒代笔门写的文章《大是》，不但提出了他对韩寒的质疑，更在文中提出了著名的"冯唐金线"，他在文中写道：我不喜欢你写的东西，小说没入门，短文小聪明而已。至于你的赛车、骂战和当明星，我都不懂，无法评论，至于你的文章，我认为和文学没关系。文学是雕虫小道，是窄门。文学的标准的确很难量化，但是文学的确有一条金线，一部作品达到了就是达到了，没达到就是没达到，对于门外人，若隐若现，对于明眼人，一清二楚，洞若观火。'文章千古事，得失寸心知'。虽然知道这条金线的人不多，但是还没死绝。这条金线和销量没有直接正相关的关系，在某些时代，甚至负相关，这改变不了这条金线存在的事实。君子可以和而不同，我的这些想法，长时间放在肚子里。"他还曾写了一篇题为《王小波到底有多么伟大》，在肯定王小波的同时，直指王小波"文字寒碜、结构臃肿、流于趣味"。这两桩公案，让冯唐挨了韩、王两家的拥趸者不少谩骂和闷棍，却也让他成为名副其实的话题人物。"冯唐金线"甚至成为一度颇为火爆的网络词汇。冯唐的狂妄其实远非一日，在他早年写的《读齐白石的二十一次吹嘘》中，就自承"比王朔帅、比阿城骚，比王小波中文好"，在《活着活着就老了》的后记里，他称"万物生长三部曲""够两百年后的同道们攀登一阵子"，在表扬自己的同时，他更不忘批评别人，挨过他的"刀子嘴"的远不止韩寒和王小波，他批评《棋王》"有些做作"，"仿佛奶太稠，挤出的产量严重受限"，《动物凶猛》"写得太急了，有些浪费了一个好题材"。这还是入得他法眼的，更多入不得他眼的，如卫慧"谈不上任何可取处"，"没有任何新意"，《魔戒》是"洋垃圾"，几米是"画垃圾"，周杰伦是"肉垃圾"①。他的狂妄为他招致许多骂声，但也成为冯唐这一文化符号的一部分，更何况在网络消费时代，流量为王，即便是棍棒，也提升了冯唐的知名度和热度。

布迪厄在其后期的著作中，特别注重对媒介场力量的考察，在他专门的小册子《关于电视》中，他将媒介场的影响力视作一种通过施行者和承受者合谋而施加的一种象征暴力，所有的文化生产场都受制于媒介场的结构，这一控制力在所有场域中都施加着极为相似的系统影响。而媒介场比其他的文化生产场更受市场和公众的控制，所以"一个越来越受制于商业逻辑的场，在越来越有力地控制着其他的天地""控制着学者、艺术家等文艺生产者们

---

① 冯唐.活着活着就老了[M].杭州：浙江文艺出版社，2013：32+84-85+16.

进入人们常说的'公共空间'"。① 尽管布迪厄的谈论对象是他所处时代的强势媒体——电视,对于网络媒介也仍然适用,但网络媒介时代,施行者与承受者往往可以合二为一,在公共空间尽情蹈演需要的角色,冯唐就是网络公共空间的出色"演员",他在各种网络媒介上的"秀",将他的私人空间拓展为可与读者互动的公共空间,在这个公共空间里,他与读者按照后现代消费主义的逻辑默契地进行着双向的消费。

布迪厄将资本归为两种,可以计数和度量的物质资本,和在相互关系中被感知和被评价时的区别性资产,即象征资本。布迪厄认为象征资本同时具有被否认和被承认的双重性质,它通过"不被承认"而"被承认";传统社会中经济资本不加掩饰的再生产表明了权力和财富分配的武断性,而在现代社会的再生产过程中,虽然经济具有至关重要的决定性,但它必须被象征性地掩盖②。而对于冯唐而言,作者跨界的多重身份使得他已经占有了大量的经济资本,所以他不需要在获取象征资本的过程中加以掩饰,他的象征资本和经济资本之间,不存在矛盾,而是并行的。于是他和作品本身从来都不受场域边界的约束,用跨越场域来形容他是不准确的,因为他并不隶属于某一场域。以前我们习惯于将场外的写作,比如王朔、王小波等人的写作称作"边缘写作",但冯唐显然不属此类。因为所谓边缘,一定是以"中心"为参照的,而冯唐无论是他的个人身份,还是他的写作,从来就是外在于文学场的,他的写作是属于社会元场的,而"普遍来看,在经济资本、文化资本和社会资本方面最富有的人是最先投向新地位的人",或者说,对于冯唐而言,"文学场"的中心位置已经被解构了。对于中国当代文学而言,冯唐的独特性正在于此:网络带来的信息传播渠道前所未有地畅通,使得由精英所掌控的文学的审美裁判权"大权旁落",文学精英不再能够通过掌握象征资本的颁发权而实现"温和支配",通过强行压制经济利益来把象征资本的积累变成唯一被接受的积累形式的社会机制正在逐渐失去牢固性,经济资本不再仅仅以象征资本的委婉化形式发挥作用,掌握媒介资本和经济资本的人,可以轻而易举地越过文学场内的精英控制和维护的象征资本颁发机制而成为耳熟能详的作

---

① 皮埃尔·布迪厄.艺术的法则——文学场的生成和结构[M].刘晖,译.北京:中央编译出版社,2001:65.
② 皮埃尔·布迪厄.实践感[M].蒋梓骅,译.南京:凤凰出版传媒有限公司译林出版社,2012:201.

家。这是网络时代带来的文化权利的再分配,也即"审美的民主化"。在这种新的文化权利分配机制下,因为不需要经过原有的文学精英机制的审查和评价,作家和作品可以自给自足地生产和获得各类资本。在"审美民主化"的文学生产机制下,以前被传统主流文学系统排斥的异质的文学元素可能发挥作用,因此有可能诞生出更为激进和具有实验性的文学作品,《不二》就属此类。并且这些文学作品在其背后的各类资本的引导下,也呈现出更大的包容性,它可以同时是最先锋、最纯文学,最具有"强度"的,也是最庸俗、最大众的。它们拒绝进入建立在简单判定"场内"和"场外"的基础上的简单的生产循环,而成为出现在"场内"和"场外"两个相对独立的过程中相互契合的产物。

结　语

　　文学价值的建构对于每一时期的文学而言，都是"关键命题"。它取决于这一时期的社会经济基础和意识形态，反映了这一时期的文学生产机制，并最终决定了一个时期文学的走向和面貌，因此，它也是一个非常宏大和复杂的命题。本书试图从新世纪社会元场的变革入手，借助布迪厄场域理论的理论框架，结合具体作家作品的个案分析，最后落脚于考察新世纪文学价值的建构过程中，各种力量的角逐、牵引、合作。在解读的过程中，重点关注文学价值由传统的一元的建构模式，向多维度、立体的建构模式的转变。

　　在本书的研究中，笔者选择了王朔、王小波、严歌苓、麦家、张悦然、安妮宝贝、郭敬明、冯唐八位作家作为典型案例进行分析。这八位作家，从代际上讲，涵盖了"60后""70后""80后"三个写作群体；从写作风格上讲，既有先锋写作的实验，也有传统的现实主义写作。似乎无论从哪一方面讲，将他们放在一起来进行讨论都颇显牵强。然而笔者所关注的他们的共通之处在于，他们的成长和成名，都不是局限在传统主流文学体系内部。他们或者虽然在主流文学体系内部生根发芽，依赖传统的文学期刊发表而走上文坛，但最终完成"著名作家"的指认，却更多依靠的是文学场外部的力量；或者首先在文学场外部得到肯定，而后以发表、获奖等形式获得文学场内的象征资本；又或者始终游离在文学场之外进行写作，但他们的写作却极具文学性，成为文学场无论如何不能忽视的风景。

　　20世纪80年代，中国当代文学渡过了它的"黄金时代"便迅速地走向了边缘化。在从那时起到现在的40余年当中，当代中国文学并不甘于接受"日薄西山"的命运，它始终在努力地自我革新，但是相比于其他场域的变革，文学场的变革显得缓慢而滞重。进入21世纪以来，在社会元场，特别是经济场资本的席卷、媒介场的重大革命的影响之下，文学场内的变革因素尽管始终在涌动，但面对新的文学现象，它似乎总是以一种被动而后进的姿态在追赶和迎合。尽管如布迪厄所言，"纯"生产者更容易忽视处在对立位置的其他文化生产方式，但其他文化生产方式总有能够发展到不允许文学场内的生产者们忽视的时候。正如在本书引言中提到的，新世纪的中国社会，一切都处在过渡当中，作为社会元场中的一个子场，文学场自然也不能例外。白烨在《2011—2012中国文情报告》中写道："当代中国文学与当代中国文化日益犬牙相制，当代中国文化与当代中国社会的联系越来越密切。文学与文化的这种交织，文化与社会的如许交接，既形成了中国文学特有的大气场，也构成了文学运行与发展的总趋势。"①在如此的大势之下，"闭关锁国"式地对场外因素的排斥，便成为限制文学场进步和发展的重要屏障。布迪厄在《区分》的附言中写道："学院美学……不管有多少变种，基本上都是通过反对这种研究可能获得的一切成果而形成的，这种成果就是趣味的不可分割性，最'纯粹的'趣味和最优雅的趣味、最崇高的趣味和最理想化的趣味、最'不纯粹'和最'粗俗'的趣味、最普通的趣味和最原始的趣味之间的统一性。"②这当然会让我们想起康德在《判断力批判》中在"愉快"与"享乐"，"美"与"美观""愉快"与"快适"之间建立的对立。应该说，当代中国文学的价值评判，始终是建立在康德的这种美学理论之上的。而德里达早就清楚地看到，厌恶或许是纯粹趣味的真正根源，因为它"消除了表象的距离"，而且通过不可抑制地走向完结消灭了一种自由，这种自由表现在对感觉的即时依从的悬置中和对情感的遏制中。他还指出，康德认为只是附属品的"框"（parergon），真实的所用是将观赏者的注意力引向绘画的中心内容，区别于框外的现实世界，"中心"通过"框"的复杂作用才有了意义。传统主流的"场内"文学对"场外"文学的敌意和排斥，可以理解为出于凸显出自身合法性的需要，但也不可避免地造成审美话语的僵化，使得掌握权威话语的传统文学场失去新鲜血液的流通。当然，主流文坛也正在逐渐地走向开放。2007年9月，中国作家协会吸纳郭敬明、张悦然等"80后"青春文学作家入会；2008年8月，属于主流文

---

① 白烨.2011-2012中国文情报告[M].北京：社会科学文献出版社，2012：3.
② 皮埃尔·布迪厄.区分——判断力的社会批判[M].刘晖，译.北京：商务印书馆，2015：565.

坛的浙江省作家协会成立了第一家"类型文学创作委员会"，同时推出了第一本类型文学杂志《流行阅·幻地》；2011年第八届茅盾文学奖首次允许网络小说参评，《遍地狼烟》入围……在文学生产的各个环节，探索性质的"门户开放"都在悄然进行着。

所谓"过渡"自然也意味着短暂，笔者并非想铺陈这样一种短暂的过渡的状态或者罗列这一时期的文学现象，也并非想单纯地做一个历史变动的记录者和见证人，而是希望能够从短暂的"过渡"性的症候之中，抽离出变化的因素，从而窥见当代文学发展的更多可能。本书题为文学场的"内"与"外"，实际上想要讨论的正是在新世纪文学价值的建构当中，"内"与"外""精英"与"大众""纯文学"与"通俗文学"这些二元对立话语的失效和裂变。

本书研究中所选取的作家，也正是这些"过渡性"的作家，单就他们当中的某一个而言，可能都不是多么"够分量"的重量级作家，他们的作品也许也不足以成为"经典"或者"正典"，如果单以"文学价值"而论，他们当中的一些甚至会被质疑"作家"身份的合法性。但是他们又确乎构成了这样一种独特的存在——他们被大众所阅读、接受和喜爱，也以各种方式在文学场中获得了自己的一席之地。既然能够"两全其美"，他们自然各有过人之处，与其精英式批判性地说他们"左右逢源""长袖善舞"，倒不如虚心地观察他们的作品具有怎样的丰富性，或者他们怎样遇合了（不管有意还是无意的）文学变革的暗涌，怎样展示出文学场种种有意识无意识的反应。毕竟作为文学领域的学生和研究者，我们都有着捍卫文学殿堂的理想和责任，即便是最保守的人想必也会承认，抱残守缺在当下的社会里，绝不是文学场的求存之道。

因此，笔者认为，我所选择的"过渡性"作家，他们作品的生产和传播，提示着新世纪当代文学场的"过渡性"——旧有的、单一的文学价值评判标准如果不是正在失效，那么也至少是正在发生着裂变，文学场不再是按照掌握话语权的文学精英们的单一标准和逻辑运行，越来越多的场外因素，正在渗入到文学场当中，改变着文学场的运行规则，"文学价值"的认定不再是单一的，而是在多种力量牵引之下的多维共促的；而在文学场内部，也在生成着新的异质性的力量，他们富有生命力地从文学场的缝隙中伸出藩篱，寻找着文学场外价值实现的可能。这些碰撞和妥协，提供给我们关于当代文学的一种"脉象"，在新世纪的第一个二十年，这些"过渡"和"可能性"，在下一个十年二十年，也许就是新的文学面貌生成的决定因素。

最后让我们回到布迪厄："一切合法的美学，都是通过一种巨大的压制，通过反对趣味的真理而构建的，趣味的真理一旦产生，就应该允许被压制的东西重现，这不仅是为了让已经获得的真理服从一种最终的检验，也是而且尤其是为了避免这一点，即由于一种相当常见的二分法作用，直接对抗的缺乏使得两种话语不可能在两个被精心分开的思想和话语空间里和平共存。"尽管布迪厄的表述带着一种阶级批判的意味，但我更愿意建设性地理解布迪厄的这段话，面对新媒体时代所开启的虽然面目全非但却如火如荼的新世纪的社会元场，文学场固然面临着锥心刺骨的挑战，但更有脱胎换骨的机遇和可能。泯合文学场"内"与"外"的两分法，让"被压制的东西重现"，并不是什么新鲜的话语，但就中国文学的现状而言，也许正是撬动文学场前行之路的那个支点。文学的价值并不会因此而改变，它只会因此而拓展，这也正是我选择"多维"而非"多元"的原因，文学关于人类灵魂的终极思考、中国当代文学对民族命运、家国历史的担当，仍然是文学殿堂最重要的基石，它们构成了最核心的文学价值，而此外的文学的娱性价值、消费价值、社会功用在另外的维度上生长，它们提供的是文学殿堂与现实世界之间的阶梯，它们既拓展了文学的价值，也为那些核心价值提供了新的意义和新的实现可能。

参考文献

[1] 布迪厄.文化资本与社会炼金术——布尔迪厄访谈录.包亚明,译.上海:上海人民出版社,1997.

[2] 布迪厄.关于电视[M].许钧,译.辽宁 沈阳:辽宁教育出版集团,2000.

[3] 戴锦华.隐形书写[M].江苏南京:江苏人民出版社,1999.

[4] 贝尔.后工业社会的来临[M].高铦,等译.北京:新华出版社,1997.

[5] 威廉斯.文化与社会[M].吴松江,张文定,译.北京:北京大学出版社,1991.

[6] 贝尔.资本主义文化矛盾[M].赵一凡,等译.北京:三联书店.

[7] 洛文塔尔.文学、通俗文化和社会[M].甘锋,译.北京:中国人民大学出版社.

[8] 阿多诺.启蒙辩证法:哲学断片[M].渠敬东,等译.上海:上海世纪出版集团,2015.

[9] 本雅明.发达资本主义的抒情诗人[M].张旭东,魏文生,译.北京:三联书店,2012.

[10] 杰姆逊.后现代主义与文化理论[M].唐小兵,译.北京:北京大学出版社,2005.

[11] 詹明信.晚期资本主义的文化逻辑[M].陈清侨,严锋,等译.北京:三联书店,2013.

[12] 徐迟.现代化与现代派[J].外国文学研究,1982(1):117-119.

[13] 韩少功.文学的"根"[M].长沙:湖南文艺出版社,1996.

[14] 孟繁华.众神狂欢——世纪之交的中国文化现象[M].北京:中国人民大学出版社,2009.

[15] 杨晓升.中国魂告急[M].北京:中国社会出版社,1996.

[16] 韩少功.无价之人[M].海口:海南出版社,1994:124.

[17] 阿伦特.公共领域和私人领域[M].//汪晖,陈燕谷.文化与公共性.北京:三联书店,1998.

[18] 麦克卢汉.理解媒介——论人的延伸[M].何道宽,译.北京:商务印书馆,2000.

[19] 波兹曼.娱乐至死[M].北京:中信出版社,2015.

[20]邵燕君.新世纪第一个十年小说研究[M].北京:北京大学出版社,2016.

[21]安波舜."布老虎"的创作理念与追求——关于后新时期的小说时实践与思考[J].南方文坛,1997(04):5-7.

[22]陆学艺.当代中国社会阶层研究报告[M].北京:社会科学文献出版社,2002.

[23]张晓明,胡惠林,章建刚.2005年:中国文化产业发展报告[M].北京:社会科学文献出版社,2005.

[24]王朔.我是王朔[M].//王朔最新作品集.桂林:漓江出版社,2000:135.

[25]池莉.与历史合谋——给王朔[M].//刘智峰,痞子英雄王朔再批判.北京:中华工商联合出版社,2000.

[26]王蒙.躲避崇高[J].读书,1993(1):10-17.

[27]陈思和.黑色的颓废——读王朔小说的札记[J].当代作家评论,1989(05):33-40.

[28]陈晓明.王朔:无法拒绝的存在[M].//陈晓明小说时评.开封:河南大学出版社,2002:31.

[29]莫言.我是从《莲池》里扑腾出来的[J].长江日报·文学周刊,1998(47).

[30]邵燕君.倾斜的文学场——当代文学生产机制的市场化转型[M].南京:江苏人民出版社,2003.

[31]王一川.想象的革命——王朔与王朔主义[J].文艺争鸣,2005(5):27-48.

[32]王朔.顽主[M].北京:十月文艺出版社,2012.

[33]陈晓明.众妙之门——重建文本细读的批评方法[M].北京:北京大学出版社,2015.

[34]布迪厄.艺术的法则——文学场的生成和结构[M].刘晖,译.北京:中央编译出版社,2001.

[35]王小波.我为什么要写作[M].//王小波,一只特立独行的猪.武汉:长江文艺出版社,2013:5.

[36]王小波.知识分子的不幸[M].//王小波,沉默的大多数.武汉:长江文艺出版社,2013:32.

[37]王小波.黄金时代[M].武汉:长江文艺出版社,2013.

[38]王峰.我希望善良,更希望聪明[M].//浪漫骑士.北京:中国青年出版社,1997:214.

[39]戴锦华.智者戏谑——阅读王小波[J].当代作家评论,1998(2):21-34.

[40]王小波.青铜时代[M].武汉:长江文艺出版社,2013.

[41]张铮.《唐人故事》,不必秘传[N].北京晚报,2006-01-27(8).

[42]王小波.一只特立独行的猪[M].武汉:长江文艺出版社,2013.

[43]朱学勤.愧对顾准[J].东方,1996(2).

[44]朱学勤.书斋里的革命[M].长春:长春出版社,1999.

[45]张清,胡洪侠.1978—2008 私人阅读史[M].深圳:深圳报业集团出版社,2009.

[46]艾晓明.世纪之交的文学心灵[M].//《浪漫骑士》代序,P16.

[47]张颐武.和时代拔河——十年后再思王小波的价值[J].中关村,2007,(5):99.

[48]王毅.《不再沉默——人文学者论王小波》序[M].北京:光明日报出版社,1998:14.

[49]黄集伟.从暧昧到狂欢——小波流传史[N].南方周末,2002-01-11(17).

[50]参见《王小波和自由分子们》,《三联生活周刊·王小波纪念专版》,2002 年 4 月 11 日.

[51]李静.沉默与狂欢[N].南方周末·王小波纪念专版,2002-04-11.

[52]郑宾.九十年代文化语境中媒体对王小波身份的塑造[J].当代作家评论,2004(4):141-148.

[53]葛涛.网络王小波[M].北京:人民文学出版社,2002.

[54]宋广辉,淮南.王小波门下走狗[M].北京:文化艺术出版社,2002.

[55]戴锦华.书写文化英雄——世纪之交的文化研究[M].南京:江苏人民出版社,2000.

[56]齐泽克.斜目而视:通过通俗文化看拉康[M].季光茂,译.杭州:浙江大学出版社,2011.

[57]邵燕君.网络时代的文学引渡[M].桂林:广西师范大学出版社,2015.

[58]福柯.文化的斜坡[M].//包亚明,权力的眼睛.上海:上海人民出版社,1996.

[59]陈晓明.中国当代文学主潮[M].北京:北京大学出版社,2009.

[60]张慧敏.一个特殊文化现象——王小波死后的追念和活着的作品[J].当代作家评论,2001(3):87-96.

[61]严歌苓.洞房.沈阳:春风文艺出版社,1998.

[62]舍勒.资本主义的未来[M].曹卫东,等译.北京:北京师范大学出版社,2014.

[63]严歌苓.第九个寡妇[M].北京:作家出版社,2016.

[64]严歌苓.寄居者[M].北京:新星出版社,2009.

[65]严歌苓.一个女人的史诗[M].长沙:湖南文艺出版社,2006.

[66]严歌苓.床畔[M].武汉:长江文艺出版社,2015.

[67]沃克.对严歌苓的随想录[J].时代文学,2002(5):68-71.

[68]布鲁斯东.从小说到电影[M].高俊千,译.北京:中国电影出版社,1981.

[69]汪流.电影编剧学[M].北京:中国传媒大学出版社,2009.

[70]卢特.小说与电影中的叙事[M].徐强,译.北京:北京大学出版社,2011.

[71]龚自强,等.20 世纪中国知识分子的磨难史——《陆犯焉识》研讨实录[J].小说评论,2012(4):117-132.

[72]万佳欢.严歌苓:寄居在文学深处[N].人民日报(海外版),2009-04-17(11).

[73]《金陵十三钗》剧本打动人心,凸显人性光辉.http://ent.163.com/11/1217/10/7LFGTDU300032DGD.html.

[74]严歌苓.霜降[M].西安:陕西师范大学出版社,2011.

[75]李俊."梅兰芳"到"十三钗":严歌苓等小说的影视缘[J].外滩画报,2009.

[76]王冠含.严歌苓小说的影像叙事[D].武汉:华中师范大学.

[77]蔡震.严歌苓:《床畔》影视版权已被买走[DB/OL].http://culture.people.com.cn/n/2015/0514/c22219-26999190.html.

[78]金煜.严歌苓:文学成为影视工具很可悲[N].新京报,2006-07-17.

[79]布迪厄.实践感[M].蒋梓骅,译.南京:凤凰出版传媒有限公司译林出版社,2012.

[80]洪治纲,彭学明.从茅盾文学奖看近年来长篇小说得与失[J].小说评论,2009(1):96-98.

[81]韩月皓.迎合市场的茅盾文学奖为何离读者越来越远[N].中国青年报,2008-11-04.

[82]肖鹰.我为何建议茅盾文学奖暂停十年?[DB/OL].http://book.ifeng.com/culture/1/201002/0202_7457_1533798.shtml.

[83]石一枫.中国文学界最大个儿的奖[DB/OL].http://blog.sina.com.cn/s/blog_4fb786b80100b7vy.html.

[84]白烨.中国文情报告2008—2009[M].北京:社会科学文献出版社,2009.

[85]人民网.麦家《解密》英译本打破中国作家海外销售记录[DB/OL].http://culture.people.com.cn/n/2014/0320/c172318-24686443.html.

[86]张吕川.麦家登《纽约时报》外媒首次正面报道中国主旋律作家[DB/OL].http://cul.qq.com/a/20140223/006576.htm.

[87]人民网.麦家:习总书记直言不少谍战影视剧不尊重历史[DB/OL].http://culture.people.com.cn/n/2014/1016/c87423-25849270.html.

[88]范伯群.中国近代通俗作家评传丛书·总序[M].南京:南京出版社,1994.

[89]阿达莫夫.侦探文学和我——一个作家的笔记[M].杨东华,春云,苏万巨,译.北京:群众出版社,1988.

[90]麦家.风声[M].海口:南海出版公司,2007.

[91]吴趼人.中国侦探案·弁言[M].上海:广智书局,1906.

[92]麦家.解密[M].北京:十月文艺出版社,2014.

[93]陈晓明.不死的纯文学[M].北京:北京大学出版社,2007.

[94]朱向前.解密:对先锋小说的修正和冲刺[J].南方文坛,2004(2):40.

[95]罗德里,莫内加尔.博尔赫斯传[M].陈舒,李点,译.常熟:东方出版社,1994.

[96]新华网.第七届茅盾文学奖揭晓《秦腔》等四部作品获奖[DB/OL].http://news.xinhuanet.com/book/2008-10/28/content_10263920.htm.

[97]谢有顺.《风声》与中国当代小说的可能性[J].文艺争鸣,2008(2):49-52.

[98]邵燕君."宏大叙事"解体后如何进行"宏大的叙事"——今年长篇创作的史诗化追求极其困境[J].南方文坛,2006(6):32-38.

[99]刘小枫.沉重的肉身[M].北京:华夏出版社,2004:6-7.

[100]雷达.当今文学审美趋向辨析[J].当代作家评论,2004(6):153-154.

[101]马子雷.《风语》的成功之道:严肃文学与商业时代的和解[N].中国文化报,2011-01-12(2).

[102]戴睿云.第七届茅盾文学奖获奖作品《暗算》作者麦家"回家"说当代作家的重要责任——找到纯文学与可读性之间的羊肠小道[N].浙江日报,2008-11-04(5).

[103]王德威.现当代文学新论:义理·伦理·地理[M].北京:三联书店,2014.

[104]白烨,张萍.崛起之后——关于"80后"的答问[J].南方文坛,2004(6):16-18.

[105]邵燕君.从"玉女忧伤"到"生冷怪酷"——从张悦然的发展看文坛对"80后"的"引导"[J].南方文坛,2005(3):38-44.

[106]邵燕君.新世纪第一个十年小说研究[M].北京:北京大学出版社,2016.

[107]邱华栋.一只穿越时间的凄美之鸟[N].大众日报,2006-11.

[108]张悦然.我们的青春结束了,但愿阅读没有结束[DB/OL].http://www.changjiangtimes.com/2013/10/459057.html.

[109]颜禾.鲤的设计和纸张——回复读者对纸张的质疑[DB/OL].https://site.douban.com/widget/notes/236064/note/132627222/.

[110]王淑蓟.张悦然:完成与父辈的对话,我们才能真正的长大[DB/OL].http://cul.qq.com/a/20160730/010024.htm.

[111]李壮.凌晨四点的引力波——评张悦然长篇《茧》[DB/OL].harvest1587.

[112]张悦然.写《茧》如换笔,艰难而必要[N].中华读书报,2016-07-25.

[113]张颐武.当下文学的转变与精神发展——以"网络文学"和"青春文学"的崛起为中心[J].探索与争鸣,2009(8):18-20.

[114]陈晓明.中国当代文学主潮[M].北京:北京大学出版社,2009.

[115]吴晓黎.都市新景观——网络表象分析[M].石家庄:河北教育出版社.

[116]安妮宝贝揭改名"庆山"真相:我与20多岁时不同了[DB/OL].http://culture.people.com.cn/n/2014/0625/c87423-25197178.html.

[117]威廉斯.关键词——文化与社会的词汇[M].刘建基,译.北京:三联书店,2005.

[118]布迪厄.区分——判断力的社会批判[M].刘晖,译.北京:商务印书馆,2015.

[119]福赛尔.格调[M].梁丽珍,译.北京:世界图书出版公司,2011.

[120]布鲁克斯.布波族:一个社会新阶层的崛起[M].徐子超,译.北京:中国对外翻译出版公司,2002.

[121]凌麦童.身体符号的文化解码[M].//二十一世纪文化地图·第三卷,桂林:广西师范大学出版社,2005:60.

[122]陶东风.日常生活的审美化与文化研究的兴起[J].浙江社会科学,2002(1):36.

[123]卡林内斯库.现代性的五副面孔[M].顾爱彬,李瑞华,译.北京:商务印书馆,2002.

[124]安妮宝贝.春宴[M].长沙:湖南文艺出版社,2011.

[125]安妮宝贝.告别薇安[M].北京:十月文艺出版社,2015.

[126]克伦斯伯格.这屋里有粉丝吗?——粉都的情感感受力[M].陶东风,粉丝文化读本.北京:北京大学出版社,2009:139.

[127]"安妮宝贝"蜕变为"庆山"新书《月童度河》首发[N].南方都市报,2012-06-30.

[128]刘心武,邱华栋.在多元文学格局中寻找定位[J].上海文学,1995(8):73-79.

[129]贺桂梅.个体的生存经验与写作——陈染创作特点评析[J].当代作家评论,1996(3):62-66.

[130]陈染.灵魂的安息日[J].文艺争鸣,2003(3):59.

[131]南帆.小资产阶级:膨胀、压抑和分裂[J].文艺理论研究,2006(5):2-12.

[132]田颖.安妮宝贝:路为什么越走越宽——网络时代的个人化写作与传播[J].南方文坛,2010(1):111-117.

[133]郭敬明.一个仰望天空的小孩[M].上海:上海译文出版社,2003:43.

[134]赛托.日常生活实践——实践的艺术[M].方琳琳,黄春柳,译.南京:南京大学出版社,2009.

[135]邢人俨,王玥.新时代的淘金者——郭敬明的文学金矿[J].南方人物周刊,2013(20):30-38.

[136]费斯克.粉都的文化经济[M].//陶东风,粉丝文化读本.北京:北京大学出版社,2009:1-10.

[137]TFBOYS王俊凯微博转发获吉尼斯世界纪录[DB/OL].中国日报中文网,2015-06-23. http://www.chinadaily.com.cn/micro-reading/ent/2015-06-23/content_13873380.html.

[138]詹森.作为病态的粉都——定性的后果[M].//陶东风.粉丝文化读本,北京:北京大学出版社,2009:129.

[139] 杨击,叶柳.情感结构:雷蒙德·威廉斯文化研究的方法论遗产[J].新闻大学,2009(1):137-141.

[140] 郭敬明.爱与痛的边缘[M].上海:东方出版中心,2008.

[141] 曹文轩.喜悦与安慰[M].//幻城,沈阳:春风文艺出版社,2003:3.

[142] 郭敬明.愿风裁尘[M].武汉:长江文艺出版社,2013.

[143] 霍艳.长不大的孩子和他的欲望——郭敬明解析(上)[J].上海文化,2015(1):19-33.

[144] 郭敬明.梦里花落知多少[M].沈阳:春风文艺出版社,2003.

[145] 郭敬明.1995—2005夏至未至[M].沈阳:春风文艺出版社,2006.

[146] 郭敬明.小时代1.0折纸时代[M].武汉:长江文艺出版社,2013.

[147] 刘琼.小时代和大时代[N].人民日报,2013-07-15(24).

[148] 王笛.消费文化和粉丝经济影响下的"英雄神话"——郭敬明流行现象个案研究[D].南京:南京大学.

[149] 烈日.文化商人郭敬明[J].出版参考,2008(25):50.

[150] 穆晨曦.小四叫板大导演:你们过时了[N].半岛晨报,2013-06-20(9).

[151] 邵燕君."小时代"与"金钱奴隶制"[N].文汇报,2013-09-12.

[152] 郭敬明.爵迹——雾雪零尘[M].长沙:湖南文艺出版社,2016.

[153] 郜元宝.灵魂的玩法——从郭敬明《爵迹》谈起[J].文艺争鸣,2010(6):49-52.

[154] 夏榆.一个郭敬明不会使殿堂倒塌——专访《人民文学》主编李敬泽;"郭敬明不会伤害我们"——专访《收获》执行主编程永新[N].南方周末,2010-06-24.

[155] 谢有顺.那些坚固的东西都烟消云散了——新世纪文学、《鲤》、"八〇后"及其话语限度[J].文艺争鸣,2010(3):19-23.

[156] 白烨.新的裂变与新的挑战[J].文艺争鸣,2006(4):40-P43.

[157] 陈晓明.冯唐的冒犯:虚脱的《女神一号》[W].新京报,2015-06-13(10).

[158] 刘玮.冯唐:我的坏在书里用完了[W].新京报,2010-05-19.

[159] 路金波.我读冯唐[DB/OL].http://blog.sina.com.cn/s/blog_467a4bd10102e2pc.html?tj=1.

[160] 福柯.另类空间[J].王喆,译.世界哲学,2006(06):54.

[161] 李敬泽.冯唐文集序[M].天津:天津人民出版社,2013:1.

[162] 冯唐.北京,北京[M].天津:天津人民出版社,2013.

[163] 冯唐.万物生长[M].天津:天津人民出版社,2013.

[164] 冯唐.冯唐诗百首[M].天津:天津人民出版社,2013.

[165] 巴赫金.诗学与访谈[M].白春仁,译.石家庄:河北教育出版社,1998.

[166]冯唐.给住在我身体里的大毛怪的一封信[DB/OL]. http://book.ifeng.com/fukan/detail_2014_10/16/135413_0.shtml.

[167]ADORNO T W. "Trying to Understand Endgame"[J]. The Adorno Reader, Oxford: Blackwell, 2000: 348.

[168]冯唐.女神一号[M].北京:九洲出版社,2015.

[169]巴塔耶.色情史[M].刘晖,译.北京:商务印书馆,2006.

[170]桦桢.冯唐小说中的欲望与虚无[J].小说评论,2016(2):176-181.

[171]Boundasm C V. The Deleuze Dictionary"[M]. Edinburgh: Edinburgh University Press, 1994.

[172]DELEUZE G. Kafka: toward a minor literature[M]. Minneapolis: University of Minnesota Press, 1986.

[173]费斯克.英国文化研究和电视[M].麦永雄,柏敬泽,等译.北京:中国社会科学出版社,2000.

[174]鲍德里亚.消费社会[M].刘成富,全志钢,译.南京:南京大学出版社,2001.

[175]冯唐.三十六大[M].天津:天津人民出版社,2014.

[176]冯唐.在宇宙间不易被风吹散[M].北京:北京联合出版公司,2016.

[177]费瑟斯通.消费文化与后现代主义[M].刘精明,译.上海:译林出版社2000.

[178]冯唐.大是[DB/OL]. http://fengtang.blog.163.com/blog/static/120504050201232352750718/.

[179]冯唐.活着活着就老了[M].杭州:浙江文艺出版社,2013.

[180]白烨.2011—2012中国文情报告[M].北京:社会科学文献出版社,2012.

[181]DERRIDA J. The Truth in Painting[J]. Journal of Aesthetics & Art Criticism, 1987, 46(4):519.

后 记

本书是由我的博士论文修改而来，因此大部分内容成文于2017年前后，那时我正在孕中，有些地方不免写得潦草，因此一直藏拙，本来没有出版的打算，又逢新冠肺炎疫情，几度蹉跎。感谢师友的鼓励，让我终于下决心将之付梓，权且算是对我博士生涯的一个总结吧。

感谢我的导师陈晓明老师，我从20岁开始就在陈老师门下学习，至今虽然毕业，仍然常承老师指点。有时整理邮箱，看到以前发给老师的邮件，不免为自己当年的幼稚脸红，但陈老师不嫌我愚钝，多年来循循善诱，我在学业上的每一点进步，都离不开陈老师的指导。

感谢我的各位同门，书中的许多观点，受到他们的启发，也多蒙他们的指点，恕我不在这里一一列举名字，但感恩的心情，始终不变。

感谢我的家人，对于我的工作，他们一向全力支持，没有他们，我不可能毫不耽误地写完博士论文并顺利毕业。

也感谢我的女儿，某种意义上说，这本书是她和妈妈"一起"写完的，可以说是一种特殊的纪念。

必须要说，虽然做出了一些修改，但书中不足还很多，对于汪洋恣肆的新世纪文学来说，我个人的所知所见实在有限，因此深知这本小书局限和不足之处甚多。这几年在科研和教学中，我也有很多新的看法和认识，虽然在出版时勉力做了一些修改，但因为框架已定，许多观点一时不及加入到这本书中去，期待日后与更多的同行探讨。

月悦于雍景四季

2021.08